Un clafoutis aux tomates cerises

DU MÊME AUTEUR

Une confession, Stock, 2009.

Retrouver Estelle (avec Éric Mouzin), Stock, 2011 ; J'ai lu, 2018.

Un retraité, Stock, 2011.

J'ai mis mon fils chez les cathos, Belfond, 2014 ; France Loisirs, 2015.

VÉRONIQUE DE BURE

Un clafoutis aux tomates cerises

ROMAN

J'AI LU

« J'aimais beaucoup ces journées vides où les heures toujours en train de couler se gardaient bien de s'encombrer de ces choses inutiles qui relèvent de l'action ou de la passion et qui s'emparent de nous. Je dormais beaucoup. J'oubliais. Je passais le temps qui passe. »

Jean d'ORMESSON
Un jour je m'en irai sans en avoir tout dit

« Chacun sait que, si tout roman est une histoire qui aurait pu être, l'histoire elle-même, d'un bout à l'autre, est un roman qui a été. »

Jean d'ORMESSON
C'est une chose étrange à la fin que le monde

À ma mère

J'ai passé l'hiver. J'écarte les rideaux et regarde à travers les carreaux. Le noyer n'a pas encore de feuilles, mais les marronniers commencent à se réveiller, et la haie de noisetiers a verdi. J'ouvre la fenêtre, l'air est frais. Le thermomètre extérieur indique cinq degrés. L'hiver n'est pas tout à fait parti, ses derniers jours se fondent avec les premiers du printemps. Je bloque les volets avec les petits taquets, j'ai de plus en plus de mal à ouvrir complètement les deux battants, l'ampélopsis a trop poussé. André n'est toujours pas venu le tailler, il va falloir que je lui écrive. Mon fils se moque de moi, il dit que ça ne sert à rien d'écrire aux artisans, il faut leur téléphoner sinon ils ne viennent pas. Mais moi je n'aime pas le téléphone. Il paraît que je ne suis jamais aimable au bout du fil, ce n'est pas ma faute, je ne suis pas à l'aise, je préfère voir les gens quand je leur parle.

Aujourd'hui on ne s'écrit plus. Pourtant, il y a un an ou deux, peut-être plus, je ne sais plus, le temps passe si vite, les gens de La Poste sont venus m'installer une boîte aux lettres.

C'est obligatoire, m'ont-ils dit. Ils voulaient que je choisisse l'emplacement et ils m'ont montré la boîte, une espèce de chose verte et laide. Alors je leur ai indiqué le bas de l'escalier de pierre qui descend en face de la porte du sous-sol, le long du bosquet. Là, elle sera bien cachée, et l'endroit sera facile d'accès pour la voiture jaune du facteur. Sur le moment, j'ai été bien embêtée, ça allait me compliquer la vie. Cela fait des années que le facteur dépose le courrier sur le perron, ou sur la table de l'entrée si la porte est ouverte. Quand j'ai des lettres à faire partir, je laisse à son intention les enveloppes timbrées ou l'argent pour les timbres. C'est bien pratique. Parfois, lorsque je suis en bas, nous échangeons quelques mots. Ça me fait une petite visite. Maintenant il paraît qu'ils n'ont plus le droit d'entrer chez les gens. Pour envoyer mes lettres, il faudra que j'aille à La Poste, au village. Et quand je ne pourrai plus conduire, je ferai comment ?

Heureusement, ma petite factrice non plus n'a pas envie de changer nos habitudes. Elle continue de me déposer le courrier dans l'entrée et je continue de mettre mes enveloppes sur la table. Il n'y a que quand ma fille est là avec son chien qu'elle n'ose pas descendre de voiture, elle a peur.

Je m'appelle Jeanne. J'ai quatre-vingt-dix ans. Quand j'étais jeune, je mesurais un mètre soixante-trois. Ce n'était pas ridicule, à l'époque. Aujourd'hui je dépasse à peine ma mini-belle-fille qui fait un mètre cinquante-deux et chausse du trente-quatre. Mes pieds, eux, n'ont pas rétréci avec le temps. Ils se sont même élargis, d'affreux oignons leur ont poussé à droite et à gauche, ce qui me rend bien malheureuse et me force à prendre régulièrement la voiture pour aller chez la pédicure. J'ai de plus en plus de peine à trouver des chaussures qui ne me fassent pas mal aux pieds. Quand il fait froid, je ne suis bien que dans ma paire de vieilles bottes qui fait honte à ma fille. Elle m'assure qu'il existe des chaussures qui sont à la fois confortables et pas laides, moi je n'en ai jamais trouvé. À Paris peut-être, il y a tellement de magasins à Paris, mais je ne vais quand même pas faire deux heures et demie de train pour aller m'acheter des souliers.

Pour le reste, je suis plutôt bien conservée. De loin, je fais même illusion, je me tiens droite et mes chevilles sont fines. Même si je prends de plus en plus souvent ma canne, ma démarche reste alerte et, au téléphone, on me dit que j'ai une voix de jeune fille. Bien sûr, avec les années mon visage s'est chiffonné, mais j'ai toujours le teint rose et mon regard sait encore s'allumer et pétiller, surtout après un petit verre de vin blanc ou une coupe de crémant.

Depuis la mort de René, j'habite une maison trop grande pour moi. L'hiver, il y a plusieurs pièces que je ne chauffe pas et que je garde bien fermées, portes et volets. Je vis entre ma chambre, la salle de bains, la cuisine et le petit bureau. Quand mes enfants sont là, j'ouvre le grand salon et la salle à manger, mais pour moi toute seule ce n'est pas la peine. Je vis en pleine campagne, au milieu des arbres et des champs. Le village le plus proche, Bert, est à cinq kilomètres. On y accède par une petite route sinueuse et vallonnée, bordée par des bois et des prés où paissent des grosses vaches blanches. Au début de notre mariage, c'est là que nous allions faire nos courses. Aujourd'hui, tout a disparu, même le dépôt de pain a fermé. De l'autre côté, au nord, il y a Montcombroux-les-Mines. Là non plus, il n'y a plus grand monde, mais l'on y trouve encore du beurre, du lait, des œufs et quelques légumes. Pour trouver de tout, il faut pousser jusqu'à la première petite ville, Lapalisse, avec son beau château et ses vérités. Quand je suis arrivée dans le pays, on pouvait y aller par le train. C'est là que, pas encore fiancée, j'ai débarqué de Paris pour être présentée à mes futurs beaux-parents. J'avais vingt-trois ans. Mon beau-père était venu me chercher en voiture à cheval. La calèche est toujours dans le garage, la dernière fois qu'elle a servi c'était pour le mariage de ma fille. Les trains ne passent plus depuis longtemps à Lapalisse et une à une les boutiques ferment, à cause des deux supermarchés qui se sont installés il y a quelques années. Dans le centre, les vitrines sont peu à peu remplacées par d'immenses affiches en noir et blanc représentant la ville d'autrefois, quand, grâce à la route nationale 7 qui la traverse, elle vivait. Aujourd'hui, je n'y vais que pour voir le docteur et faire les courses au supermarché. Pour mettre mon essence, je préfère aller au Donjon, bourg sans grand charme mais j'aime beaucoup la dame de la station-service et c'est le seul endroit où l'on vous sert encore. Sinon, les deux grandes villes les plus proches sont, au nord et toute grise, Moulins-sur-Allier et, au sud et toute blanche, Vichy, où nous avons vécu une douzaine d'années, René et moi, avant de revenir ici pour notre retraite.

Vivre toute seule m'est égal. D'abord, je ne m'ennuie jamais. Ensuite, je ne suis pas complètement isolée. Presque collée à ma grande maison, à côté du garage et de l'étable et juste séparée d'elle par une cinquantaine de mètres de graviers et de mauvaises herbes, il y a la ferme de Fernand et Marcelle. Du temps de René, Fernand aidait un peu au jardin et Marcelle venait parfois me prêter main-forte pour le ménage. Quand je suis arrivée ici, c'était encore la mère de Marcelle, la Marie, qui tenait la ferme avec ses fils, Bébert et Gros Roger. Il y a encore quelques années, Marcelle et Fernand avaient trois vaches, des lapins et quelques poules, et nous, on avait du lait, du beurre, de la crème et des œufs. Avec le temps, les vaches ont été menées à l'abattoir, les lapins ont fini à la moutarde et les poules au pot. Aujourd'hui, Fernand cultive toujours son petit coin de potager, juste à côté du mien, pendant que la Marcelle regarde la télévision, montant un peu plus le son chaque année. Régulièrement, l'un ou l'autre sonne à ma porte pour m'apporter, selon la saison, un panier de pommes de terre, une salade, des poireaux ou quelques fruits. Même s'ils ne sont plus très vaillants, les savoir à côté me rassure. Ils sont tout le temps là. Ils ne partent pas en vacances, ne sont même jamais allés à Paris et ne voient pas l'intérêt de s'aventurer au-delà de Lapalisse. Ils ne s'absentent vraiment que le samedi, pour le concours de belote dans la salle communale du Donjon. Ils partent le matin avec la 2CV et rentrent le soir, toujours bien gais. C'est la Marcelle qui conduit, Fernand n'a jamais passé le permis. Pour aller rendre visite à son frère, il enfourche sa mobylette, une Peugeot grise pétaradante avec ses deux vieilles sacoches accrochées au porte-bagages.

Enfin, j'ai mes amies. Certaines se sont envolées, bien sûr, avec le grand âge le ciel se rapproche. Mais j'ai toujours Gilberte, Nine et Toinette, pas une semaine sans que nous nous retrouvions à la messe, chez l'une, chez l'autre, pour un déjeuner, un goûter ou jouer aux cartes. Il y a aussi Denise, Chantal, Jacqueline et Francette, mais elles habitent plus loin et les distances s'allongent avec les années.

Et puis il y a Angèle, ma petite femme de ménage, toujours fidèle, qui vient un jour par semaine, et mon jardinier qui, lui, vient quand il veut…

Le petit monde de Jeanne

Printemps

Vendredi 20 mars

J'ai passé cette première journée de printemps dehors. Ce matin, je suis allée un moment au potager. Les arbres fruitiers sont en fleurs, le pêcher près du châssis est en rose et les cerisiers en face du fil à linge ne devraient plus tarder à s'enneiger. Le mois dernier, le jardinier a taillé les framboisiers et les groseilliers, tout est impeccable. Il a désherbé la butte des asperges, je ne sais pas si elles vont donner cette année, il faut encore patienter jusqu'aux premiers jours de mai pour le savoir. J'aime tellement ramasser les asperges ! C'est très amusant, il faut avoir l'œil pour dénicher leur nez blanc, puis creuser la terre avec la gouge, descendre tout doucement le long de la tige en veillant bien à ne pas la casser. Malheureusement, l'année dernière il y en a eu très peu et je crains que la terre d'ici ne soit pas assez bonne, ce n'est pas une région à asperges...

Après le déjeuner, j'ai pris le café dehors avec un carré de chocolat au lait. Puis j'ai approché mon fauteuil en rotin du massif de rosiers. Ils n'ont pas encore de fleurs, mais je les ai bien taillés. Tous les ans, dès février, je prends mon sécateur et je taille à trois yeux. Comme je ne veux pas me faire trop mal aux reins, j'y vais progressivement, j'en fais un peu tous les jours. De nombreux boutons ont poussé, ils ne devraient plus tarder à fleurir. Un peu plus bas, mi-ombre mi-soleil, dans la descente qui mène à la terrasse, il y a les rhododendrons, qui ne demandent aucun travail, et les hortensias. Les hortensias, je les ai rabotés au début du mois et j'ai éliminé les grosses fleurs grises qu'on laisse en hiver jusqu'à l'apparition des nouvelles pousses. Au pied des rhododendrons, les jonquilles sont sorties comme des soleils, c'est une explosion de jaune qui se mêle aux clochettes violettes ou blanches des jacinthes, qui sentent si bon.

Bien calée dans mon fauteuil, j'ai lu quelques pages d'*Alcibiade*, puis je me suis endormie au soleil.

À nos âges, nous sommes comme de vieux arbres. Le beau temps nous ranime doucement, nous reverdissons un peu, même si un peu moins chaque année. Et la douceur des jours nous donne une illusion d'éternité.

Samedi 21 mars

Ce matin, sous un beau soleil, mon jardinier est arrivé avec des petits godets et un grand sourire. J'étais déjà levée, je m'étais réveillée avec l'aube, à cause des oiseaux. Depuis quelques semaines ils piaillent de plus en plus tôt. Souvent je n'arrive plus à me rendormir. Du coup, je suis un peu abrutie toute la journée. Mais si je me lève pour aller fermer les fenêtres, après j'ai trop chaud. Avec René, quelle que soit la saison, nous dormions toujours les fenêtres ouvertes et j'ai pris l'habitude. J'ai besoin de sentir un filet d'air. Et puis j'aime bien entendre les oiseaux.

Je n'y connais pas grand-chose en oiseaux, mais grâce à mes mots croisés je peux en citer plein. Il y a le merle, la mésange, le serin, la fauvette, l'étourneau, le martinet, la bergeronnette, le pinson, le rossignol… Certains noms me ravissent, comme la nonnette ou le gobemouches. Pour la plupart, je ne sais pas à quoi ils ressemblent et ça n'a guère d'importance. Il y a aussi le rouge-gorge. Lui, il est facile à reconnaître avec sa grosse tache orange. Hier, il y en a un qui est entré dans ma cuisine. Il s'est posé une minute sur la grande table en bois, puis il est reparti. Ces petits oiseaux-là ne sont pas très farouches, ils s'approchent souvent en sautillant quand je prends mon café dehors. Mon préféré, c'est le coucou. Je ne sais pas pourquoi, chaque fois que j'entends son « cou-cou », je me sens à nouveau en enfance. C'est une sensation de douceur qui semble remonter de très loin dans le temps. Et puis, il y a les hirondelles, celles qui font le printemps mais la pluie aussi, quand elles volent bas.

Devant la maison, la pelouse se colore doucement aux abords du massif rond et autour du gros arbre dont je n'ai jamais réussi à retenir le nom.

Des petites touches de jaune, de bleu, de blanc, de mauve apparaissent un peu partout. C'est le jaune des pissenlits, des boutons d'or et des primevères, le bleu des bleuets, le blanc des pâquerettes, le mauve des violettes et des trèfles dont, enfant, je suçais la base des pétales pour en recueillir le suc. Les fleurs des champs font de jolis bouquets que l'on met dans des verres à moutarde.

Mon jardinier est allé au sous-sol chercher la bêche, le râteau et un seau. Il a fait monter le gros tuyau vert le long de l'escalier de pierre et il a commencé le travail. Avec sa bêche, s'aidant de son pied, il a creusé des trous dans le massif rond. Puis, avec précaution, il a sorti chaque petit plant de pensée de son godet, a secoué un peu la motte pour aérer les racines, déposé chaque plant à sa place, tassé un peu la terre autour et il a arrosé. À la fin de la matinée, mon massif encore triste et noir quelques heures plus tôt était égayé de tendres pousses vertes et d'embryons de fleurs colorés.

J'ai dit à mon jardinier qu'il m'avait amené le printemps.

Lundi 23 mars

Avec le printemps, la petite Angèle, comme les fleurs, va revenir. Je suis bien contente. Elle m'avait quittée aux premières chaleurs de l'été, invoquant des rhumatismes. On la disait bien mal en point, le dos cassé en deux et déformé. Elle avait arrêté les ménages et restait prostrée chez elle toute la journée. Et voilà qu'à la fin de l'hiver il était arrivé une drôle de chose. Du jour au lendemain, la petite Angèle, qui était toute tordue depuis des mois, s'était retrouvée toute droite ! Et maintenant qu'elle s'est redressée, elle veut reprendre le travail. Tout le monde ne parle plus que de ça dans le pays, la guérison miraculeuse d'Angèle. On dit qu'elle serait allée voir « quelqu'un », c'est très mystérieux, elle refuse d'en parler. Je l'ai croisée hier matin au supermarché après la messe, toute guillerette et toute droite. C'est à n'y rien comprendre. Mais bon, ça me fait plaisir pour elle, ça ne lui réussissait pas de ne plus travailler, ça lui faisait tout voir en noir. Avec Gilberte, on lui a tout de suite dit qu'elle pouvait revenir dans nos maisons, comme avant. Les mardi et vendredi chez Gilberte, le jeudi chez moi.

Pendant tout le temps où la petite Angèle était restée tordue, Gilberte s'était débrouillée avec une dame de son village, et moi j'avais fait appel à madame Maridet. Quand je lui avais écrit pour lui dire que j'étais bien ennuyée, que je n'avais plus personne pour m'aider à tenir ma maison, elle avait tout de suite proposé de me dépanner. Elle était à la retraite depuis un bon bout de temps, mais on aurait juré que remettre son tablier une fois par semaine lui faisait plaisir.

J'aime beaucoup madame Maridet. Toujours gaie, elle abat un travail incroyable tout en me donnant des nouvelles du pays. Trois heures par semaine, elle apporte beaucoup de vie dans ma maison. En plus, chaque fois qu'elle repart, elle embarque ma poubelle et va la jeter dans les grands bacs du bord de la route, ceux qui sont trop hauts pour moi, même quand je me mets sur la pointe des pieds.

C'est madame Maridet qui m'a appris le rétablissement d'Angèle. Je n'ai pas osé lui demander si elle savait qui l'avait remise droite, j'avais peur d'être indiscrète.

La semaine dernière, c'était son dernier jour. Jeudi, Angèle reprendra sa place et madame Maridet s'en retournera à sa retraite. En partant, ma poubelle à la main, elle m'a embrassée comme du bon pain.

Mardi 24 mars

Ce matin, je m'apprêtais à aller déterrer quelques poireaux au potager pour ma soupe quand j'ai entendu hurler le moteur de la 2CV. Après quelques ratés, elle a enfin démarré et s'est élancée en trombe sur l'allée. Au volant, la Marcelle, aussi large que haute, se tient très droite, ses cheveux touchant presque le toit ; à côté d'elle, sur le siège du passager, le Fernand semble tout petit et malingre. D'aussi longtemps que je me souvienne, la Marcelle a toujours eu des 2 CV. Fernand, lui, n'a jamais conduit autre chose que sa mobylette et sa brouette de pommes de terre. Depuis quelque temps, avec la brouette il a du mal. Ses jambes courtes et arquées comme celles d'un jockey peinent désormais à le porter et maintenant il enfourche sa mobylette pour un oui, pour un non, les cuisses écartées comme s'il montait un cheval, les pieds accrochés aux pédales en guise d'étriers. Il n'est pourtant pas très vieux, il a bien dix ou quinze ans de moins que moi, mais la vie l'a abîmé. Pour marcher, il prend une canne et avance un peu tordu, le dos voûté, les jambes en rond. Je crois qu'il ne sait plus les déplier. La Marcelle, qui doit avoir à peu près le même âge, est beaucoup plus en forme. Bien en chair et la voix qui porte, elle a l'air solide, même si, il y a peu de temps, on lui a trouvé du diabète. Elle est de plus en plus forte et semble engraisser à mesure que son mari fond. Chez elle, c'est plutôt la tête qui vieillit moins bien. Depuis que le médecin le lui a interdit, le sucre est devenu une obsession et parfois j'ai l'impression que ça lui monte au ciboulot. Pour compenser, à soixante-quinze ans passés elle s'est mise au tabac et fume comme un sapeur. Peut-être pour compenser aussi, elle se maquille à présent comme une voiture volée. Elle se dessine un sourire d'un rouge effarant, en dépassant partout comme un enfant qui rate son coloriage.

J'ai entendu rentrer la 2CV pendant que je préparais mon filet de poisson au micro-ondes. J'aime bien déjeuner tôt, vers midi. Ce n'est pas que j'ai faim, c'est juste une question d'habitude. C'est l'ennui, quand les enfants sont là, ils dorment jusqu'à pas d'heure, prennent leur petit déjeuner très tard, traînent à la cuisine en faisant salon autour de leurs bols et de leurs tartines ; alors bien sûr, à midi ils n'ont pas faim, ils ont encore du dentifrice sur la bouche. Et moi, j'attends. Plus ça va, plus je déteste attendre, surtout que je ne sais jamais combien de temps je vais devoir attendre. Avec eux il arrive qu'on se mette à table à deux heures de l'après-midi ! Après, tout est décalé, les heures ne tournent plus pareil et le soleil n'est plus au bon endroit quand je sors faire ma promenade. Si je me permets une remarque, ils me répondent que je deviens casse-pieds, que je n'étais pas comme ça avant. Je ne deviens pas casse-pieds, je vieillis.

Après mon café, je suis allée marcher sur l'allée. J'ai vu la Marcelle trottiner vers moi, apparemment elle me guettait depuis un moment. Elle était toute pimpante dans sa robe à fleurs et son tricot orange quand elle m'a rejointe avec un grand sourire, sa cigarette pleine de rouge à lèvres à la main. « Alors, comment que vous me trouvez ? »

C'était donc ça. Ce matin, pendant que Fernand l'attendait au troquet avec ses copains de belote, elle était allée se refaire une jeunesse chez le coiffeur. Et c'est vrai qu'elle était bien belle. Le plus gros changement, c'est qu'elle n'était plus grise. C'est de cela qu'elle semblait le plus fière. Elle avait fait une teinture. Ses cheveux avaient été raccourcis et bien mis en plis, et la couleur, un peu indéfinissable, entre le rouge et l'auburn, était plutôt réussie. Je lui ai dit que c'était très joli et elle a rosi comme une jeune fille. Elle m'a adressé un clin d'œil coquin : « Le Fernand aussi, ça lui plaît... »

Je me suis toujours demandé pourquoi, alors qu'ils aiment tellement les enfants, ils n'en ont pas eu. Ils n'en ont jamais parlé. À l'époque, on racontait moins facilement ces choses-là. C'est vrai aussi qu'ils se sont connus tard, peut-être qu'elle ne pouvait déjà plus... Je me souviens, j'étais déjà mariée depuis quelques années quand ils se retrouvaient au bout de l'allée. La Marcelle quittait la ferme dans son automobile et le Fernand l'attendait avec son cyclomoteur. Ils s'enfermaient dans la voiture où ils pouvaient rester des heures. Ils ne s'échappaient pas, ne cherchaient pas à fuir les regards. Elle était sage, la Marcelle. Du bout de l'allée, appuyée sur sa canne, la vieille Marie veillait à la bonne tenue de la voiture. C'était déjà une 2CV.

Mercredi 25 mars

J'ai fait ma soupe. J'ai fait revenir les trois poireaux et les deux courgettes dans un peu de beurre, puis j'ai versé l'eau, une poignée de gros sel, et j'ai laissé cuire. Au moment de mouliner tout ça, pas moyen de remettre la main sur mon mixeur électrique. Qu'est-ce que j'avais bien pu en faire ? Il faudra que je demande à ma fille, elle a la manie de toujours remixer ma soupe qu'elle ne trouve jamais comme il faut, elle a dû le ranger n'importe où la dernière fois qu'elle est venue, en tout cas pas à sa place entre les fouets et le batteur, à droite de la cuisinière. Alors j'ai fait comme avant, à l'époque du panier à salade qu'on secouait par la fenêtre et du hachoir à viande qu'on fixait au bois de la table : j'ai passé tout le contenu de ma marmite dans mon vieux presse-purée en aluminium. C'était long, j'y allais petit à petit, la marmite était très lourde, surtout au début quand elle était pleine. J'avais très peur de tout lâcher, j'en ai mis un peu à côté, il va falloir que je nettoie tout ça, il y a des gouttes vertes partout. À la fin, à force de tourner la petite manivelle, j'avais le bras tout ankylosé. J'ai versé la soupe dans un grand Tupperware rond que j'ai mis au Frigidaire. Ça devrait me faire au moins cinq jours. Après, s'il en reste encore, je la congèlerai ; c'est comme le coulis de tomates ou la ratatouille, ça se réchauffe très bien.

Le soir, j'ai pris un dîner léger et je suis montée me coucher très vite. Il faisait encore presque jour quand j'ai fini ma soupe et mon yaourt. Demain, on est jeudi, je dois me lever tôt pour ouvrir à la petite Angèle qui sonnera à neuf heures pétantes. Il faudra que j'aie terminé mon petit déjeuner, elle commence toujours par la cuisine et je ne veux pas qu'elle me voie en robe de chambre, en train de manger mes tartines pendant qu'elle briquera l'évier et frottera la gazinière.

Jeudi 26 mars

À neuf heures pile, Angèle a sonné. Toute droite et souriante, elle a repris le travail comme si de rien n'était. Elle a enfilé sa blouse bleue, puis est allée à l'office chercher le seau vert, la serpillière et le balai-brosse qu'elle a déposés sur le carrelage de la cuisine. Elle a ouvert le placard sous l'évier, a pris le Cif et le Monsieur Propre. Après quelques mots échangés sur la fraîcheur de ce début de printemps, elle s'est emparée de l'éponge et a commencé à nettoyer la gazinière en chantonnant. Une manière de me congédier.

Alors je l'ai laissée. Dans le vestibule, j'ai attrapé ma canne et mon anorak, et je suis sortie.

Samedi 28 mars

Aujourd'hui on est samedi, c'est le jour du *Figaro Madame*. Il y a aussi le *Magazine* et le supplément TV. Celui-là, autrefois je le regardais mais maintenant il y a trop de chaînes, trop de programmes, je n'y comprends plus rien, alors il va directement au panier. Le *Madame*, je ne le lis pas vraiment, à part, parfois, les critiques de livres. Je fais juste le grand mot croisé de monsieur Ollivier. Il y a aussi les recettes de cuisine mais elles sont souvent bien compliquées, il faut toujours tout un tas d'ingrédients ou d'épices introuvables, que parfois je ne connais même pas : du curcuma, de la feta, du boulgour, du quinoa... Des choses à la mode qu'à mon époque on ne mangeait jamais. C'est comme le riz basmati et le vinaigre balsamique dont ma fille remplit mes placards. Elle prétend que mon riz est trop rond et mon vinaigre trop acide. Elle les a pourtant mangés pendant des années sans se plaindre. Ce sont des idées, tout ça.

Depuis toutes ces années, je crois que je n'ai pas manqué un seul mot croisé du samedi. Quand nous partions en voyage avec René et qu'il suspendait l'abonnement au journal, j'arrivais toujours à mettre la main sur les quelques numéros que nous n'avions pas reçus. Cela m'occupait un moment, ça pouvait me faire six grilles d'un coup. J'ai toujours adoré les mots croisés et je me débrouille pas mal, depuis le temps. Certaines définitions reviennent régulièrement, je finis par les connaître par cœur. En plus, il paraît que c'est excellent pour le cerveau, cela permettrait même de repousser la maladie d'Alzheimer ! D'ailleurs, à quatre-vingt-dix ans, j'ai toute ma tête. C'est que je la fais travailler. Je lis, je joue au Scrabble, je fais des patiences, je joue au bridge.

Le grand *Figaro*, celui qui arrive tous les jours, je ne le lis pas beaucoup non plus. J'ai gardé l'abonnement après la mort de René pour avoir les magazines le week-end, et puis ça fait du bon papier pour le feu. René se moquait de moi, il disait que dans le journal je ne regardais que le feuilleton et le mot croisé. Lui lisait la politique, les cours de la Bourse et le Carnet du jour, traquant chaque matin les nouveaux morts, les naissances et les fiançailles.

Dimanche 29 mars

La vieille madame Lefort est partie ce matin, le jour des Rameaux. C'est Toinette qui me l'a appris en sortant de la messe. Elle regardait la télévision avec sa fille, un vieux film comique en noir et blanc. Elle a ri, puis elle a dit à sa fille « Je suis un peu fatiguée », elle a fermé les yeux et elle est morte. Comme ça, sans se rendre compte de rien. Je suis un peu jalouse. Je ne suis pas comme mon ami Louis, celui qui habite à Paris et que je ne vois plus jamais. Lui, il veut absolument se regarder mourir. Il a toujours été très curieux. C'est normal, avant d'être vieux, il était un grand scientifique. Aujourd'hui encore, tout ce qui est mystère le passionne. Alors le grand mystère, il veut le vivre en pleine conscience. Moi, j'aimerais autant que ma conscience s'en aille la première. Ne me rendre compte de rien, rire ou dormir, et m'en aller.

Lundi 30 mars

Tout doucement, mon petit monde se dépeuple. Autour de moi, les gens meurent et les maisons se vident. Les enfants ont leur vie ailleurs, et pour les vacances ils préfèrent les plages bondées au calme des champs de blé et au meuglement des charolaises. Il y a quelques années, c'étaient surtout les hommes qui partaient retrouver le bon Dieu. Depuis peu, les veuves commencent elles aussi à s'en aller. La semaine dernière, on a perdu Edmonde. Elle était pourtant solide, Edmonde, grande et bien charpentée. Elle ne faisait pas son âge. Elle a continué à teindre ses cheveux jusqu'au bout. Comme elle était un peu forte, elle n'avait pas de rides, elle avait de bonnes joues pleines, pas comme mes vieilles joues en accordéon, et la langue bien pendue aussi, il paraît que ça conserve. Et puis voilà, l'année passée, elle s'est mise à perdre la boule. Personne ne sait comment ça lui est venu mais c'est allé très vite. Ses enfants l'ont convaincue de quitter sa maison pour une espèce de maison de retraite où on pourrait la soigner. Avec Nine et Toinette, on est allées la voir deux ou trois fois. Déjà, elle n'était plus la même. La dernière fois, je ne suis même pas sûre qu'elle nous ait reconnues. Heureusement que ça n'a pas duré trop longtemps. Je ne sais pas très bien de quoi elle est morte, finalement. Son cœur qui a dû lâcher, l'envie de vivre qui n'était plus là. Edmonde était veuve, son mari était un ami d'enfance de René. À la fin, il avait des tuyaux transparents dans le nez et ne sortait plus sans sa bouteille d'oxygène. Avant, il était drôle, je l'aimais bien.

Les cheveux, moi j'ai arrêté il y a un bon moment déjà. Je me suis bien fait gronder par ma fille qui a trouvé que j'avais pris dix ans d'un coup. Ça m'est bien égal. Je fais ce que je veux, quand même. Et puis, les cheveux blancs, je trouve cela plus doux. En plus, la couleur, il fallait la refaire tous les quinze jours sinon on commençait à trop voir les racines. Il fallait que j'aille courir à Vichy, prendre la voiture, trouver à me garer… j'en avais assez. L'été il faisait trop chaud et l'hiver, parfois, il y avait de la neige ou du verglas sur la route. Je ne voulais pas risquer de finir au fossé pour une affaire de coiffeur. Maintenant j'ai trouvé une petite coiffeuse au Donjon, pour quinze euros elle shampouine, coupe, sèche et c'est très bien. Et il suffit que j'y aille une fois par mois ou même tous les deux mois. J'essaie de les laver de temps en temps mais j'ai bien du mal à les rincer comme il faut, et surtout à les sécher. Après, ils sont tout plats… Quand j'ai un mariage ou une sortie un peu plus élégante, je m'arrange pour aller chez le coiffeur quelques jours avant. Mais, à mon âge, il n'y a plus beaucoup d'occasions de se faire belle. Le reste du temps, pour voir mes amies, je me fiche pas mal d'être mal coiffée.

Demain, j'ai prévu une petite visite à Gilberte. Elle n'est pas très en forme depuis quelque temps. Il ne s'agirait pas qu'elle me lâche, elle aussi. Dimanche elle n'était même pas à la messe pour les Rameaux, et mardi elle n'est pas venue au bridge chez Toinette. Elle dit qu'elle a très mal au dos. J'ai de la chance, moi, à part mes oignons, je n'ai jamais mal nulle part, sauf quelquefois aux changements de temps, quand ma sciatique me lance, mais ça ne dure pas. La petite Angèle, qui a repris aussi chez Gilberte, m'a dit qu'elle ne mange plus. À nos âges, quand on commence à perdre l'appétit, ce n'est pas bon signe, surtout quand, comme Gilberte, on avait un sacré coup de fourchette. Le père de mon gendre, qui avait bon appétit, le jour où il l'a perdu ça ne lui a pas réussi. « Je n'ai pas faim », disait-il, résigné… Un mois après, il était mort.

Mardi 31 mars

Gilberte ne va pas bien. Elle a mauvaise mine et a perdu sa faconde. Elle a maigri aussi, bien sûr, puisqu'elle ne mange plus. Surtout, et ça, c'est nouveau, elle a des idées noires. Même le petit vin blanc que je lui ai apporté ne l'a pas ragaillardie. Elle est toute molle et fonctionne au ralenti. Tout de même, ça m'ennuie de la voir comme ça. Elle a ses fils qui viennent pour Pâques, j'espère qu'ils vont la remettre d'aplomb.

Quand je suis rentrée à la maison, j'ai eu besoin d'un remontant. Heureusement, j'ai toujours une bouteille de muscat au frais. J'en ai bu un petit verre en mangeant un Tuc et en finissant mon mot croisé. Puis je me suis fait réchauffer mon reste de soupe poireaux-courgettes – je ne mets jamais de pommes de terre, ça fait grossir – et j'ai pris une pomme en dessert. Comme chaque soir, j'ai préparé ma tasse pour le petit déjeuner, une soucoupe pour mes deux tartines de pain de mie, sorti le beurre salé pour qu'il ne soit pas trop dur à étaler sur le pain grillé, un couteau et une petite cuillère. Dans un verre, j'ai mis les deux comprimés pour ma tension. J'ai fermé la porte de la maison à clé, enclenché les deux verrous, éteint la lumière extérieure et suis montée dans ma chambre. J'ai fermé les volets et laissé les fenêtres à l'espagnolette. J'ai fait une toilette sommaire, me suis lavé les dents, j'ai étalé la crème sur mes joues molles et taillé un ongle de pied qui me gênait. Enfin, je me suis glissée dans mon lit et j'ai allumé la télévision.

Mercredi 1er avril

J'ai mal dormi. Je n'ai pas arrêté de penser à Gilberte. Je crois qu'elle est ma plus fidèle amie, la plus proche peut-être. Gilberte, c'est une amitié de plus de soixante ans... Son mari était un ami de René. Il était agriculteur et je crois que René, dont c'était le métier, l'assurait.

À mon arrivée dans le pays, je me sentais un peu perdue et Gilberte m'avait très vite adoptée. Quand elle était jeune, elle avait un petit côté moderne, elle mettait déjà des pantalons ! Moi je n'ai jamais pu. J'en avais acheté un quand même, il y a longtemps, dans une boutique à Vichy. Un affreux pantalon gris perle et mou, je me souviens que le tissu brillait un peu. Je l'ai porté une seule fois, je ne sais pas ce que j'en ai fait, j'ai dû finir par le donner au Secours catholique. Mais Gilberte, ça lui va bien. Même si aujourd'hui elle se tient moins droite, elle est encore grande et élancée. Moi je suis petite et plutôt boulotte, et il faut de grandes jambes pour porter des pantalons.

Nous avons fait tant de choses ensemble, des voyages, le Maroc, la Grèce, l'Égypte, puis les petits séjours en Bretagne, les longues promenades sur la plage, les crêpes, les crevettes grises, le cidre… Et quand nous allions à Lourdes ! Plusieurs années de suite, nous étions parties comme bénévoles à l'Hospitalité Notre-Dame. Vêtues de nos blouses blanches d'hospitalières, nous nous occupions des malades pendant que René, après une rapide prière à la Grotte, s'échappait vers Biarritz pour reluquer les seins nus sur la plage. Nous prenions notre tâche très à cœur. Même s'il y avait des moments durs, nous aimions être là, au milieu de ces gens venus chercher leur guérison auprès du bon Dieu. Certaines années nous étions affectées aux piscines, d'autres à l'épluchage des légumes et à la plonge, d'autres à l'accompagnement aux messes, processions et bénédictions.

Je me rappelle cette fois où, dans une rue en pente, le fauteuil roulant que nous poussions toutes les deux s'était emballé, nous avions eu un mal fou à le freiner, il nous entraînait dans sa course, nous n'arrivions pas à le retenir, nous étions complètement affolées. Le malade, lui, pas affolé du tout, riait comme un fou ! C'était il y a quoi, vingt, trente ans… ?

Gilberte est un peu plus âgée que moi. Quatre années de plus, ce n'est pas grand-chose. Elle va sur ses quatre-vingt-quinze ans et, dit comme cela, ça fait tout de même beaucoup. Elle a été veuve un peu avant moi, se retrouvant seule dans sa jolie maison de Liernolles, à huit kilomètres d'ici. À la mort de son mari, elle s'était trouvé un petit studio à louer à Paris. Régulièrement elle filait à la gare avec sa valise. Le temps d'une semaine ou deux, elle devenait parisienne. Infatigable, elle prenait le métro et courait les expositions, les pièces de théâtre et les concerts, épluchant les programmes à une table de café, devant une andouillette et un petit verre de vin blanc. Ce sont ses jambes qui l'ont arrêtée, un jour elles en ont eu assez de courir.

Et si, elle aussi, elle en avait assez de courir ? Si elle ne voulait plus aller plus loin ? Avec Gilberte, on partage tout. La petite Angèle, le jardinier, nos amies et quelques secrets. Si elle s'en allait avant moi, comme Edmonde ? Si elle me jouait ce vilain tour ? Soixante années de souvenirs qui disparaîtraient comme ça, ce serait un grand vide. Bien sûr il resterait quelques photos, dont celle dans le désert marocain où nous posons toutes les deux face à l'objectif de René, avec nos jupes vertes, nos chemisiers blancs et nos sacs à main. Mais Gilberte, c'est un grand album à elle toute seule. Et puis, si elle s'en va, avec qui boirai-je du vin blanc après la messe ? Sans Gilberte ma vie deviendra terne, mes dimanches deviendront des dimanches, ces jours où, une fois par semaine, les gens seuls se sentent si seuls.

Jeudi 2 avril

Ce matin, je fais ma dernière fournée de petits choux au fromage avant le week-end. Dimanche, c'est Pâques. Ils seront tous là : mon fils, sa femme, leurs trois enfants et leurs cinq petits-enfants, ma fille, son mari et leurs deux garçons. Il va falloir nourrir tout ce monde. Et puis, pour les plus jeunes, le dimanche à l'heure du thé, il y aura la course aux œufs, poules et autres lapins. Il faut que j'aille à Lapalisse pour acheter tout ça. Pour les plus grands, je me simplifie la vie en leur donnant des tablettes de chocolat aux noisettes, au riz ou aux amandes. Je ne me rapelle jamais qui aime le chocolat noir et qui le préfère au lait… Tant pis, je prendrai les deux et ils se débrouilleront.

Pour Pâques, en rentrant de la messe, on prend toujours un bon apéritif. J'ai fait du planteur, j'avais un tas d'oranges à utiliser et j'ai toujours une bouteille de rhum et du sucre de canne dans le placard de la salle à manger. Pour l'accompagnement, depuis début janvier je fais toutes les semaines une trentaine de petits choux et de feuilletés aux saucisses. J'espère qu'ils ne vont pas tout manger, j'aime bien en avoir de côté dans mon congélateur. J'ai beau en faire chaque année un peu plus, il n'en reste presque jamais. Même les plus jeunes se jettent dessus à peine installés dans le salon, ils sont aussi gloutons que le chien de ma fille, un animal perpétuellement affamé. De mon temps, les enfants n'avaient pas droit au salon, c'était l'univers des grandes personnes. D'ailleurs, nous étions bien contents qu'on nous en interdise l'accès, nous préférions jouer de notre côté plutôt que de nous ennuyer avec nos parents en faisant attention de bien nous tenir pour ne pas nous faire gronder. Aujourd'hui, quel que soit leur âge, les enfants sont partout : dans le salon, dans le bureau (il faut dire qu'il y a un poste de télévision), à table... Ils s'ennuient, s'accrochent aux jupes de leurs mères, s'avachissent sur les banquettes et dans les fauteuils Louis XVI... À l'apéritif, il faut leur prévoir des verres et du jus d'orange ou du Coca-Cola. Après on retrouve des miettes partout sur le tapis, leurs verres font de gros ronds poisseux sur la table basse et ils s'essuient les doigts sur les bras des fauteuils. Mais il ne faut rien dire, sinon c'est moi qui me ferai gronder. Et comme je les aime bien, que j'ai quand même envie qu'ils reviennent, je ne dis rien. De toute façon, quand je ne serai plus là, les fauteuils, les banquettes anciennes, le tapis, la table, tout ça ce sera pour eux. Alors tant pis s'ils ne sont plus impeccables !

La course aux œufs, on essaie de faire ça dehors. On attache le chien de ma fille, puis on cache les petits paquets dans les arbres, les massifs, les rebords de fenêtres, la haie, et on fait sonner la grosse cloche accrochée sous la gouttière. La chasse au chocolat peut commencer. Pendant qu'ils courent dans tous les sens, je m'assois au coin du feu dans le salon, je fais un mot croisé ou bien je prends un livre, et je savoure un moment de paix.

Vendredi 3 avril

Allons bon, voilà que mon four ne marche plus. Je ne peux pas faire cuire mes tartes au fromage, celles que j'ai préparées pour l'arrivée des enfants ce soir. Il y a un truc qui clignote, quatre zéros lumineux. C'est l'endroit où, d'habitude, s'affichent la température, le temps de cuisson, ou l'heure quand le four est éteint. Il a dû y avoir une coupure de courant, je ne m'en suis pas aperçue. Ça arrive parfois, quand il y a de l'orage mais pas seulement. Là il n'y en a pas eu et c'est heureux, je n'ai jamais aimé l'orage. Autrefois, j'en avais très peur, surtout le soir, quand l'électricité sautait et qu'il fallait descendre à la cave avec une bougie pour remettre le compteur. Depuis, je me suis habituée mais, tout de même, la nuit je me bouche les oreilles après chaque éclair et, quand il y en a trop, je remonte les couvertures sur mes yeux. Ne rien voir, ne rien entendre, juste attendre que ça passe en priant pour que la foudre ne s'abatte pas sur la maison, détraquant le congélateur et la télévision.

Je ne sais pas comment on remet l'heure de ce fichu four. J'appuie sur tous les boutons, ça fait des petits bips, mais rien à faire, ça continue de clignoter. Et mon four qui ne s'allume toujours pas. Comment je vais faire cuire mes tartes ? Qu'est-ce que je vais leur mettre à dîner ? J'ai bien du jambon mais il est dans le congélateur, même si je le sors tout de suite il sera encore gelé quand ils arriveront. Quant aux œufs, je les ai tous utilisés pour mes tartes.

C'est idiot, mais j'ai envie de pleurer. Alors je m'assois à la table de la cuisine, je mets ma tête dans mes mains et je pleure.

Samedi 4 avril

Hier soir, c'est mon fils qui est arrivé le premier. En quelques secondes il m'a remis l'horloge du four à l'heure et j'ai pu faire cuire mes tartes.

Mon fils a toujours aimé s'occuper des choses qui ne marchent plus. Il m'a déjà réparé le grille-pain qui ne chauffait plus, la télévision qui ne s'allumait plus, la machine à laver qui ne rinçait plus et même l'essoreuse à salade qui ne tournait plus. Il a une passion étonnante pour la mécanique et l'électricité. Adolescent, il passait ses journées le nez dans son Meccano, faisant avancer des petits chariots de métal sur des rails, à démonter et remonter tout ce qu'il trouvait : téléphone, pendule, réveil, montre… Combien de fois René rouspétait, retrouvant son transistor en pièces détachées ou remonté de travers !

Tout de même, c'était bête de m'être mise dans un état pareil pour des tartes, je crois que je suis un peu fatiguée. J'ai peut-être fait trop de choses ces derniers jours, je me suis carapatée jusqu'à Lapalisse pour chercher des poules et des lapins, des tablettes de chocolat, du lait et de la salade, j'ai passé beaucoup de temps à la cuisine, et tous ces choux... Et puis Gilberte qui me tracasse, et tout ce monde qui arrive dans ma maison d'ordinaire si calme, tout ce bruit... Plus le temps passe et plus je me fais une montagne d'un rien.

Lundi 6 avril

La dernière voiture est partie. Après l'agitation de ces trois jours, je ne suis pas mécontente de retrouver un peu de tranquillité.

Mes enfants m'ont offert deux belles boîtes de chocolats, j'en ai déjà mangé beaucoup trop. Le chocolat, quand je commence, je ne sais plus m'arrêter. Il faut que je fasse attention, je n'ai pas envie d'avoir une crise de foie, ni de ne plus rentrer dans mes jupes... J'ai bien du mal à résister, surtout aux pralinés, mes préférés. Et puis le chocolat, même au frais, ça ne se garde pas indéfiniment. Quand je les verrai, j'en offrirai à Fernand et Marcelle, et jeudi à la petite Angèle.

Mardi 7 avril

Ce matin, en enfilant pour le huitième jour consécutif ma vieille jupe de tweed gris, je me suis dit qu'il faudrait peut-être que je rafraîchisse un peu ma garde-robe. Je retarde tout le temps l'échéance. D'abord, ça me barbe d'aller courir à Vichy pour faire les boutiques. Ensuite, c'est devenu compliqué, les beaux magasins ont fermé les uns après les autres, ne restent plus que des boutiques de fanfreluches qui ne peuvent habiller que des jeunes filles géantes et maigrichonnes. Je ne suis pas une géante et j'ai beau ne pas manger énormément et faire de l'exercice, je crois bien que ces derniers temps j'ai pris quelques kilos. C'est pour ça que je remets toujours les mêmes affaires. Ce n'est pas parce que je n'en ai pas assez, c'est que, pour beaucoup d'entre elles, je ne rentre plus dedans. J'éclate dans mes chemisiers et mes jupes me serrent le ventre et font des plis partout. Il faut dire aussi que je n'aime plus trop m'acheter des habits. Ça n'a plus grand sens à mon âge. Dépenser de l'argent pour des choses qu'on va garder quoi, un an, deux peut-être ? Ça ne vaut plus la peine. Et puis je ne vais quand même pas porter des petits bouts de jupe ridicules, des hauts de survêtement à capuche ou des blue-jeans qui collent aux jambes, j'aurais l'air de quoi ?

Encore à moitié dévêtue, je me regarde dans le miroir de la salle de bains, celui à côté de la douche, où je me vois tout entière. Et ce que je vois ne me plaît pas. J'ai une impression bizarre, comme si mon corps s'était déformé. Avec les années, soit on se dessèche, soit on se remplit, tout se dérègle, la figure est rarement en harmonie avec le ventre ou les cuisses, tout cela est normal. Mais il y a autre chose. On dirait que l'espace entre mon cou et mon ventre s'est réduit. Et que, à mesure que mes hanches se sont élargies, mon tour de taille s'est creusé, presque jusqu'à disparaître. Je me fais un peu penser à une bouteille d'eau minérale dont on aurait fait fondre le milieu en y nouant un ruban chauffant.

Tout bien réfléchi, je vais acheter une robe. Une robe simple, droite, passe-partout, facile à enfiler et à retirer. Il n'y a plus que ça pour habiller cette drôle de bouteille. À mon âge, il faut se faire une raison. On n'habille plus le corps, on le cache.

Mercredi 8 avril

Je cale sur mon mot croisé du *Figaro*. Je bloque sur la grille quotidienne de monsieur Vincent Labbé. Avant, c'était monsieur Laclos. Il a pris sa retraite à quatre-vingt-quatre ans ! J'aimais beaucoup les mots croisés de monsieur Laclos. Ils étaient plus amusants. Et puis ils me semblaient plus faciles. Il faut dire que j'avais l'habitude, les mêmes définitions revenaient souvent, j'étais une experte, je les faisais en à peine une heure. Il y en avait une que j'aimais particulièrement, c'était « Est descendue du ciel pour brouter dans le pré (deux lettres) » : il s'agissait de Io, la jeune fille dont Zeus était tombé amoureux et qu'il avait ensuite transformée en génisse pour apaiser la jalousie d'Héra. Il y avait aussi « Habile archer » en quatre lettres, là c'était Éros, si adroit pour décocher ses flèches d'amour.

Avec monsieur Laclos, j'apprenais plein de choses, des mots nouveaux, des événements de l'histoire de France et d'ailleurs. À présent, il va bien falloir que je m'habitue à monsieur Labbé, même s'ils remettent régulièrement d'anciennes grilles de monsieur Laclos.

Voyons : « Un homme de règles et de méthode (deux mots). » Ce qui nous fait douze lettres... Les deux mots « règles » et « méthodes » m'inspirent tout de suite les cinq dernières, O, G, I, N et O, « ogino », autre nom donné à la « méthode des cycles » et à tous les bébés que cette méthode naturelle soi-disant contraceptive a fait naître. Le *Larousse* me fournit les sept premières lettres en m'apprenant que ce nom vient de celui d'un médecin japonais, le docteur Kyusaku (sept lettres) Ogino. J'apprends qu'à l'origine, loin d'être une méthode contraceptive, la méthode Ogino était au contraire destinée à repérer les quelques jours où la femme était le plus féconde. Ces jours étaient même surnommés « jours du pape », puisque, visant la reproduction, ils permettaient de fricoter avec la bénédiction du saint-père.

Définition suivante : quatre vertical, douze lettres, « Vise à interdire la reproduction ». Décidément, il semble que ce monsieur Labbé soit assez travaillé par la chose. Là, c'est facile, d'autant que j'ai déjà le T et le F : « contraceptif ».

Maintenant les jeunes femmes prennent toutes la pilule. Il y a même une « pilule du lendemain » quand on a oublié celle de tous les jours. À mon époque, nous n'avions pas tout ça, nous devions faire attention et prendre nos précautions avant, avec Ogino, et pendant, selon la technique dite « du retrait ». Après, c'était trop tard, ne restaient plus que le mariage, les yeux pour pleurer ou l'aiguille à tricoter de la faiseuse d'anges. Pour autant, je ne regrette pas d'avoir été jeune en ces temps incertains. La vie était plus difficile mais nous ne le savions pas. Nous ne pensions pas que nous allions voir tant de bouleversements, les antibiotiques, la télévision, les ordinateurs, les téléphones portables, le microondes, tout un tas de nouveautés extraordinaires dont nous n'avions pas idée. C'est fou tout ce qui est apparu en près d'un siècle... Tant de choses m'échappent aujourd'hui ! C'est comme la fleur de sel, tiens (oui, je sais, ça n'a rien à voir mais ça m'échappe aussi), une manie de ma fille. Elle en achète, qu'elle range dans mon placard à condiments, près de la cuisinière. La dernière fois, elle a cherché partout son petit pot cartonné. Elle a fini par le trouver. Là où était écrit « fleur de sel », il y avait du sel fin. Elle a rouspété, bien sûr. J'avais recouvert sa fleur de sel de sel fin, je n'avais pas fait attention. Qu'est-ce que ça pouvait faire ? Je ne vois pas la différence, sauf que ça fait des petits grains très désagréables sous la dent, sur la langue. C'est une mode, ce truc-là. Comme les pamplemousses qu'elle veut toujours mélanger à des avocats et de l'huile d'olive. Je n'aime pas. C'est tellement bon tout seul, un pamplemousse !

Bon, « Lumière de Vienne », en quatre lettres : ça, je sais, ce ne peut être que Auer, l'inventeur autrichien du bec de gaz. Et à propos de gaz, en six lettres, « Va faire jaillir du gaz naturel ». Facile aussi : « rotera » !

Jeudi 9 avril

Ce soir, je suis claquée ! Je viens tout juste de rentrer, Toinette m'a déposée à la maison. Nous avons passé la journée à Moulins pour un tournoi de bridge. J'étais bien contente de ne pas avoir à prendre ma voiture, même si je ne suis pas toujours très rassurée avec Toinette, je trouve qu'elle ne tient pas bien sa droite. Nous avons d'abord déjeuné rapidement dans une brasserie qui ne cassait rien, puis nous nous sommes rendues à pied au club. Il fallait y être un peu avant quatorze heures, heure officielle de lancement des parties. Je crois que je vais arrêter ces tournois ; tous ces kilomètres en voiture pour juste jouer aux cartes, ça commence à me fatiguer. Et puis tout cela devient beaucoup trop sérieux. Je ne m'amuse plus. Le seul avantage, c'est qu'il y a des hommes. Mais bon, je ne peux plus en faire grand-chose… Et puis, de toute façon, dans ces endroits-là, on ne se parle pas, ou à peine. On ne fait même plus les enchères à voix haute ; la bouche pincée, on extirpe d'un petit boîtier le carton correspondant à notre annonce, par exemple le carton « 3 cœurs », et on le pose bien visible sur la table. C'est pratique pour les sourds et les débuts d'Alzheimer, mais ça manque de convivialité. On dit aussi que c'est pour éviter la triche, il paraît qu'il y en a beaucoup. Enfin, quand par hasard vous faites une boulette, on vous le fait bien remarquer et vous êtes dans vos petits souliers.

Moi, si j'aime le bridge, c'est pour le plaisir du jeu. Bien sûr que j'aime gagner, tout le monde aime gagner, mais ça n'empêche pas de plaisanter de temps en temps ! Ce n'est pas parce qu'on s'amuse que l'on joue moins bien ; j'en connais qui abattent chaque carte avec un sérieux papal, vous font les gros yeux dès que vous osez rire un peu, alors qu'ils jouent horriblement mal ! Avec Gilberte, Nine et Toinette, on papote, on se taquine, on boit du thé, on mange des gâteaux et on oublie nos âges et le temps qui file.

Samedi 11 avril

J'ai lu ce matin un article que m'a apporté mon fils le week-end dernier. Ça doit être à cause du titre, il a pensé que ça pouvait m'intéresser : « Quel est le secret de jouvence des superseniors ? » Serais-je donc une « supersenior » ? Ils n'arrêtent pas d'inventer des mots nouveaux pour parler des gens. En photo, ils ont mis une bonne femme toute ratatinée, les bras bien chiffonnés et le visage plissé. Elle s'appelle Marie-Rose, elle a soixante-dix-sept ans (une gamine !), habite en Amérique, joue au golf tous les lundis, va à l'église tous les dimanches, dirige le comité de bienvenue de sa maison de retraite, met du rouge à lèvres « rose éclatant », fume une cigarette de temps en temps et enfile une minijupe pour son cours hebdomadaire de « fitness ». Tout cela semble faire d'elle une

« supersenior ». Bon. Eh bien, moi, je ne sais pas ce que je suis à quatre-vingt-dix ans, mais je me trouve aussi bien qu'elle ! Et à soixante-dix-sept ans, je jouais encore au tennis, je marchais pendant des heures et sans canne dans les bois, je faisais mon jardin, je passais une bonne partie de ma vie sur les routes et je conduisais même jusqu'en Bretagne. Pas besoin de se tartiner de rouge à lèvres ni de se ridiculiser en jupette pour être en forme !

J'ai quand même lu les deux pages jusqu'au bout. À la fin, ils parlent des « supercentenaires » et là je n'ai pas tout compris, mais la conclusion serait que « le secret des supercentenaires se cacherait dans leurs globules blancs ». Tout ça parce qu'après avoir disséqué le cerveau et le reste d'une dame de cent quinze ans qui avait légué son corps à la science, et analysé son sang, ils ont découvert que l'immense majorité de ses globules blancs « ne dérivait que de deux cellules-souches sanguines, contre plusieurs centaines chez un adulte normal ». Et ça les a visiblement laissés babas. Je ne sais pas combien j'ai de globules blancs ni de combien de cellules ils dérivent. De toute façon, pour moi, tout ça c'est du charabia. Ce qui compte, c'est que j'ai encore toute ma tête, mes deux jambes, mes yeux et mes oreilles. Pour la suite, advienne que pourra. Quand le bon Dieu aura décidé de me reprendre, il ne va pas se mettre à compter mes globules blancs.

Dimanche 12 avril

Gilberte est ressuscitée. Ce matin, elle était à nouveau à la messe. Elle a toujours du mal à marcher, ses jambes sont gonflées et la font encore souffrir, mais elle a retrouvé son allant et le goût de vivre. C'est son fils qui l'a remise sur pied. Il s'est aperçu que, depuis que la pharmacienne lui avait changé ses boîtes de médicaments pour lui donner des « génériques », Gilberte les confondait : le soir, au lieu de prendre son somnifère, elle prenait un comprimé pour la tension, et le matin, au lieu de prendre ses deux comprimés pour la tension, elle prenait deux somnifères ! Pas étonnant qu'elle soit toute molle !

Comme chaque année, elle envisage à nouveau de se rendre à Royan dès les premiers jours de juin, pour manger son homard et boire sa demi-bouteille de champagne, toute seule face à l'océan. Tous les ans, avec Toinette, on se dit que c'est peut-être la dernière fois, et cet hiver Gilberte était si faible, si changée, nous n'y croyions plus. Si nous avions su qu'elle avait tout simplement sommeil ! Cette année, tout de même, elle n'ira pas avec sa voiture, son fils le lui a interdit. C'est lui qui l'emmènera. Elle a accepté, de mauvaise grâce et à une condition : qu'il la laisse savourer son gueuleton annuel seule, dans son hôtel habituel, à sa table habituelle, avec l'Atlantique pour unique vis-à-vis. Elle y tient. Je suis rassurée, Gilberte sera toujours Gilberte.

Mardi 14 avril

Hier matin j'ai dû laisser ma voiture à Lapalisse pour la révision. Marcelle m'a suivie avec sa 2CV, puis elle m'a ramenée à la maison. Demain, elle me reconduira là-bas pour la récupérer. Au retour, blottie à côté d'elle sur le siège du passager, mon sac sur les genoux, je ne faisais pas trop la fière. Il n'y a qu'une quinzaine de kilomètres du garage à la maison, mais il peut s'en passer des choses sur quinze kilomètres, pas besoin d'aller à l'autre bout de la France pour se retrouver au fossé, faire un tête-à-queue ou emboutir une voiture. Et puis la Marcelle, ces temps-ci, elle a l'air un peu bizarre...

Ça tombe mal, cette révision, Francette a choisi pile ce jour-là pour nous inviter au pied levé, Gilberte, Jacqueline et moi, pour le goûter. J'avais retenu le garagiste depuis une semaine, je n'ai pas osé l'appeler pour reporter. Et puis j'avais déjà trente et un kilomètres de retard au compteur, et mon fils a beau me dire que ce n'est pas à cent kilomètres près, moi j'aime faire les choses comme il faut. Comme Jacqueline passe près de la maison pour aller chez Francette, elle m'a proposé de m'emmener. Avec elle non plus je ne suis pas très rassurée, elle va quand même sur ses quatre-vingt-seize ans. Elle roule très vite et semble toujours avoir la tête ailleurs. On était presque arrivées, il ne restait plus qu'à traverser la nationale au carrefour de Montaiguët-en-Forez, un endroit très dangereux parce qu'on ne voit rien de ce qui vient sur la droite. Je serrais déjà mes fesses, redoutant la traversée, quand juste avant le stop, loin de marquer le pas, elle s'est mise à accélérer d'un coup ! On a coupé la nationale à quatre-vingts kilomètres à l'heure et on s'est retrouvées, saines et sauves, de l'autre côté. Je n'ai pas eu le temps d'avoir peur. Quand je lui ai demandé comment elle avait pu voir qu'aucune voiture n'arrivait ni à droite ni à gauche, elle m'a répondu : « Pensez-vous, je n'ai rien vu du tout ! De toute façon on n'y voit rien, alors autant passer le plus vite possible. Chaque fois que j'arrive à ce carrefour je ferme les yeux, je fais une prière et j'appuie à fond sur la pédale pour être le plus vite possible de l'autre côté. Et, vous voyez, je suis toujours là ! » Pour le retour, j'ai prétexté un livre à récupérer chez Gilberte et je suis rentrée avec elle. Elle a peut-être quatre-vingt-quatorze ans mais elle lève le pied aux carrefours et s'arrête aux stops.

Mercredi 15 avril

Ce matin, je suis repartie avec la Marcelle pour récupérer ma voiture chez le garagiste. J'étais bien contente de la retrouver, toute propre et comme neuve, et de rentrer chez moi avec ma petite auto.

Après le café, je suis allée faire ma promenade. Le long de l'allée, près de la ferme, la haie de lilas s'est couverte de grappes mauves et blanches. Ça sent si bon, je ne peux m'empêcher d'y enfoncer mon nez, bien appuyée sur ma canne, et de respirer très fort. Avec mon sécateur, je coupe quelques branches et je fais des bouquets que je dispose un peu partout dans la maison pour parfumer chaque pièce. Ma chambre aussi, mais le soir, avant de me coucher, je mets le vase dans la salle de bains. Il paraît qu'il ne faut pas dormir avec des fleurs, elles vous volent votre oxygène.

Jeudi 16 avril

Aujourd'hui il m'est arrivé une aventure. Vers cinq heures, après avoir pris mon thé avec quelques biscuits, j'avais attrapé ma canne et m'apprêtais à aller faire mon tour sur l'allée quand, par la fenêtre, j'ai aperçu une bête dans mon massif de pensées. Une espèce de gros chien qui semblait brouter mes fleurs… Je sors sur le perron, prête à le faire déguerpir à coups de canne, et là, je reste éberluée, incapable de faire un pas : une vache ! Il y avait une vache, sortie d'on ne savait où, au beau milieu de mon massif ! C'est que je n'aime pas beaucoup ces bêtes-là… Elles ne m'ont rien fait mais je les préfère dans un pré derrière une bonne clôture ou des barbelés. Une vache, dans mes fleurs, d'où pouvait-elle venir ? Je renonce à ma promenade, raccroche ma canne au portemanteau, et j'appelle Fernand, qui fait le tour des fermiers du coin et a vite fait de retrouver le propriétaire. Lequel, bien content d'avoir localisé la fugueuse, est venu la récupérer. Heureusement, elle n'a pas trop écrasé mes pensées. Pour s'excuser, le propriétaire, qui élève aussi des chèvres, m'a proposé des petits fromages.

Vendredi 17 avril

La journée a passé tout en douceur, aucune vache n'est venue perturber ma promenade. Ces animaux ont tout de même la fâcheuse manie de s'échapper de leurs prés. Il n'est pas rare de tomber nez à nez avec l'un d'entre eux au beau milieu de la route. René, ça ne lui faisait pas peur. Il descendait de voiture et avec de grands gestes et quelques « Allez, allez ! » finissait par obtenir de l'intruse qu'elle se range sur le bas-côté. Moi, je m'arrête et j'attends. Parfois, ça peut durer longtemps, très longtemps.

Je n'ai jamais été à l'aise avec les animaux de la campagne. Les vaches, j'ai peur qu'elles m'écrasent. Le bélier, qu'il me charge. Même une chèvre, les gens d'ici prétendent que ça peut vous foncer dessus et vous donner des coups de corne ! Alors moi, je me méfie de tout ce qui va sur quatre pattes.

Je me souviens, au début de mon mariage, nous n'avions pas beaucoup de moyens et René n'avait rien trouvé de mieux pour mettre du beurre dans les épinards que d'acheter un cochon ! Il avait dans l'idée de l'engraisser, puis de le revendre. Il lui avait construit un petit enclos et c'était moi qui étais chargée de le nourrir tous les jours, ce qui ne m'emballait pas du tout. J'arrivais de Paris, je n'avais jamais vu un cochon de ma vie. J'en avais une peur bleue. Je crois que je le nourrissais un peu n'importe comment, je n'y mettais pas beaucoup de cœur ; je récupérais les vieux restes, les épluchures de pommes de terre, fruits pourris, coquilles d'œuf et autres détritus et je lui portais ça le soir. Je versais à toute allure le seau dans l'enclos et repartais aussi vite. Je n'avais qu'une idée, qu'il s'en aille. On l'a gardé trois mois, il n'avait pas beaucoup grossi. On n'en a pas tiré grand-chose. Avec le produit de la vente, on a acheté quatre poules.

Lundi 20 avril

Ça y est, ce fichu point rouge est revenu sur le téléphone de ma chambre. La nuit, ça me gêne pour dormir, ça clignote tout le temps. Ma fille m'a expliqué que ça s'allumait quand je manquais un appel. Elle m'a montré dix fois comment le faire passer, mais j'ai encore oublié. Alors je dois patienter jusqu'à la prochaine visite d'un de mes enfants pour m'en débarrasser. En attendant, le soir avant de me coucher, j'enfile une chaussette sur le combiné et je le tourne vers le mur. Sur ma télévision aussi, quand elle est éteinte, il y a un point rouge. Sur mon bouton d'alarme aussi. Pourquoi ont-ils besoin de mettre des points rouges partout ?

Samedi 25 avril

La Marcelle a disparu. Elle a fait une fugue, comme la vache du voisin. La 2CV n'est plus au garage. On a organisé des battues dans tous les villages alentour, Fernand a appelé son frère du Donjon, le frère de la Marcelle, la femme du frère et tous les copains de belote, il a même pris sa mobylette pour aller jusqu'à la ferme de son frère des Trois-Ânes, celui qui n'a pas le téléphone, rien. Introuvable. Envolée. Le Fernand est aux quatre cents coups. C'est qu'il y tient à sa Marcelle. À sa Marcelle et à sa soupe, aussi. En fin de journée, on a fini par la retrouver, chez sa sœur. À Limoges. Deux cents kilomètres… C'est que ça en fait une trotte ! Elle était partie comme ça, sans prévenir, sans dire où elle allait, sur un coup de tête. C'est là qu'on a commencé à penser qu'elle la perdait un peu, la tête, et que ce n'était peut-être pas seulement à cause du sucre. On s'est souvenus de sa mère, la vieille Marie, qui avait fini folle et donnait des coups de bâton à tous ceux qui l'approchaient. Elle se tenait souvent sur le seuil de la ferme, toute vêtue de noir, sa canne à la main brandie comme un gourdin. Personne n'osait entrer et les enfants de la maison faisaient un grand détour pour aller chercher leurs bicyclettes au garage. Elle tenait les importuns à distance bien mieux que le vieux chien décharné qui aboyait au bout de sa chaîne.

Mardi 28 avril

Depuis la semaine dernière, les enfants sont en vacances. D'ailleurs, ils sont très souvent en vacances. Ils ne travaillent pas beaucoup, ce n'est pas étonnant qu'ils ne sachent plus rien. Pour cette seconde semaine des vacances de printemps (maintenant on dit « les vacances de printemps », autrefois c'étaient les vacances de Pâques, la saison est devenue plus importante que le bon Dieu), ma fille m'a confié ses deux garçons, de sept et douze ans. Ça les change de l'air pollué de Paris et des crottes de chien partout sur les trottoirs. Ici c'est la campagne, les champs, les bois, les vaches, le potager, et ça sent bon. Comme je ne suis tout de même plus toute jeune, la fille de la boulangère du Donjon viendra tous les après-midi pour me soulager un peu, les faire dîner et s'assurer qu'ils prennent leur bain.

Ce matin, nous avons eu de l'agitation. J'étais bien tranquille dans ma cuisine en train de faire un pain d'épice quand les garçons ont déboulé, affolés. « Bonne-maman ! Marcelle est tombée dans le massif, elle arrive plus à se relever ! » Comment ça, tombée dans le massif ? J'ai lâché mon pain d'épice et je les ai suivis au pas de course. Et, de fait, j'ai trouvé la Marcelle allongée de tout son long sur mes tulipes. Je ne me voyais pas la tirer par le bras, elle pèse lourd et moi je n'ai plus beaucoup de force. Mon petit-fils, le plus grand, est allé chercher le Fernand, il n'y avait pas d'autre solution. Il a dû bien lui décrire la situation parce que, quelques minutes plus tard, j'ai vu arriver le Fernand sur sa mobylette avec, enroulée autour de l'épaule, une grosse corde. Mon Dieu, il voulait treuiller la Marcelle avec son engin à moteur ! Ça a été très efficace : elle n'était pas encore ficelée qu'en quelques secondes elle a retrouvé ses esprits et bondi sur ses deux jambes, comme si de rien n'était et aussi solide qu'à ses vingt ans. Puis elle est rentrée chez elle en suivant docilement son mari dont les vociférations couvraient la pétarade de la mobylette. On a bien ri, même si j'ai eu un pincement au cœur quand j'ai vu l'état de mes tulipes qui, elles, ne se relèveraient plus.

Mercredi 29 avril

Les enfants ont sorti les vélos du garage. Ils font la course sur l'allée, s'amusent à lâcher le guidon et les pédales, à soulever la roue avant, pendant que je prie pour qu'ils ne se blessent pas et que je les rende entiers à leurs parents. En les regardant, vaguement effrayée, je me pose la question : saurais-je encore faire de la bicyclette ? J'ai toujours ma vieille Gitane verte dans le garage. J'en avais fait des kilomètres avec ! Les quelques années où nous avions habité Vichy, ma fille s'en servait pour aller au collège, avant qu'on lui achète une mobylette. J'allais faire mes courses en pédalant, j'entassais mes achats dans les deux sacoches accrochées au porte-bagages et dans un filet suspendu au guidon. Je ne sais même plus depuis combien d'années je n'ai pas posé mes fesses sur la selle… Vingt ans ? Trente ? Je devrais essayer, il paraît que c'est excellent pour la santé, pour le cœur, pour les muscles. Mais je risque de tomber et de me casser. Il faudrait que quelqu'un me tienne le guidon pour démarrer, comme on le fait pour les petits enfants. Ou alors mettre des petites roues… ?

Jeudi 30 avril

Aujourd'hui, il y a eu comme un avant-goût d'Apocalypse. Vers six heures du soir, le ciel a viré, prenant une drôle et menaçante teinte orangée que, depuis le temps, j'ai appris à reconnaître. C'est à la fois très beau et vaguement inquiétant. Je sais ce que signifie ici un ciel qui rouille : il ne va pas tarder à nous tomber sur la tête, sous la forme de redoutables petites boules de glace qui saccagent tout. La grêle. L'une des plaies d'Égypte d'après la Bible, surtout une plaie pour les gens du coin qui voient parfois toute une récolte décimée en quelques minutes.

Et quand je parle de tomber sur la tête, ce n'est pas juste une image. Je me souviens d'un orage de grêle, une année. Ça avait été très violent et soudain. Le vent s'était levé d'un coup et soufflait fort. Nous étions dans le bureau et un volet, mal accroché, s'était mis à battre. René avait voulu le bloquer. Il avait ouvert la fenêtre, s'était penché, s'efforçant avec bien du mal de le rabattre. Il le poussait de toutes ses forces, luttant contre le vent et les projectiles de glace qui fusaient, quand un grêlon de la taille d'une balle de ping-pong s'était abattu sur son crâne. Sur le moment, il était devenu tout blanc, j'ai bien cru qu'il allait tourner de l'œil. Il n'avait déjà plus beaucoup de cheveux à l'époque et ça lui avait fait une bosse aussi grosse que le grêlon.

Même quand il ne la recevait pas sur le crâne, la grêle était une plaie pour René. Il était assureur et beaucoup de ses clients étaient des cultivateurs. Un orage de grêle, surtout au moment des récoltes, à la fin de l'été ou au début de l'automne, voulait dire un surplus de travail énorme. Le téléphone n'arrêtait pas de sonner, les sinistres s'accumulaient, il fallait les déclarer à la compagnie à Paris. René n'arrêtait pas, il se couchait à pas d'heure et de mauvaise humeur. Les clients prenaient leur assurance avant les périodes les plus risquées, à la fin de l'hiver. C'était une assurance spécifique contre la grêle. Seules les récoltes étaient assurées, pas les fleurs ni les fruits et légumes. Là aussi, c'était un gros travail. Il fallait taper les « assolements », des feuilles préremplies sur lesquelles il fallait indiquer pour chaque parcelle le nombre d'hectares, le nom de la céréale et plein d'autres mots et chiffres que j'ai oubliés. Et ça, c'était moi qui m'y collais. En faisant tourner la molette de la petite Remington, je devais insérer une feuille de carbone entre deux formulaires à remplir. Je finissais la soirée les doigts tout noirs, je m'en mettais partout et à la fin on aurait pu croire que j'avais ramoné toutes les cheminées de la maison.

Aujourd'hui, quand j'ai vu le ciel orange, je me suis hâtée de fermer les fenêtres et de vérifier le blocage de chaque volet. Puis j'ai prié pour que les grêlons soient petits, que ça ne dure pas surtout, et j'ai attendu, résignée, postée devant la fenêtre du bureau. Les enfants étaient tout excités par cette drôle de neige qui cognait sur les carreaux et rebondissait sur la table de jardin. Moi je pensais au joli travail du jardinier qui risquait d'être gâché, à mes rosiers que j'avais passé plusieurs après-midi à tailler consciencieusement, à mes pensées, qui étaient devenues si belles, et à leurs petites fleurs fragiles.

On a encore évité l'Apocalypse pour cette fois. Des pierres de grêle ne sont pas tombées avec fureur pour détruire. Il n'y eut ni voix, ni tonnerre, ni tremblement de terre. Les grêlons qui sont tombés sur les hommes ne pesaient pas un talent, et les hommes n'ont pas eu à blasphémer Dieu.

Samedi 2 mai

Aujourd'hui, Fernand et Marcelle sont revenus bien gais de leur après-midi de belote au village. Ils ont gagné le premier prix, ce qui me rassure ; si la Marcelle arrive toujours à jouer aux cartes, c'est que sa tête n'est pas trop en train de s'en aller. Tout heureux et un peu pompettes, ils sont rentrés avec un énorme jambon. C'est quand même mieux que les tournois de bridge où on ne joue que pour l'honneur… On ne gagne jamais rien, ni argent, ni lot. Je devrais peut-être me mettre à la belote ?

Cela dit, qu'est-ce que je ferais d'un jambon ? Je n'arriverais même pas à le porter jusqu'à la cuisine…

Dimanche 3 mai

Ce matin, avant de les rendre à leur mère, j'ai emmené les enfants avec moi à la messe.

Ils se sont très mal tenus, j'avais honte, Gilberte n'était pas très loin et elle s'est retournée plusieurs fois en leur faisant les gros yeux. Je les ai fait déjeuner tôt pour être sûre d'être à l'heure à Moulins pour le train de quatorze heures vingt-huit. On est partis très en avance. Ils étaient très agités, ils n'ont pas arrêté de donner des coups de genou dans mon siège, j'avais beau me fâcher, rien n'y faisait. Ils m'ont bien cassé les oreilles et j'avais du mal à rester concentrée sur ma route. Au retour, ma petite voiture m'a semblé toute vide.

En arrivant, j'ai ouvert en grand les fenêtres de leurs chambres pour aérer. Ils ont un peu tout laissé en bazar. J'ai enlevé les draps pour les mettre à la machine avec les serviettes de toilette. Pour le reste, ça attendra jeudi. La petite Angèle refera les lits, rangera ce qu'ils ont laissé traîner et passera un coup d'aspirateur. Quand ils reviendront, ils trouveront une chambre toute propre et un lit qui sent bon.

Lundi 4 mai

Mon massif est magnifique. Les pensées ont fait beaucoup de fleurs, la grêle ne les a pas abîmées, il y en a de toutes les couleurs, c'est un feu d'artifice. Il faut dire aussi que, tous les deux soirs, je les arrose. Depuis qu'il les a mises en terre, le jardinier a laissé le gros tuyau vert en haut de l'escalier de pierre, je n'ai pas de mal à le tirer jusqu'au bord de la pelouse. Là, j'approche mon fauteuil en rotin, je me cale dedans, mon tuyau à la main, je règle le jet avec l'embout qui tourne et j'arrose, confortablement assise, pendant un bon quart d'heure.

Mercredi, Gilberte, Nine et Toinette viennent déjeuner. Le mercredi c'est un bon jour, parce que le lendemain matin j'ai la petite Angèle qui peut m'aider à tout ranger. J'espère qu'il fera beau et assez doux pour prendre le café sur la table de jardin, comme ça, elles pourront admirer mes fleurs. Puis nous rentrerons à l'intérieur pour jouer au bridge. Il ne fait pas encore très chaud, c'est un peu juste pour rester longtemps dehors sans s'activer. Et puis il faut se méfier du soleil de mai, on a vite fait d'attraper un rhume de cerveau.

Tout à l'heure, en montant l'escalier, j'ai tapoté le verre du baromètre. L'aiguille a bougé de quelques millimètres supplémentaires vers la droite. Deux jours avant, c'est bon signe. Il fera beau mercredi. Contrairement à la météo de la télévision, mon baromètre ne se trompe jamais.

Mardi 5 mai

J'ai passé ma matinée dans la cuisine. J'aime bien préparer les choses avec un peu d'avance pour ne pas me fatiguer le jour même. Pour profiter de ce que je fais, aussi, parce que quand je cuisine beaucoup, après je n'ai plus du tout faim. J'ai préparé un veau aux carottes. Le veau aux carottes est encore meilleur quand on le prépare la veille. Les carottes semées par mon jardinier sont encore trop petites, je suis allée en acheter au supermarché, comme les pommes de terre et la salade. Pour la viande, quitte à faire la queue une seconde fois, je préfère qu'elle vienne de chez mon bon boucher du Donjon. Pendant que le rôti dore doucement dans la cocotte avec les oignons, je coupe les carottes en rondelles très fines. Puis je les mets autour du rôti et elles cuisent dans le jus, avec le vin blanc, les petits oignons et quelques feuilles de laurier. Les carottes deviennent fondantes, presque confites, c'est un régal. Je fais cuire les pommes de terre à part, je les épluche et je les ajoute entières, à la fin, pour qu'elles s'imprègnent bien du jus. Le soir, je verse le tout dans un grand Tupperware et je mets au réfrigérateur. J'ai aussi lavé et essoré la salade, pas trop, elle se garde mieux si elle reste un peu humide. Je n'ai pas prévu d'entrée, nous prendrons un verre de vin blanc et j'ai des petits choux dans mon congélateur. Je les réchaufferai au four au dernier moment pour l'apéritif. En dessert, j'ai fait mon gâteau à l'orange. C'est une de mes spécialités avec le gâteau de noix et le gâteau de marrons, je le fais très souvent et elles le connaissent par cœur, mais elles le réclament toujours ! Je sais que si je leur donne autre chose, elles seront déçues. C'est une recette toute simple et telle quelle ça donne un gâteau un peu sec. Alors je l'ai un peu « arrangée », quand le gâteau est cuit je le coupe en deux dans l'épaisseur et j'arrose chaque moitié d'un mélange d'orange pressée et de cognac. Puis, dans une petite casserole, je fais une espèce de crème au beurre avec des zestes d'orange et un jaune d'œuf, et je l'étale entre les deux moitiés du gâteau. Pour décorer, je saupoudre le dessus de sucre glace, puis je dépose cinq ou six rondelles d'orange. Je le sers très frais.

Voilà, mon déjeuner pour demain est prêt. Il me reste à mettre une bouteille de vin blanc au frais et pour ça il faut que je descende en chercher une à la cave. Je n'aime pas du tout aller à la cave. D'abord, il y a ce petit escalier très raide où j'ai toujours peur de me casser la figure, on n'y voit rien, le bouton de la lumière se trouve en bas des marches. Puis, et c'est pire je crois, il y a les chauves-souris. Ces bêtes-là m'inspirent une terreur irraisonnée. Cent fois on m'a répété qu'elles étaient équipées de radars qui les empêchent de vous toucher, mais il n'y a rien à faire, je ne suis pas tranquille. En plus, à la cave, le plafond est très bas, ce qui accentue ma peur qu'une étourdie vienne se ficher dans mes cheveux. Il paraît que cette histoire de chauves-souris qui s'accrochent à vos cheveux, c'est une légende, que ça n'arrive jamais. Mais tout de même, chaque fois que je vais chercher du vin, je me mets un vieux chapeau de René sur la tête. On ne sait jamais. Moi, ces bestioles qui dorment la tête en bas, ça ne m'inspire pas du tout. Avec leur museau de souris et leurs ailes de vampire, elles me terrifient. Déjà que j'ai peur d'une souris, alors des souris qui volent…

Allons Jeanne, ne sois pas idiote. J'ai rassemblé tout mon courage, j'ai attrapé le feutre gris accroché au portemanteau de l'entrée et je suis descendue dans le noir en me cramponnant à la rampe, une marche après l'autre. J'ai pris une bouteille de sancerre et je suis remontée, saine et sauve. Heureusement que Toinette apporte le vin rouge pour le déjeuner, je n'aurais pas pu tenir en même temps la rampe et deux bouteilles, il aurait fallu que je me rende deux fois à la cave aux vampires.

Mercredi 6 mai

Mon baromètre ne s'est pas trompé, j'ouvre mes volets sur un magnifique ciel bleu. Il est neuf heures et le thermomètre indique déjà dix degrés. En bloquant mes volets, je regarde mon beau massif. Je ne dois pas être encore bien réveillée, je distingue mal mes fleurs. Je mets mes lunettes, mais je ne vois toujours rien. Juste de vagues petites touffes vertes, je ne perçois plus les autres couleurs, les rouges, jaunes, blancs, violets… Que m'arrive-t-il ? Il ne manquerait plus que ça, que je fasse une attaque aujourd'hui, le jour de mon bon déjeuner ! Je me rassure : la table de jardin et le gros arbre dont j'ai oublié le nom sont bien nets, eux ; le magnolia aussi, avec ses énormes boutons aux allures de pommes de pin, qui donneront bientôt de belles fleurs blanches parfumées. Mes yeux ne se sont pas voilés et ma tête n'est pas plus embrumée que d'habitude. Mais mes pensées, alors ? Pourquoi ne les vois-je plus ? Que sont-elles devenues ?

J'enfile ma robe de chambre et mes pantoufles, je descends, je déverrouille la porte d'entrée et je sors. Je traverse la cour de graviers jusqu'à la pelouse. Et là, je suis effondrée. Mon massif est ravagé, comme s'il avait été balayé par une tornade au ras du sol. Éparpillés à même la terre et sur la pelouse, quelques pétales isolés et mal en point. J'en pleurerais. Que s'est-il passé ? Et pourquoi aujourd'hui ? Moi qui étais si fière de mon massif…

« C'est les chevreuils, y z'ont tout bouffé c'te nuit ! »

À côté de moi, les deux mains en appui sur sa canne, aussi catastrophé que moi, mon Fernand. Je ne l'avais même pas entendu approcher. Les chevreuils ? C'est vrai qu'on en voit de plus en plus et qu'ils viennent de plus en plus près de la maison. Il m'arrive souvent, tôt le matin ou à la tombée du jour, d'en voir un me fixer de ses yeux doux, puis détaler dans un des bosquets. Je savais qu'ils aimaient grignoter les salades, mais les fleurs…

Je me console en pensant à mon veau aux carottes et mon gâteau à l'orange. Au petit vin blanc, surtout, que nous allons partager et qui va me ravigoter. Puis j'ai une pensée pour mon jardinier. Et je suis triste.

Jeudi 7 mai

Ce matin, la petite Angèle a tout de suite remarqué le massif. Quand je lui ai parlé des chevreuils, elle n'a pas semblé étonnée. Surtout, elle m'a dit ce qu'il fallait faire pour les empêcher d'approcher. La solution : des vieux bas filés et des cheveux.

Je l'ai regardée, un peu ahurie, mais elle n'avait pas du tout l'air de se moquer de moi. Elle a répété, avec le sérieux d'un pape : des vieux bas et des cheveux. Il faut en mettre tout autour du massif et les chevreuils ne viendront plus.

Bon… Pour les vieux bas, je dois bien en avoir quelques-uns qui traînent, et de toute façon je file sans arrêt mes collants, que je persiste à porter très fins, au grand désespoir de ma fille qui trouve que ça fait province. Mais pour les cheveux, comment faire ? « Ben vous demandez au coiffeur ! » Ah, l'idée ne m'était pas venue, mais, dit comme cela, c'est évident. Seulement, qu'est-ce qu'il va penser, mon coiffeur, si je lui demande de me donner un sac rempli des cheveux de ses clients ? Il va me prendre pour une folle… « Pas du tout ! Ici, on fait tous ça, votre coiffeur, il connaît sûrement. »

Heureusement que j'ai changé de coiffeur il n'y a pas longtemps, que maintenant je vais au Donjon, parce que celui de Vichy, quoi qu'en dise Angèle, je ne suis pas sûre qu'il aurait compris… Et moi, devant toutes les dames pomponnées de la ville, je n'aurais jamais osé demander une chose pareille. Vichy a beau n'être qu'à trente-huit kilomètres, on y est déjà très loin de la campagne.

Lundi 11 mai

La Marcelle m'inquiète. Déjà, il y avait eu la fugue à Limoges. Puis il y a eu l'épisode dans mon massif de tulipes qui m'a laissée perplexe : jouait-elle la comédie, ou bien était-ce un nouveau signe de quelque chose qui ne tourne plus très rond ? Depuis qu'elle n'a plus droit au sucre, elle a les nerfs en pelote. Et de ce que j'entends de ma cuisine, à la ferme ça m'a l'air de se chamailler pas mal. Je crois que Fernand, prenant la chose bien à cœur, a caché tous les paquets de sucre et ça a mis la Marcelle très en colère. Elle affirme que le docteur dit des bêtises, qu'elle n'a jamais eu de diabète, que ces choses-là ne peuvent pas venir d'un coup, et réclame qu'on lui rende son sucre.

La semaine dernière, profitant d'une première journée de beau soleil, je prenais tranquillement mon café dehors en feuilletant *Le Figaro* quand elle est arrivée. Elle m'a d'abord fait un brin de conversation, l'air de rien, mais je voyais bien qu'elle fixait le sucrier posé sur le plateau. Au bout d'un moment, elle m'a demandé si elle pouvait prendre un sucre. J'étais bien ennuyée. J'ai commencé par refuser, lui expliquant que ce n'était pas bon pour sa santé, mais elle a insisté et s'est mise à me supplier. Elle m'a fait de la peine. J'ai quand même jeté un œil alentour pour m'assurer que Fernand n'arrivait pas, et j'ai cédé. J'ai attrapé un sucre et le lui ai tendu, espérant qu'elle n'irait pas le répéter à Fernand. Et voilà que cet après-midi, juste après que j'ai entendu la mobylette démarrer et que je l'ai vue s'engager en pétaradant sur l'allée, elle est venue sonner à ma porte. Elle n'avait rien à me donner, rien de particulier à me dire. Elle voulait du sucre. Encore. Comme la dernière fois, j'ai d'abord dit « Non Marcelle, vous savez bien que ce n'est pas bon pour vous... » mais elle a refusé de s'en aller. Fernand était parti, elle le savait et elle en profitait. À nouveau, j'ai cédé, je suis allée chercher un sucre dans la salle à manger. Elle m'a remerciée et a fait demi-tour.

Il reste que tout cela me tracasse beaucoup. Et si elle devenait comme sa mère, la vieille Marie, si elle perdait complètement la tête ?

Mardi 12 mai

En parlant de perdre la tête je viens d'entendre à la télévision une chose effrayante. Il y en a qui décident de se faire congeler ! Ils appellent ça se faire « cryo » quelque chose. Mon Dieu... Et pour cela, une hypothétique survie de surgelé, ils déboursent des fortunes ! Les moins nantis renoncent à retrouver dans cent ans, dans mille ans, leurs deux jambes et leurs deux bras, la congélation intégrale coûte trop cher. Ceux-là ne prévoient de congeler que leur tête, avec le cerveau dedans tout de même. Quelle horreur ! On va devoir les décapiter avant de les mettre au frais... Mais, enfin, ils ont perdu la raison ? Et puis quoi, vous imaginez, vous, vous réveiller dans plusieurs siècles avec votre cervelle d'aujourd'hui ? Déjà que le monde tourne de moins en moins rond, qu'est-ce que ce sera ! Jamais je ne voudrais voir ça. Entre ceux qui se font brûler (mais bon, ceux-là n'espèrent pas se réveiller un jour) et ceux qui se font congeler, ils sont tous devenus fous.

Mercredi 13 mai

Ce soir, Denise nous a invitées à dîner, Toinette, Nine et moi. Nous avons décidé de faire voiture commune. Nine et Toinette habitent toutes les deux à Loddes, je suis sur leur chemin. C'est Nine qui passera nous prendre avec son automobile. Maintenant j'évite de conduire la nuit, surtout quand il faut aller un peu loin, car je n'y vois plus grand-chose. Les phares des autres voitures m'éblouissent, je suis obligée de fermer les yeux chaque fois que j'en croise une, comme quand j'éternue. D'ailleurs, nous faisons de moins en moins de dîners, et de plus en plus de goûters : ça nous emmène moins tard et surtout ça demande moins de travail. Une bonne théière et un gâteau ou quelques biscuits et nous sommes contentes. En plus, on peut jouer aux cartes ou faire un Scrabble tout en buvant une tasse de thé. Alors que, à déjeuner, on ne peut rien faire d'autre que manger, boire et parler. Le souci est qu'à nos âges nous n'avons plus beaucoup de sujets de conversation. Très vite, on tourne en rond, tombant dans des commérages qui m'assomment. Pour peu qu'en plus il y ait une ou deux sourdes ou quelques gâteuses, on répète dix fois les mêmes histoires, c'est d'un ennui mortel et je n'ai alors qu'une hâte, rentrer chez moi.

Avant, Denise habitait Liernolles, tout près de chez Gilberte, une grande maison un peu isolée à l'écart du village. Il y a deux ans elle a déménagé pour s'installer dans un petit appartement du centre de Moulins où elle se sent plus en sécurité. Depuis la mort de son mari, elle a repiqué une jeunesse. Elle va au cinéma, au théâtre, au concert. Elle fréquente assidûment le club de bridge et le Cercle, fait beaucoup de tournois qu'elle remporte parfois. Toujours tirée à quatre épingles, elle va tous les quinze jours chez le coiffeur, court les boutiques, reste coquette. Elle sort, voit du monde. Elle vit. Il faut dire aussi qu'elle est la plus jeune d'entre nous, on vient de fêter ses quatre-vingts ans. Pour son anniversaire, ses enfants lui ont offert un voyage de quinze jours aux Indes ! Mon Dieu… Il paraît qu'elle a toujours rêvé d'aller là-bas. Elle ira avec sa fille, celle qui est célibataire. Moi, il faudrait me payer cher. Faire autant d'avion pour rester piquée debout dans des palais et des temples, non merci.

Jeudi 14 mai

J'ai mal dormi. Je crois qu'hier, chez Denise, j'ai trop bu et trop mangé. Je ne suis pas habituée. En plus je me suis couchée très tard. En fin de soirée il s'est mis à pleuvoir et au retour Nine a conduit très doucement. Toute la nuit le vent a soufflé en rafales bruyantes et la pluie a cogné sur la gouttière. Dans la maison vide, des portes claquaient, le bois craquait. J'ai allumé la télévision et les heures ont défilé comme ça, entre éveil et sommeil, jusqu'au petit matin.

Vendredi 15 mai

Je ne sais pas si mes vieux bas et les touffes de cheveux du coiffeur ont éloigné les chevreuils de mon massif. Tout ce que je sais, c'est que mes pensées, elles, n'ont toujours pas repris. Dix jours après le désastre, il y a plus de terre que de fleurs. C'est d'une tristesse… Ce matin, mon jardinier est arrivé avec la pioche et il a tout arraché. De toute façon, les pensées ne sont pas des fleurs d'été, elles n'auraient pas tenu et à la fin de juin il aurait fallu mettre autre chose. À la place, il a planté des pétunias déjà bien avancés. Il m'a promis qu'avec un bon arrosage je devrais avoir très vite de belles fleurs qui tiendront tout l'été.

Dimanche 17 mai

Ma fille est venue passer le week-end à la maison avec son mari et son chien, sans les enfants qui étaient invités chez leurs cousins du Perche pour les quatre jours de l'Ascension. Comme d'habitude, le chien a saccagé ma cuisine. Elle a beau dire, je suis sûre qu'elle ne le nourrit pas assez, il passe sa vie la truffe dans ma poubelle et va voler les croquettes du chien du vieux Baptiste, à quelques centaines de mètres de l'allée. Le Baptiste laisse toujours un gros sac mal fermé dans sa grange. Le chien de ma fille revient gonflé comme un tonneau et passe le reste de la journée affalé dans sa panière en gémissant. Il mange tout ce qui traîne, même la mort-aux-rats ! Du coup, depuis qu'ils ont cet animal, j'ai été obligée d'enlever jusqu'à la moindre trace de grains roses de la cave au grenier puisqu'il va fourrer son nez partout, et de payer une fortune une société spécialisée qui a installé du poison dans des boîtes soi-disant inviolables.

À l'époque de René, on mettait des tapettes avec du gruyère ou des noix en guise d'appâts. Ça aurait peut-être été moins dangereux pour le chien. Au pire, il se serait fait écraser le nez et ne s'y serait plus jamais frotté. Mais bon, je dois reconnaître que depuis qu'on a mis ces boîtes hors de prix je n'ai jamais revu une souris. Tant mieux, parce que j'ai de plus en plus de mal à monter sur les tables.

Le souci avec les tapettes, c'est que bien souvent on retrouvait les rats ou les souris pas tout à fait morts. René les achevait, je ne sais pas trop comment... Du temps de ma belle-mère, malgré les pièges, ça trottinait dans toute la maison. La nuit, on les entendait gratter. Il faut dire qu'elle faisait des provisions de noix et que ces sales bêtes adorent ça. Elle en ramassait des sacs entiers qu'elle mettait de côté pour « son petit Jean », le fils cadet et préféré, qui ne venait qu'une ou deux fois par an. Elle en cachait partout, quand elle est morte on en a retrouvé des kilos dans son lit, toutes pourries, entre le matelas et le sommier...

Lundi 18 mai

Il y a quelques jours, la Marcelle a sonné à la porte. Je suis allée lui ouvrir, j'ai cru qu'elle voulait me demander du sucre. Je l'ai trouvée tout sourire sur le perron avec à la main trois belles tulipes rouges qu'elle venait m'offrir. Je l'ai remerciée, et elle est repartie. J'ai mis les trois tulipes dans un vase après avoir égalisé les tiges au sécateur. Et ce matin, pendant que je préparais un filet de cabillaud surgelé pour mon déjeuner, jetant distraitement un œil par la fenêtre, je l'ai vue. D'un pas sûr, elle avançait vers le massif d'hortensias. Et là, je la vois qui se penche vers mes tulipes. Elle en attrape une, tire, tourne, tire encore jusqu'à ce que la tige cède. Puis elle recommence. Et encore. Elle fait de la charpie avec mes tulipes. Médusée, je ne dis rien, je n'ouvre même pas la fenêtre. Va-t-elle m'arracher tout mon massif ? Enfin, elle repart. Au bout d'à peine cinq minutes, coup de sonnette. Sur le perron, ma Marcelle, son bouquet de tulipes déchiquetées à la main. Cinq malheureuses fleurs de tailles inégales, aux tiges pliées, certaines cassées à trois centimètres de la fleur. Je la remercie, mais cette fois je lui dis qu'elle doit arrêter de cueillir les tulipes, qu'elles sont là pour mettre des couleurs vives dans le jardin, qu'il faut les laisser s'épanouir au pied des hortensias bleu ardoise. Elle a l'air d'une petite fille prise en faute, baisse la tête et regarde son menton. J'ai l'impression qu'elle va pleurer. Elle me fait de la peine. C'est à ce moment-là qu'apparaît Fernand, clopinant avec sa canne, gueulant après sa femme. « Qu'est-ce que t'fais là ? Allez, viens, on rentre à la maison, mais viens donc ! »

Mercredi 20 mai

Vers midi et demi, je venais de finir mon déjeuner et m'apprêtais à prendre mon café quand la petite factrice est arrivée avec sa voiture jaune. Je suis allée vers elle, elle a baissé la vitre en me tendant mon courrier. Elle m'a demandé si j'avais des lettres à poster et j'ai dit non. Ça tombait bien, elle était un peu pressée, ce matin sa tournée avait pris du retard. Elle est repartie en me faisant au revoir avec la main et un joli sourire.

Je me suis réinstallée dans mon fauteuil en rotin et j'ai commencé à dépiauter tout ça. Avec *Le Figaro*, il y a mon relevé de compte, deux ou trois publicités et une espèce de petit journal que je dois recevoir à peu près une fois par mois et qui en général finit au panier. Comme je suis bien tranquillement assise au soleil avec rien de particulier à faire, je le feuillette distraitement.

Tiens, des gens du Donjon ont remporté le concours régional de belote : « Avec 4663 points, c'est une doublette féminine venue du Donjon qui a remporté les deux jambons et les deux bouteilles de champagne réservés aux vainqueurs. »

Page suivante, j'apprends que la communauté de communes du Val-de-Besbre va organiser une « soirée choucroute dansante » ! Ça alors, comment peut-on danser après avoir mangé une choucroute ?

Plus bas, on annonce pour le 21 juin « La Marche de l'été », un circuit pédestre au départ de Bert : 3 euros l'inscription. Payer pour marcher, il n'y a pas idée !

Ah, quelque chose du côté de Loddes, voyons voir, si c'est intéressant, je pourrais peut-être y aller avec Nine et Toinette ? Un « atelier de scrapbooking ». Mon Dieu, qu'est-ce que cela peut bien être ? Ça coûte tout de même 16 euros les trois heures, ce n'est pas donné ! Autant nous retrouver toutes les trois chez Toinette pour une tasse de thé.

Vient ensuite la liste des différents concours de belote de la région ; ça, c'est pour Fernand et Marcelle.

Un peu plus loin, ils proposent la visite d'un « atelier de découpe de viande » à Saint-Pourçain-sur-Besbre. En voilà une idée ! Il y a vraiment des gens qui ont envie de voir se faire découper une vache ?

Ah, là c'est plus intéressant : samedi 13 juin, on donne un film. Un soir par mois, au Donjon, la mairie ouvre une salle pour du cinéma, j'y suis allée une fois avec Toinette. Le film s'appelle *Un peu, beaucoup, aveuglément*. L'acteur principal est un certain Clovis, oui, comme celui du vase de Soissons ! On redonne de drôles de prénoms de nos jours... Le résumé ne m'inspire pas beaucoup, je ne ferai pas le déplacement.

La dernière page fait part des naissances, des baptêmes, des mariages et, les plus nombreux, des morts. Je parcours rapidement, je ne connais personne.

Je repose le petit journal à côté de la réclame. Celle-là, je ne la lis pas. Avant, quand avec les publicités du supermarché il y avait des bons de réduction, je les découpais, les mettais de côté et au moment de partir faire mes courses je les oubliais. Au bout d'un certain temps ils ne valaient plus rien et je finissais par les jeter, alors maintenant je ne les regarde même plus. Je mettrai tout ça dans la corbeille à papier tout à l'heure.

Je jette un œil sur mon relevé du Crédit agricole, tout va bien. J'ai chaque fois un peu d'appréhension en ouvrant l'enveloppe, j'ai toujours peur d'avoir fait des bêtises avec mes sous et de me faire attraper par mon fils.

Puis je prends un carré de chocolat et déplie mon *Figaro*.

Jeudi 21 mai

Toinette est veuve depuis longtemps. Nine aussi. Gilberte aussi. Denise aussi. Jacqueline aussi. Aucune ne s'est remariée. Aujourd'hui il n'y a quasiment plus d'hommes au-delà de quatre-vingts ans dans le pays. Il n'y a que Chantal qui n'ait pas eu de mari. On prétend même qu'elle n'aurait jamais vu le loup…

Nine nous raconte toujours l'histoire de sa plus jeune sœur, celle qui vit dans le Nord. Elle avait perdu son mari et, dans un premier temps, pour se tenir compagnie, elle avait pris un chien. Puis elle avait perdu son chien, et pour se tenir compagnie, elle avait acheté un ordinateur. Au bout de quelques mois, elle avait retrouvé un mari… par Internet ! Un monsieur très bien, paraît-il, gentil, charmant. N'était-ce pas extraordinaire ?

Alors hier, chez Nine, quand Toinette nous a dit qu'elle voulait s'acheter une « tablette », on a bien ri ! Elle a expliqué qu'on peut tout faire avec une tablette : des réussites, du Scrabble, des mots croisés, écrire et recevoir du courrier, des photos, des petits films... Tout ça grâce à Internet. Peut-être aussi que Toinette espère trouver un nouveau mari ? C'est ce qu'on lui a dit, avec Nine et Gilberte. Elle a dit « vous n'y pensez pas ! », puis elle a éclaté de rire, on a levé nos coupes de crémant et on a trinqué au nouveau mari.

Vendredi 22 mai

Je ne saurai jamais qui a tué ce pauvre colonel Protheroe... Cette nuit, je me suis endormie dans un presbytère avec Miss Marple et réveillée avec une jeune femme en petite tenue, prenant des poses langoureuses et m'invitant à l'appeler au 06 je ne sais plus combien, me promettant qu'elle me ferait « des choses » dont, apparemment, je n'avais pas idée.

C'est toujours comme ça. Le soir, une fois couchée, j'allume la télévision, je commence à regarder quelque chose qui m'intéresse, puis je m'endors, et quand je me réveille, une ou deux heures plus tard, le programme a changé. Je ne m'en rends pas toujours compte sur le moment, je crois que c'est la suite de ce que je regardais avant de m'endormir, et je n'y comprends plus rien.

La télévision m'a toujours beaucoup tenu compagnie. Elle était arrivée dans notre vie peu après notre installation à Vichy, sous la forme d'un petit poste en noir et blanc avec une bouille toute ronde, un écran vert et un habillage caca d'oie. Très vite, elle avait pris possession de nos vies, imposant le rythme de nos journées.

Nous l'allumions une première fois après le déjeuner. À Vichy, René travaillait du matin au soir et, même s'il avait son bureau dans l'appartement, je le voyais assez peu. Vers midi, nous nous retrouvions pour déjeuner. Il mettait le couvert pendant que je m'affairais à la cuisine ; le dessert avalé, il rangeait le pain, le sel et l'eau, ramassait les miettes sur la nappe avec la balayette, puis, pendant que je faisais la vaisselle, il préparait le café. À l'époque nous l'achetions encore en grains que René broyait tous les matins avec son moulin dans un vacarme effrayant. Je m'asseyais dans le canapé du salon. René arrivait en portant la cafetière dans une main, les deux tasses dans l'autre. Avant de verser le café, il appuyait sur le gros bouton rouge du poste. Dans un silence religieux, nous écoutions les nouvelles. Je me souviens, peut-être une ou deux années plus tard, de l'arrivée d'Yves Mourousi avec ses grosses lunettes et ses déguisements. À la fin de son journal, la cloche sonnait au Palais Brongniart et l'austère monsieur Donati débitait d'une voix morne les hauts et les bas de la Bourse de Paris. « Ça baisse, mon vieux ! », se lamentait René quand ça n'allait pas comme il voulait, se montrant toujours plus sensible aux mauvaises nouvelles qu'aux bonnes. Puis il se levait, éteignait le poste et allait se remettre au travail. C'était aussi le moment où, après avoir rangé la cuisine, je m'échappais pour aller retrouver une amie ou jouer au tennis.

Le soir, nous devions avoir fini de débarrasser à temps pour ne pas manquer le journal. Cela nous faisait dîner très tôt mais il ne nous serait pas venu à l'idée de nous mettre à table devant la télévision, cela ne se faisait pas. Après les actualités, je restais seule au salon. Quand c'était le jeudi du « Grand Échiquier », je me levais pour mettre la deuxième chaîne. Il fallait appuyer bien fort sur un des trois boutons gris. Le plus souvent je regardais distraitement le programme du soir tout en lisant et tricotant, jusqu'à ce que la speakerine nous souhaite bonne nuit, cédant la place à la mire de l'ORTF. René, lui, retournait dans son bureau où il n'était pas rare qu'il travaille jusqu'à minuit. Quand enfin il venait se coucher, je dormais.

À l'époque, la présence de ma fille suffisait à me faire oublier les absences d'un mari pourtant toujours là. Aujourd'hui, il arrive que l'absence de René me pèse. Je n'ai plus personne dans ma maison pour remplir le vide du soir.

Lundi 25 mai

Sur le réfrigérateur de la grande cuisine, on a collé un autocollant rouge et blanc. Dessus il y a écrit « SOS Soins ». À l'intérieur, entre le beurre et les œufs, on a glissé une petite fiche en plastique où l'on peut voir ma tête et lire mon nom, mon prénom, ma date de naissance, mon groupe sanguin et diverses informations médicales me concernant ainsi que les nom et numéro de téléphone de la personne à prévenir en cas de souci. On appelle ça une « fiche d'identité sanitaire ». Lorsque les secours arrivent, ils vont directement vers le réfrigérateur. Il paraît que cela peut me sauver la vie. C'est la pharmacienne qui me l'a dit.

Jeudi 28 mai

Aujourd'hui je suis allée au Donjon, j'avais rendez-vous chez la pédicure. C'est une petite jeune fille toute douce, elle ne me fait jamais mal. Tous les deux mois, elle prend soin de mes durillons, de mes oignons et de mes cors. À la fin, après un ponçage minutieux qu'elle fait avec une drôle de petite machine, elle me masse en étalant une crème qui sent bon. Elle me dit que j'ai la peau très fine et très sèche, que c'est normal, que ça fait toujours ça avec le temps. Elle me demande chaque fois si je m'hydrate bien tous les jours avec un lait spécial, après la toilette du soir. Je lui dis qu'il m'arrive d'oublier, en fait je ne le fais jamais. C'est que j'ai beau avoir rétréci, j'ai de plus en plus de mal à atteindre mes pieds. Même assise sur mon lit, en pliant les jambes, ça devient difficile, ça tire partout et ça me fait mal. Tout ça pour me tartiner les orteils, ça ne vaut pas le coup. Je ne fais cette gymnastique que lorsque j'y suis vraiment obligée, quand mes ongles ont trop poussé et me gênent. D'ailleurs aujourd'hui j'étais bien contente d'avoir mon rendez-vous parce que, avec mes petits ciseaux, je n'avais pas réussi à me couper l'ongle du gros orteil droit et je commençais à avoir mal dans mes souliers. Elle a pris une pince et elle me l'a taillé impeccablement, puis limé. Puis elle m'a posé un vernis incolore. L'été, comme je porte des nu-pieds, elle me met un joli rouge cerise. Elle m'a expliqué que les ongles, contrairement à la peau, épaississent avec l'âge. C'est la seule partie du corps qui devient plus solide avec les années. On dit que, comme les cheveux, ils continueraient de pousser après la mort, je ne sais pas si c'est vrai ? J'imagine René en hippie, lui qui détestait tellement avoir les cheveux dans le cou…

Dimanche 31 mai

Ce soir ma fille m'a téléphoné pour me souhaiter bonne fête. Je lui ai dit qu'elle avait un jour de retard, que la Sainte-Jeanne c'était hier. Elle m'a répondu que ce n'était pas Jeanne qu'elle appelait, c'était sa mère.

Aujourd'hui, c'était la fête des Mères. Je ne le savais pas, je n'avais pas pris les nouvelles à la télévision.

Mercredi 3 juin

La journée a été très chaude pour un début de juin. Dehors, mon thermomètre indique encore vingt-quatre degrés. J'ai ouvert les fenêtres mais je ne sens pas d'air. Avec la chaleur, j'ai les pieds qui ont un peu gonflé. En chemise de nuit dans la salle de bains, je suis assise sur le tabouret en Formica jaune. J'ai mis mes pieds à tremper dans le bidet où j'ai fait couler de l'eau fraîche et ajouté une bonne poignée de bicarbonate de soude.

Je regarde mes jambes. La gauche est encore pas mal. À droite, c'est moins fringant. C'est comme si mes deux jambes n'avaient pas le même âge. Mon mollet droit est un peu enflé, certaines veines sont gonflées. Ma fille me dit que ce sont des varices et que je dois en parler au docteur, que ça se traite. Je lui réponds que ce n'est pas la peine, que ça ne me fait pas mal. Peut-être, insiste-t-elle, mais ce n'est pas beau. Elle m'agace. Je le sais bien que ce n'est pas beau, qu'a-t-elle besoin de me le dire comme ça ? Il reste que je n'ai pas envie qu'on aille tripoter mes veines, qu'on me fasse des piqûres ou je ne sais quoi qui va encore m'assommer et me prendre du temps. Tant que ça ne me gêne pas pour tenir debout et mettre un pied devant l'autre, je ne vois pas pourquoi je m'embêterais avec cette histoire de varices. D'ailleurs il a bien dû les voir, le docteur, et il n'a rien dit. C'est bien la preuve que ce n'est pas dangereux. Bien sûr que lui aussi doit trouver ça laid, mais soigner quelque chose uniquement parce que c'est laid, il doit penser qu'à mon âge ça ne vaut plus le coup. Et moi je suis bien d'accord avec lui. Alors elle, si ça la dérange tant que ça, eh bien, elle n'a qu'à regarder de l'autre côté.

Jeudi 4 juin

Ce matin, en nettoyant le sous-sol, Angèle a trouvé des petites crottes de souris. Zut, il va falloir mettre des boîtes de poison là aussi, je n'ai pas du tout envie de retomber un jour sur une de ces bêtes.

« Pourquoi vous prenez pas un chat ? En huit jours, vous seriez débarrassée ! »

Oui, oui, je sais... C'est vrai que depuis que Jacqueline a un chat, la nuit elle n'entend plus trotter au-dessus de sa tête. Mais bon, moi je ne suis pas trop chats... À dire vrai, j'en ai un peu peur. Et puis, même si ce n'est pas aussi pot de colle qu'un chien, il faut bien s'en occuper un peu, non ? On a beau être à la campagne, il y a la litière et tout ça, les boîtes de conserve de poisson à ouvrir, ça sent mauvais... Une fois ouvertes, Jacqueline les garde dans son Frigidaire. Les cochonneries de son chat à côté de son potage du soir ! Moi, ça me dégoûte.

Mon appréhension des chats remonte loin dans le temps. Je me souviens, je devais avoir onze ou douze ans, j'avais fait un séjour chez mes cousines du Berry. Elles avaient un énorme chat noir qu'elles adoraient qui s'appelait Gribouille. Une nuit, j'avais dû mal fermer la porte de ma chambre et il n'avait rien trouvé de mieux que de venir s'allonger sur mon lit. Terrifiée, j'étais restée étendue sur le dos, n'osant plus bouger, de peur qu'il me saute dessus. Je n'avais pas fermé l'œil jusqu'à ce que, le soleil se levant, Gribouille se soit décidé à en faire autant.

La dernière fois, chez Jacqueline, alors que nous prenions le thé dehors, son chat est arrivé avec dans sa gueule une souris encore vivante qu'il secouait dans tous les sens. Il n'a pas cessé de l'asticoter, feignant de la relâcher et la rattrapant aussitôt qu'elle faisait mine de s'échapper. Il a poursuivi ce petit jeu cruel jusqu'à ce que la malheureuse ne bouge plus. Je crois que je préfère encore la mort-aux-rats.

Mais Angèle n'aime pas les granulés. Elle m'explique que les granulés, c'est chimique. Alors que le chat qui chasse une souris et la martyrise jusqu'à ce que mort s'ensuive, c'est la nature. Comme le renard qui enlève la poule, le blaireau qui croque le lapin, la buse qui emporte l'agneau, la fouine qui dévore l'écureuil, le hérisson qui tue la vipère. Bientôt elle va me citer le léopard qui dépèce l'antilope, le lion qui... Pour elle, comme pour les vrais gens d'ici, tout cela est normal. Moi, j'aime bien la nature mais jusqu'à une certaine limite. Les animaux, je les supporte tant qu'ils sont loin, ou alors enfermés dans l'écran de la télévision ou les tableaux accrochés aux murs. J'ai un renard dans la salle à manger, des chevaux dans le grand salon et des chiens dans le bureau. Pas en liberté dans ma maison. Alors, pour le chat, c'est non. Définitivement.

Lundi 8 juin

Ce matin, j'ai fait quelques mouvements de gymnastique. J'ai plusieurs exercices. Assise sur un fauteuil, je tends les jambes devant moi en prenant appui sur mes talons, et je penche le buste vers l'avant, le plus loin possible. Je le fais dix fois. Ou bien, me tenant au rebord de la commode en merisier, je me hisse sur la pointe des pieds puis je redescends en fléchissant les jambes. Dix fois aussi. Il y a aussi des exercices que je faisais avant sur ma carpette, mais ça, c'était quand je n'avais pas encore de mal à me relever. Maintenant je les fais sur mon lit. Je m'allonge sur le dos puis je fais du pédalo et des battements. Je devrais faire ça tous les matins, mais soit je n'ai pas le courage, soit je n'y pense pas. Heureusement il y a des choses beaucoup moins ennuyeuses qui permettent de se maintenir en forme. La marche, par exemple, tous les docteurs le disent. Eh bien, ça, je le fais. Et pas juste cinq minutes ! Je pars sur l'allée, elle fait quand même six cents mètres de long et je fais l'aller-retour tous les jours, soit plus d'un kilomètre à pied. Je marche avec ma canne, pour ne pas tomber, et d'un bon pas, en me tenant bien droite. Et puis, plusieurs fois par jour, je monte mon grand escalier, je le redescends, puis je le remonte, je le redescends… Comme en plus je suis étourdie, j'ai toujours oublié quelque chose en bas quand j'arrive en haut, en haut quand j'arrive en bas. Alors je remonte, je redescends. J'ai compté les marches, il y en a vingt-deux, quarante-quatre aller et retour, de quoi faire travailler mes cuisses et entretenir mon souffle ! D'ailleurs, j'ai un cœur de jeune fille, c'est le docteur qui me l'a dit. Il m'arrive aussi, bravant ma peur des chauves-souris, de descendre au sous-sol pour chercher un pot de confiture dans le garde-manger, une bouteille de vin à la cave ou des pommes au fruitier. Enfin, à chaque intersaison, je fais des allées et venues entre le premier étage et le grenier : c'est là, dans la pièce aux placards, que je remise mes affaires d'été l'hiver et mes affaires d'hiver l'été.

À une époque, mes enfants avaient suggéré que je m'installe dans la chambre du nord au rez-de-chaussée, celle où il fait si froid l'hiver qu'à Noël on y entrepose ce qui ne tient pas dans le Frigidaire et qu'on la surnomme « la chambre froide » ou même « la morgue » ! J'avais refusé tout net. D'abord, j'aime ma grande chambre baignée de soleil. Ensuite, pourquoi changer mes habitudes ? Me prendraient-ils pour une vieille impotente ? Et pourquoi pas une infirmière à domicile aussi ? Et cet affreux fauteuil qu'on voit dans les publicités, qu'on installe sur la rampe de l'escalier et qui vous expédie à l'étage comme un poulet rôti sur un monte-plats ? En voulant me faciliter la vie, ils me tuent à petit feu.

Jeudi 11 juin

Après le déjeuner, je prenais tranquillement mon café dehors tout en commençant mon mot croisé quand, jetant un œil vers l'allée, il m'a semblé voir quelque chose qui n'était ni une voiture, ni un tracteur, ni un promeneur. C'était assez haut, plutôt sombre et avait l'air d'approcher assez vite. Bientôt, il serait aux barrières blanches. Allait-il tourner sur le chemin menant à la ferme des Bouillots ? La chose a passé les barrières en poursuivant tout droit sur l'allée. C'est alors que j'ai vu ce que c'était : un cheval. Un grand cheval noir avec un bonhomme dessus. Qui cela pouvait-il bien être ? Que venait faire ce monsieur chez moi ? S'était-il perdu ? Il n'allait tout de même pas chez Fernand ?

Il était tout près, à présent. Et tout sourire. Pas de doute, c'était bien moi qu'il venait voir. Il a arrêté son cheval dans la cour, a mis pied à terre, puis s'est dirigé vers mon fauteuil en tenant la bride de son animal. C'était un sacré gaillard. Un grand blond aux cheveux longs, une toque de fourrure noire sur la tête, des épaules de déménageur, une espèce de culotte bouffante rentrée dans ses bottes cirées et des mains comme des battoirs, dont une qu'il m'a tendue en criant d'une voix de stentor : « Bonjour Jeanne ! » J'ai bredouillé un « Bonjour monsieur » bien embarrassé. « Vous ne me reconnaissez pas ? C'est moi, Grégoire ! Grégoire, le fils d'Olga ! » Mon Dieu, Olga... Cette femme russe un peu loufoque qui s'était prise d'affection pour ma belle-mère, ce qui, en soi, la rendait déjà très étrange à mes yeux. Elle avait une bonne trentaine d'années de moins qu'elle et était, si je me souviens bien, plutôt jolie femme. Elle parlait français avec un accent à couper au couteau, en roulant les « r » comme une tourterelle. Je ne sais plus où ma belle-mère l'avait dénichée, peut-être dans l'un des hôtels où elle avait coutume de passer ses hivers. Et c'est vrai qu'elle avait dû venir une ou deux fois en séjour ici avec son fils, un garçon d'à peu près l'âge du mien. Depuis la mort de ma belle-mère, je n'en avais plus jamais entendu parler, je ne sais même plus si elle avait fait le déplacement pour son enterrement, ni même si elle vit toujours. Alors, que ce Cosaque débarque du jour au lendemain sur son cheval, à l'heure du café, me laissait coite. Pas gêné le moins du monde, il m'a demandé s'il pouvait attacher son cheval à l'arbre au milieu de la pelouse et si j'avais un seau pour lui donner à boire. Puis, toujours très à l'aise et comme si nous étions copains comme cochons, il a voulu savoir si je pouvais l'héberger pour la nuit. Je ne savais pas quoi dire, j'étais de plus en plus embêtée. Je ne pouvais quand même pas le mettre dans l'ancienne étable, sur une paillasse, là où il m'arrive de loger les scouts... Avait-il seulement un sac de couchage ? Allait-il falloir que je lui donne des draps ? Ça voulait dire aussi le garder à dîner... Et à voir son imposante carcasse, je doutais que mon habituel bouillon de légumes fasse l'affaire. J'allais devoir sortir quelque chose du congélateur. Et me mettre à table avec lui, lui faire face, lui parler. Mon Dieu, qu'allais-je bien pouvoir lui raconter ?

J'ai sorti une tarte au fromage et de la ratatouille, c'est tout ce que j'ai trouvé. J'avais aussi congelé un morceau de saint-nectaire et un bout de baguette, j'ai fait dégeler tout ça au micro-ondes, même le fromage... En dessert, j'ai sorti une glace au praliné. On a dîné à la cuisine, l'épaisseur des vieux murs maintenait encore un semblant de fraîcheur alors que dehors on étouffait. Pour la conversation, ça n'a pas été difficile, il n'a pas arrêté de parler. Il m'a raconté sa vie par le menu, des aventures extraordinaires qui lui seraient arrivées, des rencontres tout aussi hallucinantes, je me suis demandé s'il n'en rajoutait pas un peu. Il avait voyagé dans le monde entier, dormi dans des yourtes en Mongolie, chevauché dans les Carpates, traversé l'Islande entre volcans et glace, il connaissait la terre entière, avait serré la main de Poutine et baisé l'anneau de je ne sais plus quel pape. Il semblait n'avoir ni femme ni enfant. Quant à savoir de quoi il vivait, il est resté très flou. Avant de passer à table, il était descendu à la cave chercher du vin, il semblait se souvenir parfaitement des lieux, agissait comme chez lui. Il était remonté avec une bouteille de rouge pleine de poussière, j'espère que ce n'était pas du trop bon… En tout cas, il a eu l'air de l'apprécier, il a bu presque toute la bouteille à lui tout seul. Moi je n'ai pris qu'un fond de verre. Déjà qu'il m'avait donné le tournis avec toutes ses histoires, je préférais rester sobre, garder toute ma tête au cas où… C'est que je n'étais quand même pas très rassurée de dormir avec ce drôle de personnage dans ma maison. Si c'était un assassin ? Un bandit de grand chemin ? Et s'il allait me voler des affaires ? Si, la nuit, quand je dormirais, il s'introduisait dans ma chambre pour prendre mes bijoux ? Si, quand j'avais le dos tourné, il m'avait versé quelque potion russe dans mon vin pour alourdir mon sommeil ? Par précaution, j'ai caché mon collier en or et mes deux bracelets dans une paire de collants, au milieu de mes culottes et soutiens-gorge. Il faudra que je m'en souvienne sinon je vais les chercher partout et m'affoler… Bien sûr, j'ai mis l'alarme et fermé à clé la porte de ma chambre. Quant à lui, je l'ai installé à l'autre bout de la maison, dans la chambre la plus éloignée possible de la mienne. Toute la nuit, j'ai eu l'impression d'entendre des bruits inquiétants, craquer les lames du parquet, battre les volets, grincer les gonds, crisser les serrures. Pour la première fois, au risque de m'étrangler, je me suis couchée avec mon téléphone autour du cou. Pour la première fois aussi, j'ai choisi le côté droit du lit, celui de René, blottie contre le bouton de l'alarme, prête à appuyer dessus à la moindre alerte. Je n'ai pas dû beaucoup dormir, hantée par des visions de Cosaques sanguinaires chevauchant dans la steppe et de Raspoutine réincarné en un Grégoire-Grigori doté de pouvoirs magiques et maléfiques.

Vendredi 12 juin

Le Cosaque est reparti ce matin à l'aube, sans faire de bruit. Il ne m'a pas détroussée pendant la nuit. Sur la table de la cuisine, il m'a laissé un mot de remerciements, très aimable et plutôt joliment tourné. Il me sera à jamais reconnaissant de l'avoir accueilli dans cette maison où il a pu retrouver le parfum de son enfance avec sa mère. Je suis allée voir la chambre et la salle de bains, tout était impeccablement rangé. Les draps étaient repliés sur le lit, avec les serviettes et le gant de toilette. La faïence et les robinets brillaient comme après le passage de la petite Angèle, ça sentait bon le savon et le dentifrice.

Les volets étaient ouverts et les fenêtres, à l'espagnolette, laissaient entrer l'air printanier. Juste après mon petit déjeuner, en robe de chambre et en pantoufles, j'ai pris ma canne et j'ai marché vers la pelouse. Je suis allée jusqu'à l'arbre où le cheval avait été attaché pour la nuit. La pelouse était propre, pas la moindre trace de crottin, et il n'avait pas labouré l'herbe avec ses gros sabots. J'ai retrouvé le seau posé à côté de la porte du sous-sol.

Pourquoi avais-je eu si peur ? Quelle raison aurait-il pu avoir de me faire du mal ? Ma belle-mère les avait toujours bien reçus, lui et sa mère. C'est juste que, plus le temps passe et plus l'inconnu m'effraie. Je n'aime plus trop l'imprévu. Je n'en vois tout de suite que les inconvénients : de la conversation à faire, un chamboulement dans mon programme, du retard dans mes mots croisés... Même lorsque mes enfants, que j'aime beaucoup, m'annoncent leur arrivée la veille pour le lendemain, je m'affole. Ils ont beau me dire qu'ils apportent tout ce qu'il faut pour les repas, il manque toujours quelque chose. Le pain par exemple, je n'ai jamais de pain frais. J'en achète au supermarché une fois par semaine et le mets au congélateur. Puis je le passe au four quand j'en ai besoin. Eux me disent que ce n'est pas bon, que c'est tout mou à l'intérieur, que la croûte se détache et n'est plus du tout croustillante. Qu'ils sont difficiles ! S'ils avaient vécu la guerre, ils ne feraient pas tant d'histoires. Parfois ils apportent du pain de Paris, qu'ils trouvent exceptionnel. Un pain tout marron, très lourd, avec une mie bien compacte. Moi je préfère ma baguette de chez Carrefour que, même fraîche, ils dédaignent. Autre chose que j'oublie toujours, c'est le lait. Je n'en bois pas, j'ai toujours eu horreur de ça. Je me souviens, quand je suis arrivée dans le pays, la vieille Marie avait trois vaches. Chaque soir, le Bébert les trayait, ce qui amusait beaucoup mon fils et ses cousins qui allaient le voir faire dans l'étable, assis sur son petit tabouret à trois pieds. Puis ils revenaient avec un bidon plein du liquide mousseux et chaud, et en buvaient de grands verres dont l'odeur forte me donnait la nausée. Je n'ai pas non plus d'eau minérale. Encore une manie de Parisiens. Moi j'ai toujours bu l'eau du robinet et je ne suis jamais tombée malade. Parfois, elle coule un peu marron, avec un léger goût de métal. Dans ces cas-là je ne la bois pas comme ça, je m'en sers pour faire le thé et le café. Et jusqu'à aujourd'hui, je n'en suis pas morte. C'est comme les dates de péremption. À part pour la viande et le jambon, je n'y prête guère attention. Tant que ça ne sent pas mauvais, je mange. Je ne vais quand même pas jeter un pot de yaourt sous prétexte qu'il serait périmé depuis huit jours !

Souvent, quand je vais faire les courses au supermarché, j'essaie de prendre de quoi faire plaisir aux enfants. Des choses qu'habituellement je n'achète jamais. Des Danette, des yaourts aux fruits, des chips… Je mélange un peu tout, je ne prends pas le bon produit, souvent à la grande joie de mes petits-enfants qui se retrouvent avec des gourmandises que leurs parents leur refusent depuis toujours. Comme ces Danette que je croyais normales et qui, en fait, contenaient, en plus de la crème chocolatée, tout un tas de petits bonbons multicolores… Ou ces chips que je croyais nature et qui étaient à la moutarde, ils s'étaient jetés dessus et avaient monté les paquets dans leur chambre, l'odeur était épouvantable…

Lundi 15 juin

À midi j'ai regardé les actualités à la télévision. Au mois de novembre, une espèce de petit robot de la taille d'un Frigidaire était arrivé à destination après un voyage de plus de dix ans dans l'espace ! Il avait parcouru cette longue distance à bord d'un vaisseau joliment nommé Rosetta. Puis il s'était posé en rebondissant sur une comète au nom imprononçable, un nom russe. Décidément… Ils avaient surveillé tout cela à distance, on en avait beaucoup parlé dans les journaux. Puis le petit robot, en manque de soleil, était entré en hibernation.

Je suis complètement dépassée. Déjà qu'aller sur la Lune m'avait paru inconcevable… Je me souviens de René qui m'avait empêchée de dormir cette nuit du 20 juillet 1969. Nous étions en vacances en Bretagne et toute la nuit il avait écouté son poste de radio ! Pour ne pas me déranger, il avait mis un écouteur dans son oreille et j'entendais sans arrêt un petit zonzon horripilant. Il racontera longtemps comment je lui ai gâché cet événement en lui arrachant, chaque fois que je me réveillais d'un sommeil contrarié, l'écouteur de l'oreille.

Pour revenir à mon petit robot, eh bien voilà qu'aujourd'hui il s'est réveillé ! Il aurait même envoyé des images aux scientifiques ! Comme quoi, il a eu beau se poser tout de guingois sur sa comète, au pied d'une falaise, avec très peu de soleil pour recharger ses batteries, il a survécu.

Il reste que tout cela m'affole un peu. Les découvertes se succèdent, nous donnent à voir un univers de plus en plus immense, un monde noir dans lequel des milliards d'étoiles et de planètes tournent sans fin. Et notre petite boule bleue perdue au milieu de tout ça... Où est le bon Dieu ? Où est le Ciel ? Où sont René, Edmonde et la vieille madame Lefort ? Où vais-je aller ?

Mercredi 17 juin

Il est drôle mon jardinier. Du temps de René, le potager était très organisé, tout était bien rangé par catégories : les tomates avec les tomates, les haricots avec les haricots, les courgettes avec les courgettes, les fraises avec les fraises, les artichauts avec les artichauts. Mon jardinier, lui, aime bien tout mélanger. Il m'a fait un potager méli-mélo. Un pied de courgettes, deux pieds de tomates, un pied de courgettes, deux pieds de tomates et ainsi de suite. Mes quatre rangs de fraisiers ont été dispersés un peu partout : quelques touffes entre deux poiriers, quelques touffes entre deux plants de thym, quelques touffes entre deux groseilliers... Dans les châssis, habituellement réservés aux herbes aromatiques et aux radis, il a glissé quelques plants de tomates cerises. Seuls les framboisiers, sans doute trop compliqués à déplacer, sont restés à leur place, à côté des deux mirabelliers. Quant aux deux énormes pieds de rhubarbe que j'avais toujours connus à la même place depuis l'époque de ma belle-mère, il les a arrachés et m'a remis cinq ou six malheureux petits plants que je peine toujours à repérer, deux près des groseilliers, un ou deux près des haricots verts et un ou deux près des framboisiers.

Au début, je n'y comprenais rien, je ne retrouvais plus rien. Affolée, je lui avais demandé pourquoi il avait fait disparaître tous les fraisiers. Alors il m'avait emmenée avec lui, et il m'avait montré. Il était tout fier, il m'a dit : « Regardez comme c'est joli ! » en admirant son œuvre. Il avait l'air si content, je n'allais pas critiquer. J'ai un jardinier artiste, il sème les fruits et les légumes comme un marchand de couleurs et mon potager est une palette de peintre. Et, tout compte fait, c'est peut-être moins pratique pour ramasser les fraises, je dois sillonner tout le potager avec mon panier, mais c'est vrai que c'est joli.

Vendredi 19 juin

Pourquoi est-ce que j'écris tout ça, au soir de ma longue vie, déroulant le fil d'une existence banale ? Est-ce le besoin de ne pas m'éteindre complètement après que l'on m'aura fermé les yeux ? Ce n'est pas de mon âge de me pencher comme ça sur moi, d'écrire ma vieille tête et mon cœur usé. Ce sont les jeunes filles qui tiennent un journal, pas les vieilles dames. Je n'ai plus d'histoires de cœur à y coucher, je ne fais qu'y radoter, que pourrais-je faire d'autre ? Ils vont bien se moquer ceux qui trouveront ce cahier après ma mort.

Quand j'avais l'âge des journaux intimes, je n'écrivais rien. Je n'avais rien à raconter. Je n'avais pas d'amourettes à confier, je n'embrassais pas les garçons, d'ailleurs jusqu'à mes dix-huit ans j'en rencontrais très peu. Dans mon pensionnat, nous n'étions que des filles. Nous rêvions bien sûr, nous imaginions, le rose aux joues et le ventre chaud. Nous connaissions si peu de choses. Lorsque j'ai pour la première fois embrassé un garçon sur les lèvres, j'avais vingt-trois ans et je l'ai épousé. Le jour de mes noces, ma mère m'avait simplement dit ce que l'on disait ce jour-là à toutes les jeunes filles : « Laisse faire ton mari, même si ce n'est pas très agréable, ne résiste pas. » Ça n'avait pas été si désagréable et mon mari, presque aussi novice que moi, s'était montré patient et doux. Petit à petit, je m'étais faite à la chose et m'efforçais toujours de lui faire plaisir. L'aboutissement ne m'a jamais bien emballée, mais je prenais plaisir aux préliminaires que je m'arrangeais à faire durer. J'ai lu qu'aujourd'hui les jeunes filles couchent à l'âge de dix-sept ans et demi. Quelle drôle d'époque.

Samedi 20 juin

Demain, c'est l'été. Ce sera le jour le plus long de l'année. À la télévision, ils ont dit que ce serait aussi la fête des Pères.

Été

Dimanche 21 juin

Aujourd'hui, j'avais invité Gilberte, Nine et Toinette à venir prendre le thé. J'avais fait un cake avec des raisins secs et des morceaux de noix. Gilberte est arrivée la première. Je l'ai installée dehors, près de la table de jardin où j'avais préparé les tasses et un joli plat sur lequel j'avais disposé les tranches de cake. J'avais ouvert le parasol, le soleil brûlait encore en milieu d'après-midi. Puis je suis allée à la cuisine faire bouillir l'eau pour le thé. Quand je suis revenue avec la théière, j'ai trouvé la Marcelle confortablement installée dans un des fauteuils en bois gris, croquant à belles dents une tranche de cake, en train de faire la conversation à une Gilberte qui semblait enchantée. Puis Fernand est arrivé, pas content du tout, la sommant de rentrer à la maison. Il avait l'air vraiment très en colère, j'ai bien cru qu'il allait lui taper dessus avec sa canne.

Nine et Toinette nous ont rejointes. On est restées un bon moment dehors jusqu'à ce qu'un petit vent se lève. On est rentrées dans la maison, on a déplié la table de bridge et on a sorti les jeux de cartes. La fin d'après-midi a vite passé. Puis, comme aucune d'entre nous n'était pressée et que personne n'était attendu par personne, je suis allée chercher la bouteille de muscat dans le Frigidaire, j'ai ouvert un paquet de biscuits salés et on a pris un petit apéritif. Quand elles sont parties, il devait bien être huit heures du soir. Je n'avais plus assez faim pour dîner et pas le courage de me faire cuire quoi que ce soit.

Je suis retournée dehors. Il faisait à présent une température idéale, les graviers avaient emmagasiné la chaleur du jour et il y avait un peu d'air. J'aime les longues soirées de juin, quand le jour s'étire jusqu'aux premières étoiles. J'ai pris ma canne et je suis allée faire un tour au potager. Dans la journée c'est impossible, il y fait beaucoup trop chaud et il n'y a pas d'ombre. Je suis descendue jusqu'aux framboisiers. Du temps de ma belle-mère, j'avais toujours de l'appréhension, il arrivait souvent que des vipères s'y cachent et nous n'allions jamais cueillir les framboises sans chausser de grandes bottes. En approchant, nous devions faire « pchiiii... pchiiii... », soi-disant pour les éloigner. Depuis, j'ai appris que ces horribles bêtes sont complètement sourdes. Les dernières années, quand on en débusquait une, on courait chercher Fernand, il n'avait pas son pareil pour les tuer d'un coup de pioche sur la tête. Aujourd'hui, on en voit moins et c'est tant mieux. Les hérissons les tuent. Il faut toujours faire très attention aux hérissons. En voiture, si on en voit un qui traverse la route, il faut s'arrêter pour le laisser passer. C'est précieux, un tueur de vipères. Dans mon Frigidaire, je dois encore avoir une seringue et du sérum anti-venin, mais il doit être périmé depuis des années. De toute façon, je serais bien incapable de me faire une piqûre.

Je goûte une framboise, puis une autre, et encore une autre. Elles sont à point, juteuses et sucrées. C'est le moment de les ramasser. Il y en a beaucoup, je vais pouvoir faire des confitures. Je vais demander à Angèle, elle ne craint pas le soleil. En remontant le long des dahlias roses, je jette un œil sur les groseilliers. Encore quelques jours et les grappes seront toutes rouges. Les fraisiers continuent de donner, Angèle pourra en remplir un bon saladier en plus des framboises.

En repartant vers la maison, je longe le vieux mur de pierre à moitié écroulé, en face du fil à linge. Je cueille au passage quelques œillets du poète, j'en ferai un bouquet que je mettrai dans le bureau. Il y a aussi des narcisses mais je les laisse. Leur parfum est si fort, ça me monte à la tête.

En arrivant devant la maison, je m'allonge dans un transat et je ferme les yeux. Il fait si bon. À la télévision, ils ont annoncé de la canicule pour les prochains jours. Je profite de cette dernière soirée de douceur. Le soleil a disparu au fond du potager, derrière les grands arbres du bosquet.

Quand je me réveille, la nuit est tombée et j'ai un peu froid. J'entends une chouette, elle ne doit pas être très loin. Je ne sais pas si c'est elle qui m'a sortie de ce premier sommeil, ou le papillon de nuit qui s'est cogné sur mon nez.

Lundi 22 juin

Je suis assise dans mon lit, mon cahier sur les genoux, je n'ai pas sommeil. Il est tard pourtant. C'est peut-être le rhum qui m'agite encore trop la tête. Le fils de ma cousine et sa femme, de passage dans le pays, ont dîné à la maison. J'avais fait du planteur, nous avons pris l'apéritif dehors. Il faisait bon, on était bien, alors on a traîné, l'apéritif a duré et nous avons bu toute la carafe. Il faut dire que la journée a été très chaude, que nous avions bien soif et que mon planteur était bien frais.

Nous avons parlé de beaucoup de choses et après quelques verres la discussion a glissé sur la politique. Je ne sais plus comment on en est arrivés à cette histoire de mariage qui, l'année passée, avait secoué tout le pays. À l'époque, comme mon fils, ils étaient allés manifester. Contre, bien sûr. J'avais eu du mal à comprendre tout ce tohu-bohu, qu'est-ce que ça pouvait bien leur faire ? Moi je trouve qu'ils mélangent un peu tout : l'homosexualité, l'adoption, les mères porteuses, le bon Dieu, les socialistes et j'en passe. Si je n'aime pas cette affaire des femmes qui fabriquent des bébés pour les autres, que les homosexuels se marient m'est bien égal. Je me rends compte chaque jour à quel point je suis d'un autre monde. Pensez donc, ce n'est qu'à l'âge de vingt-cinq ans que j'ai pour la première fois entendu parler d'homosexualité. Mon beau-frère nous avait emmenés, René et moi, dans une « boîte de pédés » – c'est comme ça que l'on disait – à Paris. Je n'avais jamais vu ça de ma vie. Je ne savais pas que ça existait, des amours entre gens de même sexe ; j'avais bien quelques notions d'histoire grecque mais c'était resté de la littérature. Alors seulement j'avais compris pourquoi, quand j'étais pensionnaire à Lübeck, les bonnes sœurs nous interdisaient de monter à deux dans une chambre, pourquoi elles semblaient complètement affolées lorsque deux filles se tenaient un peu « trop » proches, pourquoi nous devions nous déshabiller derrière un paravent et cacher ce qu'elles appelaient en chuchotant nos « parties honteuses ».

Mon neveu affirme que l'homosexualité est la cause majeure du déclin des empires grec et romain. Ça m'étonne un peu.

Mardi 23 juin

Il fait de plus en plus chaud. Cette nuit, la température n'est pas descendue en dessous de vingt degrés. Hier encore, il y avait un peu d'air, mais aujourd'hui il n'y a plus un souffle et dehors on étouffe. Après le déjeuner, je monte dans ma chambre et je fais ce que ma fille m'a dit de faire en cas de forte chaleur : je remplis ma bassine à linge d'eau froide et je laisse mes pieds tremper dedans. C'est vrai que cela rafraîchit tout le corps et on respire mieux. L'été dernier, j'avais acheté à l'électricien du Donjon une espèce de climatiseur que j'avais installé dans ma chambre. Il fallait remplir le bac avec des glaçons, puis appuyer sur un bouton pour mettre la machine en marche. Un ventilateur soufflait alors de l'air qui, passant par le bac de glaçons, était supposé refroidir la pièce. Je devais descendre à la cuisine pour chercher les glaçons dans le congélateur, puis remonter en me gelant les mains et faire basculer un à un les cubes dans le bac. Au final, c'était bien compliqué et ça ne climatisait pas grand-chose. En plus ça prenait beaucoup de place, autant qu'un petit Frigidaire, et c'était très laid. J'ai fini par demander à mon fils de le monter au grenier pour m'en débarrasser.

Aujourd'hui, je suis donc restée enfermée tout l'après-midi dans ma chambre. Les pieds dans l'eau, j'ai réussi à finir trois mots croisés, ceux du *Figaro*, du *Madame* et du *Magazine.* Comme ils le font quelquefois, ils avaient remis une grille de monsieur Laclos et j'ai retrouvé ses définitions si plaisantes. En neuf lettres, « n'a vraiment rien à regretter » : amnésique ! En deux mots, « collectionneur de papillons » : essuie-glace ! Ou encore, « passé depuis peu » : hier ! Ah, et celle-ci que l'aime beaucoup, « père de chaussures », en quatre lettres : Noël ! Puis, après avoir une énième fois changé l'eau de ma bassine, j'ai un peu écrit dans mon cahier.

J'ai repensé au dîner d'hier. Je me suis dit que, finalement, à quatre-vingt-dix ans je pouvais avoir les idées plus larges que les jeunes. Quand j'y pense, j'en ai fait du chemin... J'étais tellement innocente quand j'étais jeune fille. Si j'avais pu avoir idée de tout ce qui se passe aujourd'hui, j'en aurais été horrifiée. Ces histoires de mariages extraordinaires, et même notre discussion d'hier soir, étaient inimaginables à une époque où à dix-huit ans on savait à peine ce qui pouvait se passer dans un lit entre un jeune homme et une jeune fille… Il faut dire aussi que, jusqu'au bachot, je vivais dans un univers de filles. En plus, c'était la guerre, nous étions sous l'occupation allemande et il y avait le couvre-feu. Mes premières surprises-parties, vers dix-huit ou dix-neuf ans, avaient lieu l'après-midi, dans des appartements étroitement surveillés par les parents. Nos flirts n'allaient guère plus loin que des mains qui s'effleuraient sans oser se saisir. Nous recevions peu, mon père avait une petite situation et nous menions une vie sage et rangée.

J'avais neuf ans quand mes parents, pour améliorer un peu leur ordinaire, ont décidé de louer ma chambre à une étudiante américaine. Je m'étais retrouvée du jour au lendemain dans une pension du seizième arrondissement, à Lübeck. Ma mère étant une ancienne élève de cet établissement réputé, on m'y avait accueillie dans des conditions que permettaient nos revenus modestes. À mon arrivée, dans le dortoir, la sœur m'avait montré la bassine et le gant, près du lit. Pour nous laver, nous devions garder nos chemises de nuit. Plus tard, à partir de la sixième, nous aurions droit à un paravent pour protéger notre intimité. Elle avait ajouté, désignant une porte au fond d'un couloir, que, « pour la petite toilette », c'était là-bas. J'ignorais ce qu'était « la petite toilette » et ne m'y rendis donc pas les premiers jours. C'est ainsi que, pudique, je ne me suis pas lavé le derrière pendant huit jours…

Nous avions droit à un bain par semaine. Je me rappelle que Yolande de Reynal avait rapporté du rhum de la Martinique, son île natale. Quand nous descendions prendre notre bain au sous-sol, nous emportions la bouteille cachée dans nos serviettes de toilette, et des morceaux de sucre. Au-dessus de la baignoire, nous versions le rhum sur nos sucres. Ça brûlait le gosier, un peu comme de la moutarde, c'était parfumé, nous avions douze ans et nous adorions ça.

Je garde un bon souvenir de mes années de pension. Je m'y amusais bien plus que chez moi où je n'avais que mon petit frère pour me distraire. À Lübeck je m'étais fait un tas d'amies ; souvent, le jeudi après-midi, j'étais invitée chez l'une ou chez l'autre. Les premiers mois pourtant, je pleurais tous les soirs dans mon lit et sœur Anita, la surveillante du dortoir, venait me consoler. Mes parents me manquaient, je n'étais encore qu'une petite fille. J'en voulais à cette belle Américaine qui m'avait volé ma chambre, à mon petit frère qui avait gardé la sienne que je devais désormais partager avec lui quand je rentrais à la maison le samedi soir.

À la pension, nous vivions confites dans l'eau bénite. Le matin, nous avions la messe obligatoire et je n'aimais pas ça du tout, surtout parce qu'il fallait se lever très tôt ; certains jours nous feignions d'être souffrantes et si ce n'était pas trop souvent les sœurs fermaient les yeux. Le soir, avant l'étude, nous nous rendions de nouveau à la chapelle pour le Salut au Saint-Sacrement. Ça, j'aimais bien. Nous vivions ce moment comme une récréation qui venait couper une journée scolaire chargée. Pendant vingt minutes, nous chantions ou écoutions de la grande musique. L'*Ave verum* de Mozart me bouleversait et je bêlais avec ferveur le *Tantum ergo* de saint Thomas d'Aquin. Je pourrais encore le chanter, *Tantum ergo, sacramentum, veneremur cernui et antiquum documentum, novo cedat ritui : praestet fides suplementum, sensuum defectui*... Un jour, la concierge de notre immeuble rue Jouffroy, madame Dussauge, avait dit à mes parents que je serais bonne sœur parce que, quand elle rangeait les poubelles dans la cour, elle m'entendait chanter à tue-tête « de la musique d'église ».

Je me souviens aussi que nous avions regardé par les fenêtres du dortoir le feu d'artifice de l'Exposition universelle. Ce devait être en 1937. Que c'est loin, tout ça...

En fin de journée, quand la chaleur est redevenue supportable, j'ai rincé ma bassine de cuivre, enfilé des sandales et je suis allée étendre ma lessive au potager. J'en ai profité pour aller voir où en étaient mes haricots verts. Ils sont très en retard, encore tellement petits que je les distingue à peine au milieu des tiges et des feuilles. Ils manquent d'eau. À côté, quelques mètres, le petit carré de Fernand est impeccable. Pas une mauvaise herbe n'y pousse, les mangetouts ont déjà belle allure et quelques tomates rougissantes narguent les miennes, encore toutes vertes. C'est bien simple, il a tout en mieux, en plus gros et en plus beau : les choux, les salades, les haricots, les courgettes...

Même la terre est plus belle, plus grasse, moins sèche. C'est qu'il le bichonne, Fernand, son bout de jardin. Tous les jours, il enfile son bleu de travail et sort sa mobylette. Tenant d'une main le guidon et de l'autre quelques outils calés sur l'épaule, il pétarade jusqu'au potager. Il y passe une bonne heure. Ses jambes le portant de plus en plus difficilement, c'est assis par terre qu'il nettoie, bine, arrache, taille, arrose, déplaçant son postérieur de plant en plant et de pied en pied. Pendant ce temps, mes haricots ne poussent pas, mes salades sont rachitiques, mes courgettes ont la taille de cornichons et tout est sec. Ça doit faire dix ans que mon gendre parle d'installer un arrosage automatique, mais pour l'instant il faut toujours dérouler le long tuyau vert ou porter le vieil arrosoir en zinc. Parfois, quand elle a le temps, la petite Angèle met un coup d'eau. Sinon, il faut attendre la venue du jardinier ou d'un de mes enfants. Moi, je ne peux plus m'en occuper. D'ailleurs, je me dis qu'il faudrait réduire la taille du potager, il est beaucoup trop grand pour moi. Pendant des mois il n'y a rien, puis tout se met à pousser à la fois et ça fait trop à récolter, même avec l'aide d'Angèle. Avant, je ramassais des rangs entiers de haricots verts, maintenant ça me casse les reins, je ne peux plus aller au-delà de deux ou trois pieds. Un petit carré comme celui de Fernand m'irait très bien.

Je n'arrive pas à me rappeler depuis combien d'années ni pour quelle raison la petite ferme de Fernand et Marcelle n'a plus son potager à elle. Je me souviens qu'à l'époque de la vieille

Marie il y avait à côté de la ferme, séparé du poulailler par un petit muret de pierre, un « verger », c'est comme ça que nous l'appelions. Là, au milieu des arbres fruitiers, poussaient toutes sortes de légumes. Un beau jour, les légumes ont été arrachés, bientôt remplacés par une herbe grasse que sont venus brouter cinq ou six moutons. Il avait dû falloir choisir, les légumes ou les moutons… C'est sans doute à ce moment-là que René avait proposé une partie de notre potager.

Avant de repartir, je jette un regard gourmand sur les haricots de Fernand. Pourquoi ne les ramasse-t-il pas ? Ils sont longs et fins, exactement comme je les aime. Je crois que c'est comme pour les pommes de terre : la Marcelle et lui attendent qu'ils grossissent ; avant, ils n'y trouvent pas d'intérêt. Peut-être qu'ils ne les mangent pas comme moi, juste cuits avec du beurre et du sel, qu'ils les écrasent dans la soupe ? Le remarquerait-il si je lui en fauchais quelques-uns… ? J'hésite, ça ne se fait pas… Et s'il me voyait ? Mais il ne peut pas me voir, il n'y a personne, je suis toute seule. Alors je fais très vite, je cueille une petite poignée des haricots de Fernand, juste pour mon dîner de ce soir. Je calme ma conscience en me promettant qu'une fois que les miens seront devenus trop gros, je lui dirai qu'il peut les prendre. Soulagée, j'attrape une belle tomate rouge et je fourre le tout dans ma bassine à linge. Et puis je me dis que tout compte fait, Fernand, quand il arrose son petit carré, c'est avec mon eau…

Mercredi 24 juin

Les salades qu'on a semées au début du mois avaient commencé à sortir, et puis voilà, ce matin, plus rien. À la place, des petites crottes de lapin, comme des noyaux d'olive. C'est mignon les lapins, mais j'en ai assez qu'ils s'introduisent dans le potager pour manger mes salades. Il n'y a pas que les lapins, les chevreuils aussi font des ravages. Et puis il y a les taupes, avec leurs galeries et leurs montagnes de terre sur la pelouse. On a tout essayé pour s'en débarrasser. On a mis du poison, des fumigènes dans leurs galeries, des pièges avec des appâts, on a planté des soucis et des jonquilles, on a utilisé de l'huile de ricin... Rien n'a marché. Si ça continue, bientôt il y aura plus de terre que d'herbe.

Jeudi 25 juin

Ce matin, la petite Angèle a passé une heure dans le potager à ramasser des framboises. Je tenais à ce qu'on en cueille le plus possible avant l'arrivée demain soir de ma fille. Parce que son chien, quand il n'a pas le museau dans ma poubelle, ne trouve rien de mieux à faire que de se faufiler au milieu de mes framboises et d'en manger le plus possible. Quand il croque les pommes ou les poires à moitié pourries qui sont tombées par terre ça m'est égal, mais mes framboises ça ne me plaît pas du tout, alors je rouspète. Surtout que ma fille est bien contente de manger mes confitures ! C'est facile à faire, la confiture de framboises. Il ne faut pas les laver, elles perdraient leur goût. Alors je mets tout à cuire dans ma bassine, les fruits et les asticots ensemble, avec le sucre cristallisé, et j'attends. Régulièrement je prélève la mousse rose avec une écumoire, j'en remplis des ramequins que je mets au Frigidaire. Je les ressors le matin, pour le petit déjeuner. C'est délicieux, l'écume de framboises, je l'étale sur des toasts pour accompagner mon thé de Chine. Mes petits-enfants en raffolent, ils la mangent à pleines cuillères. Avec eux, elle ne dure jamais longtemps.

Vendredi 26 juin

Je ne comprends pas ce que j'ai fabriqué, en soixante ans ça ne m'était jamais arrivé. J'ai raté ma confiture. J'ai pourtant tout bien fait comme d'habitude. Et voilà le résultat : des fruits au sirop. Dans mes pots, les framboises nagent dans un épais liquide rouge foncé. Ce n'est pas que ce soit mauvais, mais c'est impossible à tartiner sur du pain, ça coule, on en met partout, et sur les habits ça laisse des taches bleues qui ne partiront jamais. Déjà, la semaine dernière, j'ai raté ma confiture de fraises, je l'ai fait trop cuire, les fraises ont viré au brun et c'est devenu une espèce de purée toute collante, un peu comme de la pâte de coings. Tout ce travail pour rien ! Est-ce que ça veut dire que je commence à perdre un peu la tête... ?

J'ai ressorti du petit tiroir de mon secrétaire un article que j'avais découpé dans un journal, je ne sais plus lequel, chez le coiffeur. Un médecin énumérait les principaux signes de la maladie d'Alzheimer, ceux qui doivent nous alerter. Il y en a dix.

1. Pertes de mémoire : la personne oublie de plus en plus souvent des événements récents touchant sa vie personnelle et son entourage mais garde une très bonne mémoire des souvenirs anciens.

Mes enfants me disent que j'oublie de plus en plus. Qu'ils sont obligés de me téléphoner plusieurs fois pour me rappeler qu'ils viennent le week-end prochain ou pour les vacances, qu'ils arrivent tel jour, qu'ils seront avec ou sans enfants... Que je repose plusieurs fois la même question. Que je raconte deux fois la même histoire dans la journée, à peine à une heure d'intervalle, avec exactement les mêmes mots, les mêmes plaisanteries, les mêmes interrogations... Moi je ne sais pas, je ne me rends pas compte. Peut-être qu'ils exagèrent. La dernière fois, ma fille m'a vexée. Je lui ai lu quelques mots d'un article du *Figaro*, ce qu'on y disait m'étonnait beaucoup, bien sûr j'ai oublié quoi, mais je lui ai dit : « Ça alors, je n'aurais jamais imaginé que... » et j'ai éclaté de rire. Elle m'a répondu, un peu agacée : « Maman, tu m'as dit exactement la même chose, avec le même étonnement dans la voix et le même éclat de rire, il y a à peine une demi-heure. » Avant, elle ne me disait jamais des choses comme ça.

2. Difficultés à accomplir les tâches quotidiennes : la personne rencontre des difficultés pour effectuer des travaux pourtant familiers comme les étapes de préparation d'un repas, faire ses courses, gérer les dates de péremption des aliments dans le Frigidaire…

Des difficultés pour effectuer des travaux pourtant familiers… Mes confitures… ?

3. Problèmes de langage : la personne ne retrouve plus des mots simples, usuels, et en utilise d'autres plus ou moins appropriés.

Ah çà, non, jamais.

4. Désorientation dans le temps et dans l'espace : le sens de l'orientation de la personne diminue. Elle peut se perdre, même dans des endroits pourtant familiers, et confondre les saisons.

Je n'ai jamais eu le sens de l'orientation et me suis toujours perdue partout. René se moquait tout le temps de moi. Donc de ce côté-là tout va bien, je ne suis pas plus désorientée qu'avant.

5. Difficultés dans les raisonnements abstraits : la personne rencontre des difficultés pour effectuer les formalités administratives, pour gérer ses finances (particulièrement depuis les euros), pour rédiger un chèque, pour appeler quelqu'un au téléphone.

Je sais rédiger un chèque, je ne confonds pas les francs et les euros, et même si je n'aime pas ça, je sais appeler quelqu'un au téléphone. Quant aux formalités administratives et à la gestion de mes finances, je n'y ai jamais rien entendu. C'était le rôle de René, et aujourd'hui c'est mon fils qui met son nez dans tout ça.

6. Perte d'objets : la personne a tendance à placer des objets dans des endroits insolites (une montre dans le four) sans jamais les retrouver.

J'ai déjà retrouvé mes lunettes dans le Frigidaire et jeté un billet de cinq cents francs dans le vide-ordures, mais ça, c'était il y a plus de quarante ans...

7. Altération du jugement : la personne n'arrive plus à évaluer les situations : elle porte des vêtements d'hiver en été, fait des achats démesurés de nourriture...

Ah non, ça jamais ! Les achats démesurés de nourriture, c'était René : à chaque crise, choc pétrolier, missiles de Cuba, il craignait la pénurie et remplissait un Caddie entier de paquets de sucre. Pourquoi du sucre, je n'ai jamais vraiment compris... Moi, au contraire, j'ai toujours tendance à ne pas acheter assez. Pour les vêtements, il m'est juste arrivé une fois, une seule fois (mais raconté mille fois par René...), d'entrer en plein hiver dans une boutique de manteaux et de demander à essayer un maillot de bain. Ce n'était qu'un lapsus, je crois que nous partions quelques semaines plus tard pour la Martinique, pas une altération de mon jugement.

8. Modification du comportement : l'entourage constate l'apparition d'une tendance dépressive chez la personne ou de manifestations d'anxiété, d'irritabilité, d'agitation...

À part quand j'ai vraiment mal dormi, je suis plutôt d'humeur égale et joyeuse.

9. Pertes de motivation : la motivation tombe pour toutes les activités, y compris celles qui étaient une passion avant.

Je suis toujours aussi accrochée à mes mots croisés et j'aime toujours autant le bridge et le Scrabble ! Alors non.

10. Changement de personnalité : la personne devient tout à fait différente de ce qu'elle était et perd son caractère propre : jalousie, idées obsessionnelles de préjudice, exubérance excessive...

Je ne suis ni jalouse, ni exubérante, je n'ai pas d'idées obsessionnelles quelles qu'elles soient.

Me voici rassurée. Mon score n'est que de deux sur dix. À part quelques petits oublis et cette affaire de confitures, ma tête n'est pas encore en train de fiche le camp.

Dimanche 28 juin

Ma fille m'a consolée pour mes confitures. Pour la framboise, elle a vidé tous les pots dans un grand faitout, a redonné un bouillon, arrêté le gaz, puis elle a plongé et actionné le mixeur blanc dans le faitout, celui dont je me sers pour faire ma soupe et que j'avais perdu. Je l'ai laissée faire, de toute façon c'est elle qui va manger ça, moi je n'aime pas la confiture, c'est trop sucré. Avant, j'en faisais pour René, maintenant c'est pour mes enfants et petits-enfants. Pour la pâte de fraises, elle n'a pas pu faire grand-chose, elle a juste dit que ce n'était pas mauvais, simplement ce n'était pas de la confiture. Son mari et ses enfants en ont mangé tout le week-end, remplissant des petites cuillères qu'ils suçaient avec gourmandise. Ils m'ont dit que ça leur rappelait ces confiseries en forme de coquillages remplis de sucre coloré, qu'ils léchaient pendant des heures, les doigts tout poisseux, à la sortie de l'école. Ils ont même tenu à en remporter un pot à Paris quand ils sont repartis. Sans ma fille qui, elle, a pris quelques jours de vacances pour rester avec moi.

J'ai toujours été très proche de ma fille. Mon fils avait déjà quinze ans quand elle est née, et il n'a pas tardé à quitter la maison. Il se heurtait beaucoup avec son père et sitôt son baccalauréat en poche il était parti étudier à Lille. Je m'étais vite retrouvée seule entre un mari peu présent et une belle-mère que j'évitais le plus possible. Ma petite fille était un cadeau. C'était une enfant très facile, elle pouvait rester des heures à jouer sagement pendant que je lisais ou tricotais. Nous nous promenions sur l'allée, je la tenais par la main, nous chantions « Promenons-nous dans les bois, pendant que le loup n'y est pas... », nous cueillions des pervenches et des fraises des bois qui poussaient sur le bas-côté de l'allée. Aujourd'hui, il n'y en a plus, je ne sais pas pourquoi, ils ont dû passer le motoculteur, à présent on passe partout avec cette affreuse machine qui retourne tout. C'est comme ça que la petite doucette sauvage qui poussait dans le potager a disparu elle aussi.

Tant que nous avions habité chez ma belle-mère, ma fille était avec moi toute la journée. Nous avions décidé d'attendre notre installation à Vichy pour l'inscrire à l'institution Notre-Dame-de-Lourdes. Vers l'âge de quatre ans et demi, elle commençait à avoir très envie d'aller à l'école, de côtoyer d'autres enfants, d'apprendre à lire, à écrire et à compter. Alors j'avais ressorti la *Méthode Boscher* que j'avais achetée quinze ans plus tôt pour son frère et je lui avais appris à lire. Pour la récompenser, je lui donnais des bons points roses que je découpais dans des fiches d'assurances de René. Roses comme ses joues de petite fille comblée et fière.

Mais c'est peut-être à Vichy que nous nous sommes le plus rapprochées. Même si je veillais à ce que tout ne tourne pas autour d'elle, ma fille était devenue mon principal centre d'intérêt. Par sa différence d'âge avec son frère, elle était élevée en enfant unique. Je ne voulais pas en faire une petite fille prétentieuse et capricieuse, surtout que son père lui passait tout, elle l'aurait fait entrer dans le chas d'une aiguille.

Les premiers temps, chacune de notre côté nous avions savouré notre nouvelle vie. Retrouvant mes réflexes de citadine, je passais beaucoup de temps dehors à faire les magasins, longeant les vitrines avec gourmandise ; j'aimais perdre mon temps en me promenant le long de l'Allier, m'arrêter manger un gâteau dans un salon de thé ou paresser sur une chaise, à côté du kiosque à musique, dans le parc des Sources. Quand je rentrais, je la trouvais qui s'amusait sagement dans sa chambre. Assise par terre, elle faisait la classe à des bambins de papier, rejouant sa journée d'école. Je lui avais montré comment, avec ses ciseaux à bouts ronds, elle pouvait découper dans le catalogue de La Redoute des figurines d'enfants, qu'il suffisait ensuite de plier pour les maintenir assises. Elle les alignait soigneusement, deux par deux, comme s'il se fût agi d'écoliers à leurs pupitres. Quand je la retrouvais ainsi, j'étais émue. Plus de quarante ans après moi, elle reproduisait mes jeux de petite fille dans l'immeuble de la rue Jouffroy.

Puis elle a grandi et nous avons commencé à partager nos jeux. Souvent, l'après-midi, alors que nous parvenait le cliquetis de la machine à écrire de René, nous dépliions la table de bridge, sortions les cartes du coffret de bois et les étalions sur la feutrine verte. Je lui apprenais à faire des patiences, lui expliquais la crapette, l'écarté, la canasta, ces jeux auxquels m'avait initiée ma mère. Certains jours, nous nous installions l'une contre l'autre dans le canapé de velours bleu devant *Arsène Lupin*, *Daktari* ou *Ma sorcière bien-aimée*. Nous riions en essayant de faire bouger nos nez, imaginant tout ce que nous pourrions réaliser si nous y réussissions.

Vers cinq heures, j'allais porter une tasse de thé à René dans son bureau avec quelques biscuits spéculoos, ses préférés. Puis nous nous asseyions toutes les deux dans la cuisine, à la table de Formica jaune, et elle me racontait sa journée en avalant des tartines de Vache qui rit et une menthe à l'eau.

Un soir par semaine, je l'accompagnais à la piscine de Bellerive, au club des Dauphins, où j'assistais à sa leçon dans la moiteur étouffante des gradins. J'allais aussi la chercher à la danse, au cours de Claire Desréaux où se pressaient les écolières du Tout-Vichy. Lors du gala annuel qui se déroulait à L'Élysée Palace, les petites danseuses devaient être maquillées. Je crois que c'est la seule fois de ma vie où j'ai acheté un pot de fond de teint.

Quand René partait faire ses tournées, il rentrait souvent tard. Alors nous nous mettions à table sans l'attendre, à côté de son couvert, dans l'entrée qui nous servait de salle à manger.

D'année en année, notre petit monde à trois était devenu un petit monde à deux. Parfois, René passait une tête dans le salon, venant interrompre une conversation intime, quelque secret d'adolescence. Alors nous baissions la voix ou nous taisions. Avec le sentiment de déranger, il repartait à ses affaires et nous reprenions notre babillage. « Qu'est-ce que vous jacassez, mon vieux ! Qu'est-ce que vous pouvez bien avoir à vous raconter ? », demandait-il souvent, un peu vexé.

Ma fille faisait preuve d'une curiosité insatiable. Elle me questionnait sur tout, considérant que j'avais réponse à tout, que je devais connaître tout de la vie, de l'amour et de ses chagrins. À la télévision, beaucoup de feuilletons parlaient d'amour. Nous ne manquions pas un épisode de *Noële aux Quatre Vents*. Elle était amoureuse du beau Jean-François et ne comprenait pas que Noële l'ait laissé tomber pour cet Ugo aux traits plus rudes. Je lui répondais que les femmes préfèrent souvent un beau parleur entreprenant et fougueux à un gentil joli garçon trop doux ; qu'un homme n'est pas fait pour être beau ; qu'un séducteur tourmenté est plus affolant qu'un sage fiancé ; que le mystère est plus attrayant que l'évidence, que l'on succombe plus aisément à la difficulté qu'à la facilité, que l'on préfère se rendre plutôt que conquérir. Qu'une certaine rugosité est plus enivrante que le lisse et le plane. Je n'osais pas utiliser des mots trop crus pour lui décrire ce qui fait l'attrait physique, provoque la bouffée de désir, tout ce que recouvre le beau mot de « sensualité ». Puis je regardais ma vie, René si sage, si prévisible, alors venait le vague à l'âme.

Ma fille avait ralenti le temps. Dans ma tête, j'avais encore des rêves, des envies de m'échapper de cette vie rangée. Par le biais de l'école, je m'étais liée avec un groupe de mères dont la plupart avaient une bonne quinzaine d'années de moins que moi. Loin de m'isoler, leur jeunesse me faisait oublier la cinquantaine qui approchait. J'avais perdu dix ans et ce n'est que depuis peu que mon âge m'a rattrapée.

Lundi 29 juin

Aujourd'hui, je me suis beaucoup amusée ! Ma fille avait invité pour le déjeuner un de ses amis dont je n'avais jamais entendu parler. Il partage sa vie entre Paris et la campagne, à une quarantaine de kilomètres d'ici. Il est arrivé en fin de matinée et ils sont partis tous les deux faire un tour de voiture pour visiter le coin, qu'il ne connaissait pas. Ils sont allés à Bert, à Loddes et jusqu'à Montaiguët-en-Forez. Je crois qu'ils se sont un peu perdus, ma fille tient de moi, elle se perd partout, même à Paris. Après celles de Bert et de Loddes, elle voulait lui montrer la petite église romane de Barrais-Bussolles. Elle n'a jamais trouvé la route et c'est comme ça qu'ils se sont retrouvés à Montaiguët. Ah çà, elle peut bien se moquer de moi !

Quand ils sont revenus, mon déjeuner était prêt. J'avais prévu que nous le prendrions dehors sur la table de bois en ouvrant le grand parasol beige. L'ami de ma fille est charmant. Il a tout de suite proposé de mettre le couvert et m'a suivie à la cuisine, me faisant la conversation comme s'il me connaissait depuis toujours. Il ne disposait pas la table tout à fait comme nous, il avait mis les couteaux et les fourchettes directement dans les assiettes, et tout était un peu différent. Ça ne me gênait pas, au contraire, ça apportait un peu de fantaisie au ronron habituel. À table, il ne se tenait pas non plus vraiment comme nous, je le remarquais mais au fond ça m'était bien égal. Chacun ses manières. Et, surtout, qu'est-ce qu'il est sympathique ! Il n'a pas arrêté de parler, racontant tout un tas d'histoires à dormir debout. Il est très drôle, très spirituel et pas bête du tout. Et très serviable en plus. Assez bel homme avec ça, un gaillard bien bâti et le verbe haut. Mon Dieu comme il m'a plu ! Ça m'a changée de nos goûters de vieilles dames, des tournois de bridge un peu guindés et des pince-fesses de la région. Après le déjeuner, il a débarrassé avec nous, et voulait même faire la vaisselle !

Un moment, je me suis retrouvée seule avec lui dans la cuisine. Je lui ai proposé une petite prune de la maison. Ah çà, il n'a pas dit non ! C'est une vieille eau-de-vie qui date de l'époque de René, du temps où il utilisait encore son droit de bouilleur de cru. Chaque année, nous faisions quelques bouteilles avec les prunes, les poires et les mirabelles du potager. C'est fort, ça chauffe un peu, comme le rhum de Yolande de Reynal, mais j'aime beaucoup ça, surtout avec le café, après le déjeuner. Le soir je fais attention, j'ai peur que ça m'empêche de dormir. Autrefois, à la campagne, les gens prenaient facilement un petit alcool après le repas, aujourd'hui je trouve rarement quelqu'un pour m'accompagner, du coup je ne propose plus. Mes bouteilles se couvrent de poussière et je crains qu'elles finissent par passer ou s'éventer. C'est dire si j'étais heureuse de ce compagnon imprévu pour ma prune ! J'ai pris dans le placard de la salle à manger deux verres à liqueur, les plus jolis, ceux en cristal avec un fond en argent, je lui ai mis la bouteille dans les mains et nous sommes sortis comme ça, presque bras dessus bras dessous, moi avec mes verres et lui avec la bouteille. Ma fille nous a regardés comme deux ronds de flan. Il a ouvert la bouteille et nous a servi des petits verres bien pleins. Il a beaucoup apprécié, et c'est vrai qu'elle est toujours aussi bonne, la prune de René, toujours aussi parfumée. Quand nos verres se sont retrouvés vides et que la tête me tournait déjà un peu, il a attrapé à nouveau la bouteille, refait sauter le bouchon et, ni une ni deux, sous les yeux effarés de ma fille, nous en a reversé une belle rasade chacun. Qu'est-ce qu'on a ri ! Nous étions devenus de vrais complices, il me parlait comme à une vieille copine, et j'adorais ça. En une après-midi, j'avais perdu vingt ans.

Il est reparti sur le coup de quatre heures, bien gai et visiblement enchanté de sa visite. J'ai dit à ma fille qu'elle pouvait le réinviter quand elle voulait. Elle a ri, se moquant gentiment de mon coup de cœur. Puis elle m'a parlé de lui. Comment elle l'avait connu et qui il était vraiment. Et là, je n'en suis pas revenue : mon coup de cœur était un ancien bandit ! J'ai d'abord cru qu'elle se moquait de moi, mais non, elle était très sérieuse. Mon compagnon de prune avait, dans sa jeunesse, fait des cambriolages et braqué des banques à Paris, avec de vrais fusils ! Il avait payé, était allé en prison. À sa sortie, il s'était rangé et n'avait plus jamais touché un fusil. Merci mon Dieu !

Quelle histoire… Au fond, je crois que ça me le rend encore plus sympathique. J'imagine déjà la tête de Gilberte, Nine et Toinette quand je vais leur raconter ça. Je suis sûre qu'elles vont être très jalouses.

Mardi 30 juin

Le jardinier est venu. Il a tondu la pelouse devant la maison, taillé la haie, nettoyé le potager et remis des laitues et de la doucette. Pour éviter une nouvelle invasion de lapins,

Fernand a installé un grillage tout autour du carré des salades, des fanes de carottes, des plants de haricots verts et des pieds de tomates. Les lapins ne pourront plus passer. Le problème est que moi non plus. Je n'ai rien compris au système d'ouverture du grillage, que Fernand m'a pourtant montré dix fois, et je ne me vois pas enjamber tout ce fil de fer sans risquer de me retrouver les quatre fers en l'air au milieu des tomates. La petite Angèle vient jeudi, elle me ramassera les premiers haricots verts, il n'y en a pas encore beaucoup mais il doit y avoir quand même de quoi accompagner deux ou trois repas. Les tomates ne sont toujours pas mûres et, quant aux salades, il va falloir patienter. Cette fois, le jardinier a mis des petits plants, les semis auraient pris trop de temps à pousser.

Ce matin, ma fille a vu mon jardinier. Elle l'a trouvé beau. Moi je n'ai jamais fait vraiment attention... Depuis, elle n'arrête pas de me taquiner. Elle me parle tout le temps en riant d'une certaine madame Solis. Je ne sais pas du tout qui est cette dame. Apparemment elle a un jardinier plus jeune qu'elle, très beau, et qu'elle aime beaucoup. Il faut que je pense à demander à Gilberte si elle connaît cette personne et quel lien elle a avec notre jardinier.

Mercredi 1er juillet

Hier soir, ma fille est rentrée du potager avec à la main un bouquet de pois de senteur. Ça m'a rappelé ma belle-mère... C'étaient ses fleurs préférées, elle en avait semé un peu partout. Autrefois, se mêlant à l'ampélopsis, il en poussait de chaque côté du perron. J'ignore ce qu'ils sont devenus. Peut-être ont-ils été arrachés après la mort de René. Moi je n'ai pas une passion pour ces fleurs qui ressemblent à des haricots ou des cosses de petits pois. D'ailleurs je n'ai jamais compris pourquoi ces grappes de fleurs roses poussant au bout de longues tiges épaisses et laides, s'appellent comme ça. Aucun parfum ne s'en dégage jamais.

Ma fille a cueilli son bouquet dans la prairie, à proximité des barrières du potager. J'ignorais qu'il en existait de sauvages. Comment étaient-ils arrivés là ?

De l'époque de ma belle-mère il en reste quelques-uns, un peu chétifs, en face du fil à linge. Ils tentent encore de s'agripper à ce qu'il reste du mur des cerisiers, là où elle se tenait chaque soir jusqu'aux derniers rayons du soleil, sous son ombrelle chinoise, avec son aiguille à crochet et sa pelote de laine.

Jeudi 2 juillet

Mon Dieu, mon baromètre s'est brutalement cassé la figure. L'aiguille a basculé de deux bons centimètres vers la gauche, là où est écrit « pluie ou vent », juste avant « tempête ». Ce soir, la lune s'est voilée, ce qui n'est pas bon signe, et de gros nuages arrivent par le potager. Angèle a rapporté les draps et les serviettes qui séchaient sur le fil à linge et les a étendus sur le séchoir dans la cuisine. Avec l'aide de ma fille, j'ai rentré les transats et refermé le grand parasol beige. Quand, avant de me coucher, j'ai comme chaque soir ouvert les fenêtres pour faire entrer la fraîcheur de la nuit, on avait déjà perdu dix degrés par rapport à hier. Demain s'annonce gris et humide.

Vendredi 3 juillet

Depuis ce matin, il pleut. J'en ai profité pour refaire une fournée de petits choux qu'on a mangés tout chauds avec un verre de muscat avant le déjeuner, le temps que mon gratin de courgettes finisse de cuire.

Au dessert, on a fini les cerises que j'avais achetées hier au supermarché. Elles étaient en promotion, certaines déjà un peu fatiguées, mais elles étaient bien sucrées et juteuses. Ma fille a commencé à chipoter, inspectant avec méfiance chaque cerise à l'affût du moindre petit trou, la coupant en deux avec son couteau pour vérifier qu'aucun petit asticot ne s'était logé à l'intérieur. Ça m'a rappelé ma mère qui, dès qu'elle trouvait un ver dans un fruit, lâchait tout dans son assiette, affolée, en hurlant « Roger !!!! » pour que mon père la débarrasse au plus vite de la pomme ou de la poire gâtée.

Souvent, les fruits du potager, pommes, poires, prunes ou mirabelles, sont habités. Maintenant je suis habituée, ça ne me fait plus grand-chose. Mais du temps de René, si je voyais un asticot se tortiller dans mon quartier de pomme, je reculais en poussant un cri, manquant faire basculer ma chaise. Alors René récupérait le fruit et l'asticot, le coupait et le mangeait sans faire de chichis. « Ça fait de la viande, mon vieux ! », disait-il, lui qui n'aimait pas la viande. Puis, inévitablement, il enchaînait sur l'histoire mille fois racontée des petits fromages de chèvre qui, infestés de vers, avançaient tout seuls quand il était à l'armée... « On voit que vous n'avez pas fait la guerre, mon vieux... »

René ne supportait pas le gaspillage. Il mangeait tout. Les yaourts périmés, le beurre rance, les cornichons décolorés, les fruits véreux, le pain dur, le fromage moisi, la salade confite, les poires blettes, les radis mous. Quand je jetais un reste de charcuterie douteuse, il était capable d'aller le récupérer dans la poubelle. Rien ne le dégoûtait. S'il trouvait une limace dans sa laitue, il la poussait gentiment sur le bord de son assiette et finissait tranquillement sa salade.

Samedi 4 juillet

Il a encore plu toute la journée, on se croirait au mois de novembre. On a pris le thé dans le bureau avec des biscuits. Puis ma fille a voulu me faire regarder un film de cinéma qu'elle avait beaucoup aimé et qui se passe dans un endroit perdu d'Amérique où elle était allée après son bachot. L'histoire d'un vieux bonhomme un peu gâteux, persuadé d'avoir gagné un million de dollars. Le problème est que je n'y ai rien compris. Sur son Internet, elle n'avait pu le trouver qu'en anglais, sans les sous-titres, et moi je parle très mal l'anglais. Régulièrement, elle devait interrompre le film pour m'expliquer, du coup ça n'en finissait plus et moi ça me donnait mal à la tête. Pourtant, je me souviens que, lorsque avec René nous étions allés en Angleterre, je me débrouillais. Il avait beau se moquer de mon accent, je connaissais plus de mots que lui et j'arrivais tant bien que mal à me faire comprendre. Lui ne savait rien dire d'autre que « *Hey, silly girl !* » qu'il répétait sans arrêt en riant avec les yeux. Ça ne nous menait pas bien loin.

Dimanche 5 juillet

Ma fille est repartie en fin d'après-midi pour Paris. Depuis trois jours, il fait un temps d'automne et ça sent la terre mouillée. Avec l'humidité, la maison s'est refroidie. Ce matin, j'ai remis un collant. J'ai même rallumé les radiateurs et après le déjeuner j'ai fait une flambée dans la cheminée. C'est mauvais pour le jardin, ce climat complètement déréglé. Les tomates vont pourrir avant de mûrir. Les haricots verts ne donnent plus, heureusement qu'Angèle en a ramassé un plein panier jeudi. Et les dernières framboises, à force de prendre l'eau, elles vont finir par tomber… Et mes beaux dahlias ! Quelle tristesse.

Mercredi 8 juillet

Après six jours affreux, le temps s'est remis au beau. La santé mentale de Marcelle, en revanche, ne semble pas vouloir s'arranger. Avec le retour du soleil, la voici elle aussi qui réapparaît. La pluie avait cela de bon qu'elle ne sortait plus. C'est que, depuis le début de l'été, elle venait de plus en plus souvent me demander du sucre. Elle ne prenait même plus la peine de sonner, elle entrait, fouillait mes placards, renversait le sucrier de porcelaine dans lequel, désormais, je ne laisse plus qu'un seul morceau ; c'est le sucre de Marcelle. Quand je le retrouve vide, c'est qu'elle s'est servie. Mais bien vite ça ne lui avait plus suffi, alors elle trottinait jusqu'à la cuisine, ouvrait les placards et c'est toute la boîte de sucre que je retrouvais sens dessus dessous dans le buffet. Puis le temps s'était mis à la pluie et je ne l'avais plus revue.

Dans la journée, que je sois à l'intérieur ou dehors, pour être tranquille je donne un tour de clé dans la serrure de la porte d'entrée. C'est ce que j'avais fait ce matin, avant de remonter dans ma chambre. Et voilà que, arrivant dans la cuisine pour préparer mon déjeuner, je tombe sur elle en train de fouiner ! Par où diable était-elle passée ? En voyant ouverte la porte du petit escalier de l'office, j'ai vite compris. Elle était entrée par le sous-sol que j'avais oublié de verrouiller…

Elle s'est plantée devant moi : « Donne-moi un sucre ! » Elle me tutoie maintenant. Debout dos à la porte, elle me bloquait le passage. « Allons

Marcelle, soyez raisonnable, vous savez bien que le docteur ne veut pas que vous mangiez du sucre, c'est mauvais pour vous... » « Donne-moi un sucre ! Allez, Jeanne, donne-moi un sucre ! » Elle commençait à crier, et même à me bousculer doucement. J'ai eu un peu peur, si elle me faisait tomber ? Alors j'ai fini par céder, je lui ai donné un sucre. « Deux ! Donne-m'en deux ! » Je lui en ai donné un deuxième. Je voulais juste qu'elle s'en aille. Elle s'est enfin poussée et elle est rentrée chez elle.

Pauvre Marcelle, pauvre Fernand... Et moi, dans tout ça ? Si vraiment elle perd la tête et ne la retrouve plus ? Si elle doit partir, est-ce que Fernand restera ici tout seul ? Il s'en ira lui aussi. Pour aller où, je ne sais pas, mais il partira. Que deviendrai-je alors ?

Jeudi 9 juillet

La petite Angèle m'a ramassé un panier de haricots verts. Finalement, la pluie ne les a pas noyés, je crois même qu'elle leur a fait du bien. Je me suis installée dehors, sous le parasol, à la table de bois gris. J'ai posé devant moi deux saladiers, un pour les haricots épluchés et un pour les queues, et je m'y suis mise. J'ai le coup de main, je fais ça très vite, en pensant à autre chose, et plus ça galope dans ma tête, plus je vais vite. J'aime beaucoup éplucher les haricots verts du jardin, c'est un peu fastidieux mais je sais que je vais me régaler. J'en congèlerai une partie, bien sûr, je ne vais pas manger tout ça.

Chaque fois je me pose la même question : pourquoi ne trouve-t-on nulle part, pas même sur les marchés des villages alentour, des haricots verts aussi bons que ceux de mon potager ? Aussi tendres et croquants à la fois, avec le même goût ?

Dimanche 12 juillet

Mes enfants veulent me passer une espèce de bracelet de sécurité autour du poignet, histoire que je sonne si je tombe et ne peux plus me relever. Cette affaire est supposée fonctionner même à grande distance. Comme ça, je pourrai aller me promener dans les bois sans qu'ils s'inquiètent. Je n'ai pas très bien compris comment ça marche, où cela sonne, qui cela prévient… La police, les pompiers, un voisin ? Je ne sais pas. Et si je tombe dans les pommes et ne peux appuyer sur le bouton, est-ce que cela permettra aussi de me localiser ? Il paraît que l'on peut retrouver quelqu'un juste avec son téléphone portable, même éteint, du moment qu'il l'a sur lui. On fait ça, je crois, pour rattraper les voleurs et les bandits. Et aussi les gens qui se font enlever. Ce doit être la même chose, peut-être en moins compliqué.

Lundi 13 juillet

J'ai reçu un coup de téléphone de Louise. Henriette, ma cousine germaine, ma jumelle à trois jours près, est morte cette nuit. Je ne l'avais plus revue depuis qu'avec mon fils nous lui avions rendu visite dans sa grande maison du Berry où elle vivait seule. C'était l'année dernière. Elle n'allait pas si mal. Nous avions apporté de quoi déjeuner et une bouteille de vin. Nous avions blagué comme au bon vieux temps, quand, pendant la guerre, nous allions soigner et réconforter les blessés au Val-de-Grâce. Il y avait un officier bien mal en point mais très drôle, qui s'était mis en tête de nous apprendre à embrasser sur la bouche. Nous n'avions pas vingt ans.

Ça ne se fait pas de dire ça, mais je garde un assez bon souvenir des années de guerre à Paris. Malgré la faim, malgré le froid, malgré la peur des bombardements, nous nous amusions. Défiant les ordres de nos parents, nous prenions nos bicyclettes et allions les uns chez les autres pour jouer aux cartes. Je me souviens, un jour de juin, d'avoir avec mon petit frère traversé Paris à bicyclette en suivant un camion rempli d'Allemands qui m'apostrophaient en riant. J'étais restée impassible alors que j'étais morte de peur. Nous étions inconscients, seule façon d'être heureux en ces temps troublés.

Pendant l'Occupation, des Allemands s'étaient installés chez mon oncle et ma tante, réquisitionnant leur propriété dans le Berry. Henriette, Louise et leur sœur Camille, persuadées de risquer leur vie, allaient chaque soir en douce cracher dans la soupe des officiers, unique acte de résistance à leur portée. C'est là qu'Henriette, qui ne s'est jamais mariée, a fini sa vie. Les dernières années, la belle demeure n'était plus qu'un souvenir. Henriette n'avait pas les moyens de payer un jardinier pour entretenir les massifs, ni un maçon pour réparer les fissures, ni un peintre pour rafraîchir son intérieur. Elle ne touchait aucune retraite, elle avait passé sa vie à travailler sans être déclarée, coupant et cousant des rideaux pour les bourgeoises du seizième qui la payaient au lance-pierre. La pédale de sa vieille machine à coudre Singer, son instrument de travail de toujours, était au repos depuis longtemps, comme le sécateur et l'arrosoir. Henriette sera enterrée vendredi matin, dans le petit cimetière du village.

Mercredi 15 juillet

C'est étrange comme plus le temps passe et moins la mort me touche. Même celle des êtres les plus chers. Je crois qu'à force de voir les gens partir on s'habitue. On pleure des souvenirs, une solitude qui se dépose sur nos cœurs en couches de plus en plus épaisses, nous enveloppe et nous éloigne du monde. On est un peu entre deux eaux, entre la rive des vivants et celle des morts. Peut-être que celui qui part ne nous semble plus partir aussi loin. Il ne disparaît plus complètement, on le devine là-bas, au loin, mais plus si loin. Bientôt notre tour viendra d'aller le rejoindre. Peut-être est-ce pour cela que l'on est moins triste. Nous aussi avons déjà commencé le voyage, l'autre a juste pris un peu d'avance.

Vendredi 17 juillet

Ce soir je suis bien fatiguée. Avec mon fils nous avons fait l'aller et le retour dans la journée, près de quatre cents kilomètres. Heureusement, sa voiture est confortable, je me suis endormie et le trajet du retour a vite passé. Nous sommes partis très tôt ce matin pour aller enterrer Henriette. Il n'y avait pas beaucoup de monde dans la petite église de Concressault. Louise, la benjamine, est toujours alerte et ne fait pas ses quatre-vingt-six ans. Ses frères, que je n'avais pas vus depuis plusieurs années, ont bien vieilli, eux. Parfois, il vaudrait mieux ne pas revoir les gens quand on a laissé passer trop de temps. Ne jamais voir les tremblements, les cannes, les fauteuils roulants ; les centimètres, les dents et les cheveux perdus, quand ce n'est pas toute la tête qui s'en va avec les cerveaux qui s'effilochent. Le mari de ma cousine m'a à peine reconnue tant sa tête est partie ailleurs, et moi j'ai à peine reconnu ma cousine Camille, la cadette, celle qui riait si fort, qui était si jolie, avait tous les garçons à ses pieds, et qui aujourd'hui a l'air si triste, si menue, si désorientée, petite silhouette fragile soutenue par sa fille. Ne garder que les images du temps où nous étions vivants, celui des rires et des disputes enfantines, des larmes de nos chagrins d'amour et de nos colères et pas ces pleurs de fin, quand on n'a plus rien à dire, plus rien à vivre.

Samedi 18 juillet

Je me suis réveillée tard ce matin, cela ne m'arrive pas souvent. Je ne me suis pas levée tout de suite, j'ai traîné au lit, ce qui m'arrive encore moins souvent. C'est que ça m'avait fait un coup, tout de même, tous ces cousins et cousines, ces gens de mon enfance qui aujourd'hui arrivent au bout de leur chemin. Et eux, qu'ont-ils pensé de moi, que se sont-ils dit en me voyant, toute tassée et appuyée sur ma canne ? La dernière fois qu'ils m'avaient vue, je trottais encore comme un lapin…

Qui sera le prochain à partir ? Moi, peut-être ? Ce ne sont pas toujours les plus mal en point qui s'en vont les premiers. Inévitablement, la mort des autres nous ramène à la nôtre. C'est à cela que je pensais, ce matin, en restant dans mon lit. Ce lit aux barreaux de cuivre qui sera sans doute mon lit de mort.

Plutôt que ma mort, j'imagine mon enterrement, c'est plus gai, il y a des fleurs et des chants, et le plus dur est passé, du moins pour celui qui s'en va. Je voudrais une jolie messe avec de la belle musique, et que ce ne soit pas triste. Plutôt du violon, le violoncelle c'est beau mais un peu grave. Surtout pas d'orgue, je n'aime pas l'orgue, c'est lugubre, et puis ça me rappellerait trop les messes du Donjon, avec la chorale des vieilles et leurs voix qui chevrotent. Le cercueil, je m'en fiche. L'extérieur encore, il ne faut pas que ce soit un bois trop laid, par respect pour les gens qui le verront, mais l'intérieur, qui le verra ? Alors taffetas, satin ou coton, quelle importance. De toute façon je ne serai plus là pour en profiter, alors à quoi bon dépenser des fortunes pour me mettre dans un couffin moelleux. Quand je pense à mon pauvre René qui n'aimait que l'authentique, le sobre et le rugueux, le voir comme ça allongé tout raide dans cette soie luisante et lisse, ça m'avait fait mal au cœur.

Je reçois parfois des publicités. L'on m'y parle des différentes essences de bois, du chêne de nos forêts aux plus exotiques, on s'efforce de guider mon choix selon mes croyances et mes goûts, mon souci de l'écologie... Selon qu'on me transportera pendant plus ou moins de deux heures dans ma boîte, on la choisira plus ou moins épaisse. Si on doit me brûler, dix-huit millimètres seront suffisants mais ça, il n'en est pas question, je ne vais quand même pas me présenter toute calcinée devant le bon Dieu.

Peut-être devrais-je plutôt commencer à réfléchir à mes vêtements ? À la campagne, les gens perpétuent la tradition, ils défilent voir le mort sur son lit, alors il faut être présentable. Ma chemise de nuit rose pâle... ? Non, pas devant la petite Angèle quand même. Et si le jardinier vient ? Et puis je ne peux pas me montrer comme ça devant Fernand, même morte ça ne se fait pas, ça fait trop déshabillé. Une robe un peu longue, alors ? Mais laquelle ? Est-ce que seulement j'en ai une ? Je ne vais quand même pas aller en acheter exprès... Et les chaussures ? Est-ce qu'on met des chaussures à un mort ? Et des bas ? Il me semble bien que René avait ses souliers noirs... Oui, il avait son costume gris foncé, il ne pouvait pas être en costume sombre et les pieds à l'air. Il faut que je réfléchisse aux chaussures...

En attendant, il est grand temps que je me lève. J'ai enfilé mes pantoufles et je suis descendue à la cuisine après avoir refermé les fenêtres et sans ouvrir les volets, histoire de garder un semblant de fraîcheur à l'intérieur. Quand j'ai pris mon thé et mes tartines, il était déjà dix heures.

Dimanche 19 juillet

À l'église, le prêtre nous a invités à la compassion et au partage. S'appuyant sur l'Évangile du jour, il a insisté sur le fait qu'il faut parfois savoir s'arrêter, prendre du temps pour se ressourcer et se reposer. Alors, en sortant de la messe, j'ai accepté d'aller prendre un verre de vin blanc chez Gilberte. Elle ne m'a pas vraiment laissé le choix, affirmant qu'après les émotions des derniers jours ça me ferait du bien. Je lui ai parlé de cette affaire de chaussures. Elle m'a dit qu'en Gascogne, d'où était originaire son mari, on chausse toujours le mort avec des souliers de marche : c'est qu'il part en voyage.

Mardi 21 juillet

Mon fils est passé en coup de vent, comme toujours. Il est arrivé hier soir pour dîner et reparti tout à l'heure après le thé. Il m'a apporté le bijou qui sonne si je tombe. Enfin, si je suis en état d'appuyer sur le bouton. C'est vrai que, depuis quelque temps, je ne suis plus très solide sur mes jambes. Cela dit, j'ai toujours eu tendance à tomber sans raison, René rouspétait, il disait que je ne regardais pas où je mettais les pieds. Le problème, pour moi, n'est pas tant de me retrouver par terre, je me fais rarement bien mal, c'est de pouvoir me relever.

Finalement, j'avais pu choisir entre un bracelet et un collier, et je m'étais dit qu'un collier serait plus facile à cacher, je pourrais le glisser sous un pull ou dans le col de mon chemisier. Parce que ce n'est pas joli du tout, cette chose-là. D'ailleurs, je ne suis pas sûre de le porter souvent… Et puis j'ai déjà mon téléphone portable autour du cou, ça va faire beaucoup. Zut, je n'avais pas pensé à ça. Quand elle l'a su, ma fille m'a dit que j'aurais dû prendre le bracelet. Je ne fais jamais rien comme il faut. J'ai un petit coup de cafard.

Vendredi 24 juillet

Avec tout ça, je n'ai toujours pas trouvé le temps de finir le mot croisé du *Madame* de samedi dernier. Comment s'appelle le volcan qui domine les Philippines ? En trois lettres, qui finit par « po ». Je sèche. Apo ? Epo ? Ipo ? Opo… ? « Évita la crue mais pas la cuite » : ah, ça, je sais, c'est Noé ! En sortant de l'arche avec ses fils, il s'était retrouvé près d'une vigne et avait bu au point d'être complètement saoul. « Satisfaire une envie », en six lettres… Oh, tout de même !

Je recompte les cases, une, deux, trois, quatre, cinq, six, oui, c'est bien ça, « uriner ». Ce n'est pas très joli.

Samedi 25 juillet

Ce soir, j'ai accepté d'aller dîner chez mes neveux, ceux qui passent l'été dans leur maison de famille à quelques kilomètres de Lapalisse. Les jours sont encore longs et ils m'ont proposé de venir tôt, vers sept heures et demie, pour que je puisse repartir avant la nuit.

Nous avons pris un apéritif près de la piscine, c'était bien agréable. Puis nous avons dîné dehors, dans la douceur du soir, d'un beau plat de légumes farcis et d'une délicieuse tarte aux fraises. Comme j'avais pris un peu de champagne à l'apéritif, je n'ai bu que quelques gorgées de vin à table. Je ne voulais pas être paf pour reprendre ma voiture.

Mes neveux sont très gais, ils étaient aux petits soins pour moi, on a beaucoup ri et c'est si bon de rire !

À neuf heures et demie passées, il était temps de rentrer chez moi. La nuit n'attendrait pas que je sois arrivée pour tomber. Enchantée de ma soirée, je suis remontée dans ma voiture, j'ai attaché ma ceinture, mis le contact, passé la première, et en avant. À l'aller, faire la route m'avait pris à peine une demi-heure. Je devrais donc être à la maison juste à temps. Je verrai peut-être même encore assez clair pour arroser mon massif. Je me suis engagée sur le sentier traversant le bois. À un moment, je suis arrivée à une patte d'oie. J'étais bien embêtée. J'ai essayé de me souvenir : étais-je arrivée de la droite ou de la gauche ? J'ai opté pour la gauche un peu au hasard, et j'ai continué, vaguement inquiète tout de même. Le sentier n'en finissait pas, ça me semblait bien plus long qu'en sens inverse. Enfin, j'ai atteint la route goudronnée. Là, nouveau doute. À droite, à gauche… ? À nouveau j'ai pris à gauche, de moins en moins sûre de moi. Je roulais à trente à l'heure, guettant le panneau qui m'indiquerait Lapalisse, je devrais y être dans quelques minutes, mes neveux ne sont qu'à quatre ou cinq kilomètres et j'ai déjà fait du chemin. Je roule, je roule, toujours pas de panneau Lapalisse. Et pendant ce temps le jour décline. Bientôt, je vais devoir allumer les phares. Les rares panneaux que je trouve sur ma route signalent des villages dont je n'ai jamais entendu parler. Mon Dieu, c'est terrible, je ne reconnais rien. En plus, quand il commence à faire moins jour toutes les routes se ressemblent. Je ne sais plus du tout où je suis. Je commence à m'affoler, je me mets à parler toute seule, qu'est-ce qui m'a pris d'accepter ce dîner, ce n'est plus de mon âge de sortir seule le soir. Quand enfin je vois sur un panneau un nom familier : Vichy ! Je ne suis qu'à quelques kilomètres de Vichy ! Qu'est-ce que j'ai fait ? Je me suis complètement trompée de direction… Mais je suis rassurée, Vichy, au moins, je connais. Et de Vichy, je sais rentrer chez moi. Alors, même si ça m'éloigne encore, je suis le panneau sauveur et me voilà en route pour Vichy. Une fois arrivée devant la gare, je tourne autour du rond-point et je repars dans l'autre sens. Maintenant je connais la route par cœur. J'aurai juste fait un détour d'une bonne cinquantaine de kilomètres.

J'ai mis les phares et je roule à cinquante à l'heure. La nuit est complètement tombée à présent. Je ne quitte pas des yeux la ligne blanche pour bien suivre la route parce que je n'y vois plus grand-chose. Parfois, on me fait des appels de phares parce que j'oublie de passer en codes quand je croise une voiture. Dans ces moments-là, je suis tellement éblouie par les lumières d'en face que, dans un mouvement réflexe, je ferme les yeux. À un moment, juste avant un virage, j'ai pilé. Je n'avais pas le choix, je n'y voyais vraiment plus rien. Je suis restée quelques minutes arrêtée, priant pour qu'aucune voiture ne m'arrive à fond de train dans le dos ; puis, une fois que j'ai eu retrouvé mes esprits, je suis repartie tout doucement. Quand je suis arrivée enfin chez moi, la grande horloge de l'entrée sonnait onze coups. C'était trop tard pour mon massif, et surtout beaucoup trop tard pour moi. J'étais dans un drôle d'état. Je crois que j'ai eu très peur. Dans mon lit, j'en tremblais encore.

Dimanche 26 juillet

Tout à l'heure, mon fils m'a téléphoné. Je lui ai dit que je regrettais de ne pas avoir pris plutôt le bracelet qui sonne, que sa sœur m'avait dit que… Il m'a assuré que j'avais très bien fait de choisir le collier et, même si je ne suis toujours pas convaincue, ça m'a un peu consolée. Puis je lui ai raconté ma mésaventure de la veille. Il m'a dit « je vais t'acheter un GPS, comme ça, tu ne te perdras plus ».

Un GPS, dans ma petite voiture ? Je ne savais pas que c'était possible...

Lundi 27 juillet

Nine vient tout juste de rentrer de quinze jours de vacances chez son fils et voilà qu'elle est à l'hôpital. Depuis plusieurs jours, elle avait très mal au ventre. Le médecin de son lieu de vacances avait diagnostiqué une gastro-entérite et l'avait assommée de médicaments pour les nausées et les douleurs d'estomac. À son retour, elle avait toujours mal et son état avait empiré. On lui a fait des examens et on lui a trouvé un cancer de l'intestin. Elle a été opérée en urgence. Il paraît qu'il ne faut pas s'inquiéter, que ça a été pris à temps.

Moins grave, Denise s'est fait opérer de la cataracte et depuis elle n'y voit plus rien d'un œil. Du coup, elle hésite à faire opérer l'autre, celui qui voit tout flou.

Mardi 28 juillet

Aujourd'hui j'ai beaucoup pensé à Nine. Je me repasse ces mots « pris à temps ». Est-ce qu'on peut guérir du cancer de l'intestin ?

J'ai connu Nine un jour chez Toinette. Elle venait de perdre son mari, un médecin, comme celui de Toinette. Elle s'était installée peu de temps après dans le pays, une jolie maison un peu à l'écart de Loddes, près de chez Toinette. On ne remarque pas Nine. Rien dans son apparence ne retient l'attention. Nine n'est ni petite ni grande, ni grosse ni mince, ni jolie ni laide. Et puis elle est si discrète. Elle a une voix douce, qu'elle n'élève jamais. Elle rit sans bruit et ne parle que si elle a quelque chose à dire. Autant Toinette est bavarde, montée sur des ressorts, virevoltante, autant Nine est calme, souvent silencieuse, apaisante. Il faut apprendre à connaître Nine, elle ne se donne pas à la première venue. Quand on la voit pour la première fois, elle peut même apparaître un peu froide. Mais une fois qu'on a parlé, vraiment parlé, avec elle, on ne peut plus l'oublier. Aujourd'hui, elle fait partie de ma vie. Je ne pourrais plus me passer d'elle.

Alors je me dis qu'on peut guérir de tout.

Jeudi 30 juillet

J'ai bien mal dormi. Il faut dire que je n'étais pas toute seule. Toute la nuit, je n'ai cessé d'être réveillée par un vrombissement qui allait et venait dans la chambre. Je guettais le bourdonnement, relevant mon drap sur ma tête lorsqu'il se rapprochait. J'avais fait la bêtise de laisser les fenêtres ouvertes en oubliant de fermer les volets à la tombée de la nuit, et cette affreuse bête était entrée. J'avais bien essayé de la faire sortir en agitant un chiffon, sans trop m'approcher quand même. Quand j'ai compris qu'elle semblait résolue à passer la nuit à l'intérieur, j'ai essayé de l'attirer dans le vestibule en y allumant la lumière et en éteignant dans la chambre, mais ça n'a pas marché, elle avait manifestement décidé de dormir avec moi. Soit. Je passerais donc la nuit avec un frelon…

Pas très à l'aise dans le noir seule avec lui, j'ai rallumé dans ma chambre, rééteint dans le couloir, refermé ma porte et renoncé à le faire sortir. Je dois bien avoir une bombe insecticide quelque part mais je ne sais plus trop où et puis elle doit être trop vieille et plus assez efficace. Ces choses-là, il faut que ce soit foudroyant, sinon ça peut se retourner contre vous.

Les frelons, René les tuait d'un coup de *Figaro* ; moi je n'ai pas essayé, je suis assez maladroite, je l'aurais raté, ça l'aurait rendu furieux. Et puis j'avais quand même un peu peur. C'est que, quand elles vous piquent ces bêtes-là, ça fait très mal. Parfois même, ça se termine à l'hôpital, quand ce n'est pas au cimetière ! Je me souviens, à Lapalisse, un moniteur d'auto-école s'était fait piquer, eh bien une heure plus tard il était mort. Enfin, c'était ce qu'on avait raconté. Et puis, je ne sais pas si c'est le même venin, mais il y a quelques années j'avais bien failli y passer moi aussi, après m'être fait piquer à la langue par une guêpe minuscule qui s'était fourrée dans mon yaourt. René, à qui les piqûres de guêpes laissaient à peine un petit point rouge non douloureux, n'avait pas réagi tout de suite. « Mais enfin, ce n'est qu'une toute petite guêpe ! », se défendait-il. Quand il s'était enfin décidé à me conduire chez le docteur à Lapalisse, quinze kilomètres tout de même, dans la voiture j'avais des difficultés à respirer. Le médecin avait dû me faire deux piqûres, je lui avais fait peur, selon lui je n'étais « pas passée loin ». Il m'avait dit que j'étais sans doute allergique et m'avait prescrit un médicament à prendre immédiatement en cas de nouvelle piqûre. Je ne m'en suis jamais servi, je ne sais même pas ce que j'en ai fait.

J'ai quand même dû dormir un peu, par intermittence, quand le vrombissement s'arrêtait. Je pense que lui et moi, on a dormi en même temps. Je me suis tout de même réveillée avec mon drap sur la tête, preuve que mon sommeil n'avait pas dû être bien paisible. Le sien non plus sans doute, parce que, ce matin, il a fait la grasse matinée. Il ne mouftait plus. Pas le moindre bourdonnement, rien. Je n'ai pas osé agiter les rideaux, au cas où il s'y serait niché. Je préférais ne pas le déranger, il ne m'avait pas piquée, il ne m'avait rien fait. J'ai passé ma robe de chambre et suis descendue prendre mon petit déjeuner. Quand je suis remontée, requinquée par ma tasse de thé, et après avoir, par précaution, recouvert ma tête d'une serviette de toilette, j'ai tiré tout doucement les rideaux, et j'ai ouvert en grand les fenêtres. Le beau soleil et le parfum des roses finiraient bien par l'attirer dehors. J'ai pris ma douche, me suis lavé les dents, j'ai enfilé ma vieille jupe bleu ciel, un chemisier blanc et un chandail, et je suis redescendue. J'ai attrapé ma canne et suis allée faire ma promenade sur l'allée, à l'heure où le soleil n'est pas encore trop chaud. Cet après-midi, j'irai quand même au Casino du Donjon acheter une nouvelle bombe anti-frelons.

Lundi 3 août

Ma fille a tellement insisté que je n'ai pas pu continuer à reporter. Je n'avais plus de prétexte sous la langue, j'avais épuisé toutes mes bonnes raisons de ne pas aller passer quelques jours dans sa maison en Bretagne à la fin du mois. Je n'ai rien à faire, elle s'occupe de tout, m'assure-t-elle. Elle m'emmènera en voiture, nous partirons de Paris. Oui, mais je n'y suis pas à Paris, moi. Il va falloir que j'y aille. Ça veut dire que je dois prendre le train. Et prendre le train, aujourd'hui, c'est toute une affaire.

Avant, je réservais mes billets dans la petite agence de Lapalisse, à quinze kilomètres de la maison. La dame était charmante, je disais où je voulais aller, quand je souhaitais partir, elle cherchait, trouvait, je payais et repartais chez moi avec mon billet dans mon sac. Il y a quelques mois, l'agence a fermé. Maintenant il faut aller à la gare, la plus proche étant celle de Saint-Germain-des-Fossés, trente kilomètres tout de même, ou réserver par téléphone. Une fois, ma fille m'a pris mes billets avec son Internet. Je les ai bien reçus, c'est vrai que c'est pratique. En revanche, ma carte senior, qu'elle avait renouvelée en même temps, n'est jamais arrivée. J'avais fini par aller en faire faire une autre à un guichet. Heureusement j'étais à Toulouse, où je séjournais chez mon amie Hélyette. Je n'avais pas eu besoin de faire trente kilomètres pour trouver une gare. Ce matin j'ai donc appelé le 3635, le numéro des chemins de fer. Après m'avoir mis de la musique, une dame m'a posé des questions d'une drôle de voix. J'ai répondu, elle m'a dit qu'elle était désolée mais qu'elle n'avait pas bien compris ma réponse. J'ai répété et elle m'a redit, toujours sur le même ton, qu'elle était désolée mais qu'elle n'avait pas bien compris ma réponse. Elle parlait comme un magnétophone. Au bout de trois fois, elle m'a dit « je suis vraiment désolée de ne pouvoir vous comprendre » puis « au revoir, à bientôt ». Ça alors, elle est idiote ou quoi ? J'ai appelé ma fille. C'est arrangé, elle va me prendre mon billet et me l'envoyer par La Poste. Pourquoi, avec le progrès, tout est-il devenu si compliqué ?

Mardi 4 août

Aujourd'hui, le nouveau voisin, celui qui a acheté la propriété des Berthiers, vient prendre le thé. Il m'avait envoyé un petit mot très bien tourné la semaine dernière, proposant, si bien sûr cela ne me dérangeait pas, de venir me présenter ses hommages afin que nous fassions connaissance. Nous étions convenus quelques jours plus tard qu'il viendrait à l'heure du thé. Aux dires de Gilberte, qui la première, sans doute eu égard à son âge, a eu l'honneur de sa visite, c'est un monsieur très bien. Un ancien colonel, excellent cavalier, très distingué. Il est beaucoup plus jeune que nous, il doit avoir dans les soixante-quinze ans, mais dans le pays, comme on n'est plus bien nombreux, on ne fait pas très attention aux âges. Il est veuf depuis de longues années, ne s'est jamais remarié et n'a qu'un fils unique qui vit en Afrique du Sud. Il a fait l'acquisition de cette grande maison il y a déjà plus d'un an, mais ne s'y est installé que très récemment. Je crois qu'il a fait faire beaucoup de travaux, l'intérieur était en trop mauvais état pour être habitable.

J'ai fait un gâteau aux pommes, ce n'est pas de saison mais ça va bien avec le thé. J'ai préparé mes jolies tasses bleu et or, et j'ai sorti la théière en argent de la vitrine, autant qu'elle serve de temps en temps. Ce n'est pas tous les jours qu'un homme vient prendre le thé.

En prévision de l'événement, je suis allée chez le coiffeur. Je n'avais pas envie de le recevoir avec mes cheveux tout plats. Là ils sont propres, ils sentent bon et sont gonflés juste comme il faut. Je me suis assise à ma coiffeuse en merisier, celle qui va avec la commode, la table et le secrétaire de mon ancienne chambre de jeune fille. Cela ne m'arrive plus très souvent de me mettre à ma coiffeuse. J'oriente le miroir de façon à bien éclairer mon visage. Bien sûr, j'ai les rides de mes années, mais ma peau est restée douce et a conservé son teint rose. Finalement, à bien me regarder, je me trouve encore potable. Depuis que je me suis fait opérer de la cataracte je n'ai plus besoin de mes lunettes, pourtant je continue de les porter. Cela fait si longtemps, près de cinquante ans, que je vis avec, quand je les retire je ne me reconnais plus. J'ai demandé à mes enfants et petits-enfants, tous me préfèrent avec. Quand je les enlève, c'est comme si mes yeux rapetissaient. Est-ce que je ne les ouvre plus aussi grand qu'avant ? Je ne sais pas. Mais c'est vrai qu'ils semblent tout petits et perdus dans ma figure. Pourtant, autrefois, on les remarquait mes yeux, on me disait qu'ils étaient beaux... Peut-être qu'ils sont un peu moins vifs, que le bleu a un peu passé. Aujourd'hui ils paraissent plus gris, comme si, avec le temps, ils avaient pris la poussière.

Je ne me suis jamais maquillé les yeux. René aurait aimé que je me farde un peu. J'avais essayé une fois, une seule, quand ma fille était adolescente. Elle m'avait acheté à Prisunic un joli boîtier contenant un fard bleu et un petit pinceau. Je n'avais jamais réussi à l'appliquer sur mes paupières, approcher ce pinceau de mon œil m'effrayait, ma fille n'avait rien pu faire pour m'aider et le boîtier était resté des années dans le tiroir de la coiffeuse. Le matin, je mettais juste un peu de poudre sur mes joues, une poudre rose et parfumée que je conservais, avec sa houppette, dans une boîte en argent. Lorsque nous sortions dîner avec René, pour lui faire plaisir j'ajoutais une touche de rose pâle sur mes lèvres. Rien de plus.

C'était pareil pour les bijoux. Hormis mon alliance, ma bague de fiançailles et ma montre, je n'en portais que très rarement. Parfois un collier de perles ou un bracelet discret. J'avais tenté une paire de boucles d'oreilles mais au bout d'une demi-heure le pincement m'était devenu insupportable. Et, dans mon milieu, il n'était pas question de se percer les oreilles, cela ne se faisait pas.

J'ai toujours aimé le naturel. J'étais blonde, mes yeux étaient clairs et mon teint celui d'une Anglaise. J'avais l'impression que le moindre artifice aurait fait de moi une poupée. Je crois que j'étais plutôt jolie quand j'étais jeune, on me le disait et j'avais la faiblesse de le croire. Il arrive encore que l'on parle de moi comme d'une jolie vieille dame, que des messieurs me taquinent gentiment. Je réveille un peu leurs regards délavés et cela me fait autant plaisir qu'à mes vingt ans. Même à l'approche de la fin, il est doux de plaire. Il n'y a pas d'âge pour rougir.

Le voisin ne devrait plus tarder. J'ouvre ma boîte en argent. Je trempe la houppette dans la poudre et tamponne doucement mes joues, en veillant bien à ce qu'elle ne s'accumule pas entre les plis. J'étale un peu de rose sur mes lèvres, puis, à l'aide du bâton de rouge, je peins légèrement mes pommettes en estompant la couleur avec mes doigts. Je suis prête.

Mercredi 5 août

Je me suis beaucoup ennuyée. L'ancien militaire est un monsieur très distingué, plutôt bien de sa personne, mais il n'est pas drôle. Et, comme beaucoup de gens pas drôles, il s'est montré extrêmement bavard. J'ai bien cru qu'il ne partirait jamais. En plus il a à peine touché à mon délicieux gâteau aux pommes, comme s'il craignait que je l'empoisonne. Il a passé deux heures à me raconter d'un ton monocorde une vie sans grande fantaisie. Au bout d'un moment je n'écoutais plus vraiment, je me contentais d'acquiescer poliment lorsque, à intervalles réguliers, revenaient les mots de « discipline » et de « redressement nécessaire de notre pauvre France », et d'approuver avec chaleur chaque évocation du « général de Gaulle ». Il n'a fait que parler d'armée, de caserne, d'état-major et de chevaux. Je ne me suis pas amusée du tout. Je crois qu'il ne m'a pas posé une seule question sur moi. M'a-t-il seulement regardée ? Quand il s'est enfin levé pour prendre congé, après un baisemain aussi impeccable qu'un salut militaire, je suis restée un moment debout, un peu groggy, ne sachant trop que lui dire, préférant éviter le « à bientôt », je crois que j'attendais qu'il me dise « rompez ! » pour oser bouger. Puis il s'est dirigé vers son automobile et c'est avec soulagement que je l'ai vu s'éloigner sur l'allée. J'ai rapporté le service à thé et le reste à la cuisine, j'ai jeté les serviettes en papier, lavé les tasses, les petites assiettes et les fourchettes, puis j'ai coupé une bonne moitié de mon gâteau et je l'ai mise au congélateur dans du papier d'aluminium sur lequel j'ai écrit au gros feutre noir « gâteau aux pommes du colonel ».

Quand je pense que, avant de rencontrer René, je rêvais d'épouser un militaire…

Jeudi 6 août

Toute seule, je ne m'ennuie jamais. J'ai toujours quelque chose à faire. Je cuisine, je lis, je fais mes mots croisés, des patiences. J'ai un petit carnet de moleskine aussi, que je cache dans le tiroir de ma table de nuit, dans lequel je recopie des citations que j'entends à la radio ou à la télévision, des extraits de livres ou de journaux, sur la vie, la mort, le bon Dieu, le pape, des mots qui partent dans tous les sens, comme des images que je collerais sans lien et sans suite, et qui n'auraient pas leur place ici. Je tricote encore un peu, même si de moins en moins, au bout d'un moment le mouvement répétitif des aiguilles m'agace les doigts. Quand mes petits-enfants étaient petits, je leur faisais des chandails de toutes les couleurs, des pull-overs bien chauds, avec de la vraie bonne laine que j'allais acheter exprès aux Bergères de France, à Vichy. Puis ils n'en ont plus voulu, mes tricots n'étaient pas à la mode et ils grattaient. Ils se sont mis à préférer ces affreux vêtements molletonnés à capuche avec des inscriptions sur le ventre. Aujourd'hui je ne tricote plus que des écharpes pour les vieux de la maison de retraite du Donjon ou, plus rarement, de la layette, quand on m'annonce une naissance chez les enfants de mon fils. Le problème, c'est d'aller courir à Vichy pour acheter la laine, mais après, tricoter une brassière, c'est facile. En revanche, je ne me lance pas dans des réalisations compliquées. Je me souviens, la première fois que ma belle-fille avait attendu, je m'étais mis en tête de tricoter une paire de petits chaussons. Je n'avais encore jamais fait ça. Il fallait utiliser quatre aiguilles en même temps. J'avais fait un premier chausson. Puis un deuxième. Puis un troisième. Et un quatrième. Pas moyen d'en avoir deux de la même taille ! Je n'y comprenais rien. Je suivais pourtant bien la recette et à l'arrivée, j'avais eu beau faire toujours la même chose, je m'étais retrouvée avec quatre petits chaussons différents. Je crois qu'à la naissance, désespérée, j'avais donné les quatre à ma belle-fille. Depuis, pour les naissances, je me cantonne à des brassières toutes simples au point mousse. Avec deux aiguilles.

Je lis, aussi. Moins qu'avant cependant. Mes yeux se fatiguent plus vite et j'ai de plus en plus en mal à trouver des romans qui me passionnent. J'ai toujours aimé les livres. Quand j'étais petite, je me régalais des histoires de la comtesse de Ségur dans la Bibliothèque rose. Je dois avoir encore au grenier quelques-uns de ces beaux livres reliés, à la couverture rouge et or. Je pouvais passer des heures plongée dans les albums de *La Semaine de Suzette*, avec Bécassine, la petite Loulotte et madame de Grand-Air. Plus tard, je me suis passionnée pour des grands romans qui m'emportaient loin de ma petite vie, *Le Docteur Jivago*, *Autant en emporte le vent*, la série des *Thibault*, je jouais les détectives avec Agatha Christie et je me rêvais en *Demoiselle aux yeux verts* pour Arsène Lupin. Grâce à ma libraire de Vichy, j'avais découvert Andrée Chedid, dont je n'avais plus manqué un seul roman après cet *Autre* qui m'avait bouleversée. Je prenais tout ce qui me passait sous la main, du moment que ce n'était pas ennuyeux. Je lisais avec un même plaisir les *Fantômette* et les *Alice* de ma fille, la trilogie de *Mon amie Flicka*, et les livres de Marguerite Yourcenar, Jean d'Ormesson ou Jacqueline de Romilly. Je les lisais tout en tricotant et en regardant la télévision, ce qui laissait René pantois.

Il y a quelques années, avec des amies, nous avions créé une bibliothèque tournante. Nous étions une dizaine et nous choisissions chacune deux romans, que nous achetions. Puis nous les faisions circuler et nous réunissions régulièrement autour d'une tasse de thé et des gâteaux pour dire ce que nous en avions pensé. Le problème était que, le plus souvent, les choix des autres ne m'emballaient pas... Plus d'une fois, avisant l'un de ces romans sur la table de ma chambre, ma fille faisait la moue, coulant un regard dédaigneux sur la couverture : « Tu lis ça, toi ? » Au bout de deux ans à me forcer à lire des livres barbants dont je finissais par sauter des pages entières, j'ai laissé tomber. Je préfère payer mes lectures mais qu'elles correspondent à mes goûts.

J'aime bien aussi les ouvrages d'histoire comme ceux de Max Gallo sur Napoléon, ou ceux sur la Russie d'Hélène Carrère d'Encausse et j'ai lu tous les livres de Bordonove sur les rois de France... Certains romans plus récents m'ont amusée, comme *Le Chapeau de Mitterrand* d'un dénommé Antoine Laurain, quelle idée formidable que celle de cet illustre chapeau qui passe de tête en tête ! Quand je n'ai plus rien à lire, je reprends un Agatha Christie. Comme je n'ai pas bonne mémoire, j'ai toujours oublié le nom de l'assassin alors ça n'a pas d'importance, le suspense est toujours là même si, quelquefois, vers la toute fin ça me revient.

Je lis peu de journaux. Qu'il s'agisse de politique, d'économie, de mode ou de décoration, c'est égal, ils m'ennuient. Je préfère regarder la télévision, surtout le soir. Souvent, quand je me réveille au milieu de la nuit, ils donnent des concerts classiques. Je ne suis pas très calée en grande musique, même si je sais que j'aime Mozart, Chopin et Bach. Et Johann Strauss aussi, parce que ses valses me ramènent aux bals de ma jeunesse, juste après la guerre, lorsque nous la dansions avant un tango ou un fox-trot. Pourtant, je ne mets pas de disques. Il y en a bien quelques-uns en bas, au bureau, dans la bibliothèque à côté de l'électrophone que je n'ai jamais su faire tourner, dont un coffret de grands disques intitulé « Les joyaux de la musique classique » que René, qui n'y connaissait rien, avait acheté. Quelquefois, pour remonter dans le temps, j'aimerais bien réécouter mes vieux disques de fox-trot. J'en ai cinq ou six, ce sont d'épais soixante-dix-huit tours. De toute façon, je ne crois pas qu'ils puissent être joués sur le tourne-disque, enfin je ne sais plus, ce sont peut-être les seize tours qu'on ne peut pas mettre, ceux-là aussi je dois en avoir un ou deux.

À la télévision, le soir, et parfois après le déjeuner quand je me repose sur mon lit, je regarde des films. L'après-midi, sur la chaîne 27, il y a souvent des Hercule Poirot. Il y a quelques années, je crois que c'était pour mes quatre-vingts ans, mes enfants m'ont acheté un « lecteur de dévédés » : on glisse un disque à l'intérieur et on peut voir le film sur la télévision. On l'a installé dans ma chambre, sous le poste. Pour un autre de mes anniversaires, ma fille m'a donné plusieurs films d'Hitchcock. Ils sont rangés près de la télévision, bien alignés à côté de *L'assassin habite au 21*, *Ascenseur pour l'échafaud*, *Les Choses de la vie* et la trilogie de Pagnol que m'avaient offerts mes petits-enfants. Je ne les ai jamais regardés, les boîtes doivent encore avoir la Cellophane autour... J'ai toujours peur qu'un jour ils me posent la question, depuis le temps j'espère qu'ils ont oublié. Je n'oserai pas leur avouer que je n'ai jamais réussi à me servir de la machine à lire les films. Mon fils m'a pourtant montré plusieurs fois comment la faire marcher, il m'a même un jour tout noté sur un papier que, bien évidemment, j'ai perdu. À ma mort ils pourront récupérer tout ça, au moins ce sera en bon état. Ils auront sûrement des engins plus modernes, mais les films, surtout ceux-là, ne seront jamais démodés.

Et puis, il y a le bridge et le Scrabble, et ça, ça m'occupe ! Sans compter le temps qu'il faut pour aller chez l'une, chez l'autre, ou pour préparer la table et le goûter quand on reçoit chez soi. Enfin, il y a mes promenades sur l'allée ou dans le bois, l'arrachage des mauvaises herbes dans la cour de graviers, le grattage de la mousse sur les dalles de la terrasse, l'arrosage des massifs les soirs d'été que je fais toujours assise dans mon fauteuil en rotin, avec le vieux tuyau vert qui fuit.

Finalement, les seuls moments où je m'ennuie, ce ne sont pas ceux où je suis seule, ce sont ceux où je suis en compagnie de gens ennuyeux. Alors le temps, d'ordinaire si pressé, traîne à n'en plus finir.

On ne s'ennuie qu'avec les autres, jamais avec soi-même.

Lundi 10 août

Nine est rentrée chez elle. J'ai prévu une petite visite dans quelques jours, elle est fatiguée mais elle m'a assuré que ça lui ferait plaisir.

Mercredi 12 août

Parfois, le soir, quand il fait encore très doux, que les graviers ont gardé la chaleur du jour, je sors un transat, je le mets dans la position la plus allongée en faisant attention à bien le bloquer pour ne pas m'effondrer avec, et je m'installe. L'étoile du Berger brille depuis un bon moment déjà. Enfin, je ne suis jamais très sûre que ce soit bien elle, d'autres semblent briller autant et mon petit-fils m'a expliqué que, selon la période de l'année et sa position par rapport au soleil, on ne la voit pas forcément.

Ce soir aux actualités ils ont annoncé la nuit des étoiles filantes. Vers cinq heures du matin, on devrait en voir une toutes les minutes ! Je serai dans mon lit bien sûr, mais, avant d'aller me coucher, je me repose un peu dehors.

Dans mon transat, j'attends la tombée du jour en regardant le ciel.

Peu à peu, mes yeux s'habituent à l'obscurité et le ciel dévoile de plus en plus d'étoiles. Comme quand nous étions enfants, avec mes parents et mon petit frère, j'essaie de repérer la Grande Ourse, c'est la plus facile. Puis la Petite Ourse, la Lyre et, mes préférées, les petites Pléiades. Je guette les étoiles filantes. Je les vois toujours trop tard, je n'ai jamais le temps de faire mon vœu, ma tête ne va plus assez vite. D'ailleurs, je n'ai pas de vœu qui me vienne à l'esprit, même après. Que pourrais-je bien désirer si fort que je puisse l'exprimer sans réfléchir ? Mourir dans mon sommeil, paisiblement, c'est tout ce qui me vient… Ce n'est pas très gai comme vœu. Petite fille, je demandais le grand amour, une bonne note, plus tard ce serait un bon mari, un bébé… Aujourd'hui, il ne s'agit plus que de partir en paix.

Plus je regarde les étoiles, plus je me sens happée, comme aspirée par le vide. L'impression que tout mon corps se relâche, que mon esprit se détache, il vagabonde. Que se passe-t-il là-haut ? Les savants ne cessent de découvrir un univers de plus en plus infini, on parle même d'univers parallèles. Tout cela m'affole. Sommes-nous vraiment seuls ? Et le bon Dieu dans tout ça ? Même après quatre-vingt-dix années de vie, je ne sais toujours pas plus d'où je viens ni où je vais.

Observer le vide m'amène à faire le vide en moi-même. C'est comme si je n'étais plus tout à fait là. Il n'y a plus d'espace, plus de temps, plus de peurs. Jamais je n'ai autant eu le sentiment d'appartenir à un « grand tout » que dans mon transat, une nuit d'été. Même le ballet des chauves-souris qui passent tout près ne m'effraie plus, et le hululement de la chouette, souvent angoissant quand je suis dans le silence de ma chambre, n'est qu'une petite musique de nuit dans le grand calme qui, peu à peu, m'envahit.

Dimanche 16 août

Aujourd'hui, je suis allée voir Nine. Je ne lui ai pas trouvé si mauvaise mine. Apparemment, elle a bien supporté l'opération et pour l'instant aucune chimiothérapie n'est prévue. Elle se dit guérie et a bien l'intention de reprendre nos petites virées chez l'une, chez l'autre, nos goûters et nos tours de bridge. Il faut juste qu'elle fasse attention à ce qu'elle mange, qu'elle fractionne ses repas et, le plus triste, qu'elle supprime complètement l'alcool. Pour elle, c'en est fini du petit vin blanc avec Gilberte et Toinette.

Lundi 17 août

Mon fils est là pour quelques jours. Il reste jusqu'à vendredi, comme ça, il pourra me mettre au train de Paris avant de partir à la montagne où il doit rejoindre des amis pour un week-end de marche. Maintenant qu'il est à la retraite, il peut venir me voir quand il veut, même s'il choisit plus souvent de partir à l'autre bout du monde que de passer du temps avec moi.

C'est bien normal. Il aime faire du bateau sur de grands voiliers et ici il n'y a pas la mer, juste quelques étangs où les chasseurs viennent tirer des canards. Il monte dans les avions comme d'autres dans le métro. Moi, ça ne me plairait pas du tout. D'abord j'ai très peur en avion. Et puis pourquoi partir si loin, courir après le soleil, la chaleur, à n'importe quelle saison de l'année ? Je suis si bien dans ma campagne, où les étés sont de vrais étés et les hivers de vrais hivers. Lui, il aime le dépaysement. Moi, plus ça va et moins je l'aime. J'ai besoin de mes repères, j'aime reconnaître les lieux, mettre des noms sur les visages. Je n'aime pas être en l'air, je n'aime pas trop être sur l'eau non plus, ça bouge trop et je préfère maintenant la stabilité. Je me sens déjà si fragile avec mes deux pieds sur le sol, même quand il n'y a ni boue, ni verglas.

Après le déjeuner, nous prenions le café dehors quand il a sorti d'un carton un petit machin noir qu'il m'a brandi sous le nez, victorieux : « Ton GPS ! » J'ai dit « Ah... ». Je ne suis pas sûre de vouloir un GPS. Il va falloir apprendre à m'en servir et ça me panique. J'ai horreur de tous ces objets modernes. On dit toujours qu'ils sont très simples à faire marcher, du coup, quand je n'y arrive pas, je me sens bête. Et puis je n'en ai pas vraiment besoin, je ne me perds pas si souvent quand même. En plus, je m'aventure de moins en moins sur des routes que je ne connais pas, je vais de moins en moins loin, et maintenant j'évite les fins d'après-midi. Jusqu'à aujourd'hui, j'ai toujours réussi à rentrer chez moi. Peut-être pas chaque fois par le chemin le plus direct, mais je suis rentrée. Alors, un GPS...

Il a installé la chose sur le tableau de bord de ma petite auto. Évidemment, il y a un fil qui pend, une espèce de câble entortillé, un peu comme celui des téléphones d'autrefois. Je crois que ça marche avec l'allume-cigare. Il y a un écran et des boutons, ça ressemble aux téléphones portables des jeunes, les grands et plats qui font tout.

On monte dans la voiture et on démarre. On part sur la petite route de Bert. C'est mon fils qui conduit. Il me dit ce que je dois faire, où je dois appuyer pour écrire où je veux aller. Bien sûr, cet appareil tout simple est affreusement compliqué. J'écoute, je fais ce qu'il me dit, je m'applique, mais je sens bien que j'oublie tout au fur et à mesure. Au bout d'un moment, ça me fait tourner la tête. En rentrant à la maison, il a l'air content de moi. « Tu vois, ce n'est pas difficile, hein ? Tu as compris, tu vas t'en servir ? » Je dis oui, sinon il est fichu de tout reprendre depuis le début.

Une chose est sûre : si j'utilise ce truc-là, je ne me perdrai peut-être pas mais j'irai direct au fossé.

Mercredi 19 août

Guillemette est venue passer la soirée et la nuit à la maison avec sa fille. Elles arrivaient de Versailles et ont repris ce matin la route pour Lyon. Ça m'a fait plaisir de revoir ma belle-sœur. Elle ne change pas. Kilt écossais et chemisier blanc l'hiver, robe de soie imprimée l'été, ses éternelles aiguilles à tricoter à la main, la pelote de laine dans son sac. Elle est un peu plus jeune que moi, peut-être six ou sept ans de moins. Son mari, Jean, était le plus jeune frère de René. Jean avait épousé Guillemette au Maroc. Ma belle-mère sur le dos, nous avions embarqué à Marseille avec René et la voiture sur le *Koutoubia*. Je me souviens que plusieurs jours avant le départ, René m'avait fait mille recommandations pour éviter le mal de mer. Je n'étais jamais montée sur un bateau de ma vie. La traversée avait été épique. Il y avait beaucoup de houle et ça tanguait tant et plus. René avait été malade comme un chien, ma belle-mère aussi qui était restée invisible, prostrée dans sa cabine, ce qui m'arrangeait bien. Pas malade du tout, j'avais passé tout le voyage sur le pont à plaisanter avec les matelots. Une fois arrivés à Casablanca, nous avions dû faire des kilomètres de routes chaotiques pour atteindre Oujda, où vivaient les parents de Guillemette, près de la frontière avec l'Algérie. Aussitôt le mariage célébré, ma belle-mère, qui ne pouvait se résoudre à se séparer de « son petit Jean », avait bouclé ses valises et mis les voiles avec les jeunes mariés qui eurent donc droit à un voyage de noces à trois. De ville en ville, d'hôtel en hôtel, son ombrelle chinoise à la main, elle trottinait derrière eux, ne les lâchant pas d'une babouche, sauf la nuit où elle les regardait gagner leur chambre avec un soupir. Le premier matin, celui qui suivit la nuit de noces, dès le petit déjeuner, après un coup d'œil inquiet à sa belle-fille, elle s'était penchée vers son fils : « Alors, mon petit, ça s'est bien passé… ? »

Jean est parti il y a plusieurs années déjà, je ne sais plus combien. À la fin, il était tout déformé, je me suis toujours demandé comment il arrivait à tenir en équilibre sur ses jambes avec ce haut du corps courbé et décentré. Avec Guillemette, ils étaient toujours restés très soudés, faisant bloc pour encaisser les coups durs et les chagrins. Il s'en est allé le premier, alors qu'il n'était pas malade. Elle, si. Quand on lui avait diagnostiqué un cancer du sein très avancé, les médecins ne lui donnaient pas plus de six mois à vivre. Mais il en fallait bien davantage pour ébranler Guillemette. Quand ma fille l'avait appelée, elle avait éclaté de rire : « Non mais, qu'est-ce que tu crois ? Vous allez pas vous en débarrasser comme ça de la vieille tante ! » C'était il y a douze ans. Et, de fait, elle est toujours là, la perruque de traviole, les yeux pétillant de vie, la voix haut perchée et le babil incessant. Elle n'a pas eu la vie facile, pourtant. Cinq enfants en dix ans, qu'elle a élevés, nourris, toujours impeccablement tenus avec trois sous et une énergie de lionne. Jamais une plainte, jamais un coup de mou. Elle avait à peine plus de cinquante ans quand elle a perdu un fils. Elle a tenu le coup, portant son mari et toute sa nichée effondrée. Plus tard, l'un de ses petits-enfants, renversé par un camion, s'en ira rejoindre le jeune oncle. Là seulement, à l'arrivée à l'église, elle s'était autorisé un instant d'abattement : « Le bon Dieu m'oublie… »

Douze ans que Guillemette vit au rythme des chimiothérapies, douze ans qu'elle est chauve comme un œuf. Avant de reprendre la route, sa fille rectifie le positionnement de la perruque. Elle la met toujours à toute vitesse, n'importe comment, comme on enfilerait un vulgaire bonnet. Puis, une fois qu'elle l'a sur la tête, elle l'oublie, se gratte en dessous, ça glisse d'un côté, puis de l'autre, et très vite ça ne ressemble plus à rien.

Quand, discrètement, on le lui fait remarquer, elle rit. Elle s'en fiche. Guillemette, c'est du carburant en bombe.

Jeudi 20 août

J'ai fait ma valise. En fait de valise, c'est un petit sac rouge vif en Nylon qui rend ma fille terriblement honteuse quand elle est avec moi. C'est vrai qu'il est bien laid, mais il a l'avantage d'être très léger et peut contenir mes affaires pour une semaine. Je prends le strict minimum : une jupe de rechange, deux chemisiers, un tee-shirt, six culottes, un soutien-gorge, un chandail, une écharpe, un K-way, ma trousse de toilette, ma brosse à cheveux et mes médicaments pour la tension. J'ai hésité à mettre aussi mon vieux maillot de bain noir, puis j'ai renoncé. De toute façon, je ne vais sur la plage que quand il ne fait pas beau, sinon le soleil me tape sur le crâne et j'ai mal à la tête. Et puis je ne me baigne plus ; d'abord l'eau est trop froide ; ensuite je ne veux plus me montrer déshabillée, je suis trop moche.

J'ai du ventre et pour le reste il y a un peu tout qui dégringole. S'il fait beau, je préfère rester lire dans le jardin, à l'ombre du parasol. Et quand il pleut, j'enfile mon K-way, je prends ma canne et je vais marcher sur le sentier côtier.

Dans mon sac à main, j'ai mis mon billet, ma carte senior, mon téléphone portable, mon porte-monnaie et mon portefeuille. J'ai vérifié vingt fois l'heure du train, que j'ai répétée autant de fois à mon fils en trichant un peu, parce qu'il part toujours trop juste et que ça m'affole. Au lieu de neuf heures trente et une je lui ai dit neuf heures dix. Ça nous laisse vingt minutes pour changer une roue, suivre une moissonneuse-batteuse ou être ralentis par un embouteillage à l'entrée de Moulins.

Vendredi 21 août

Quelle journée, je suis exténuée… Je n'ai plus l'âge de traverser la France. Je me suis levée à l'aube, après une nuit agitée, comme chaque fois que je dois quitter ma maison. J'ai tellement peur d'oublier quelque chose… Évidemment, quand mon fils m'a déposée à la gare j'avais plus d'une demi-heure d'avance. Bien sûr il a voulu vérifier l'heure de mon train et le numéro du quai. Il m'a dit « le train pour Paris est à neuf heures trente et une, pourquoi tu m'as dit neuf heures dix ? Montre-moi ton billet… ». Il a dû penser que j'étais gâteuse. Il a quand même tenu à attendre avec moi et à me mettre dans le train avec mon petit sac rouge qu'il a posé à côté de moi. Je ne voulais pas le laisser à l'endroit des bagages, j'avais trop peur de ne pas le retrouver à l'arrivée. Puis il m'a embrassée, souhaité un bon séjour en Bretagne et il est parti. Le train était à moitié vide. La place voisine de la mienne est restée inoccupée, personne n'est monté à Nevers. À la gare de Bercy, ma fille m'attendait avec sa voiture et son chien, et nous sommes parties directement. Je n'ai pas eu le temps de souffler. Elle avait préparé des sandwiches et nous avons déjeuné en route. Je ne suis pas habituée, je crois que j'ai mis des miettes partout. Ce n'est pas facile à manger, c'est très épais et, quand on croque dans le pain, ce qui est à l'intérieur a tendance à s'échapper. J'ai bien vu les petits regards obliques qu'elle me lançait mais elle n'a rien dit. Après le sandwich, je me suis assoupie et le voyage a passé vite. On est arrivées à Bénodet vers six heures du soir. On est allées manger des crêpes et on est rentrées. Ma fille m'a fait mon lit, donné des serviettes et une bouteille d'eau. Je lui ai dit « ce soir, je ne vais pas faire de vieux os », j'ai pris une douche rapide, me suis lavé les dents et au lit. Demain, j'irai voir la mer.

Samedi 29 août

Je suis bien contente d'avoir retrouvé ma maison. Même si j'ai passé une semaine agréable chez ma fille, je me rends compte que je n'aime plus être ailleurs que chez moi. Dans une autre maison que la mienne, je n'ai pas de repères, et je me sens trop dépendante. Et puis j'ai l'impression d'être un peu encombrante. Je ne sers à rien. Je ne peux pas faire grand-chose pour aider, que ce soit pour les courses ou la cuisine. Je peux juste mettre la table et débarrasser, et encore il m'a fallu trois jours pour ne plus avoir à demander où se trouvaient les couverts, les assiettes et les verres, où on rangeait les serviettes, le sel et le dessous-de-plat.

Il a fait un temps breton, alternant pluie et soleil. Comme de juste j'ai fait honte à ma fille en allant me promener le long de la plage avec elle un jour de crachin. J'avais enfilé mon K-way duquel dépassait ma vieille jupe rouge délavée, chaussé les bottes en caoutchouc de son fils de douze ans et, sur ma tête, j'avais mis mon fichu en plastique transparent. Plusieurs fois elle a voulu me convaincre de jeter à la poubelle « ce truc immonde ». C'est vrai que ce n'est pas très beau mais c'est bien pratique. Cela fait des années que je l'ai, il n'est pas question que je m'en sépare. Elle n'est pas beaucoup mieux avec son gros capuchon jaune et ses petits shorts riquiqui. La pluie laissait des gouttes sur mes verres de lunettes et j'avais un peu de mal à voir où je mettais les pieds. De mauvaise grâce, elle avait fini par me donner le bras. Je crois qu'elle ne supporte pas de me voir vieillir. Il serait pourtant grand temps qu'elle s'y fasse…

J'étais tout de même contente de passer une semaine avec ma fille et de découvrir sa maison. On y est bien. Elle est confortable, le jardin de sable est apaisant, ça sent la mer et à marée haute on entend le bruit des vagues. Nous avons beaucoup joué au Scrabble, mangé beaucoup de crêpes et de crevettes grises, bu beaucoup de cidre. Et, malgré nos petites disputes, on s'est bien entendues toutes les deux.

Un soir, nous étions assises sur le canapé et elle m'a montré sur son ordinateur tout un tas de photos de son fils. Il est en Irlande. Puis de son autre fils, qui est en camp de vacances à Arcachon. Puis elle s'est mise à faire défiler des paysages, de la famille, des amis, des amis de ses fils, des fils et filles d'amies à moi... Comment pouvait-elle, comme ça, avoir des photos de tout le monde, même parfois de gens qu'elle ne connaissait que de nom ? Elle m'a dit « c'est grâce à Facebook ». J'ai trouvé ça extraordinaire. On pouvait donc prendre des nouvelles de tout le monde, savoir ce que faisaient les uns et les autres, où ils étaient et avec qui, et parfois même ce qu'ils pensaient, grâce à un ordinateur ! Ainsi, elle aurait réussi à retrouver des amis perdus de vue depuis des années, jusqu'à des camarades de classe de son école primaire à Vichy. Tout excitée, je lui ai demandé si moi aussi, par ce système, je pourrais avoir des nouvelles de mes amies de jeunesse, celles que j'ai perdues quand, après mon mariage, j'ai quitté Paris ? Pourrait-elle, par exemple, chercher Yolande de Reynal avec qui nous buvions du rhum au-dessus de la baignoire à Lübeck ? Elle a souri. Même si elles vivaient toujours, il y avait peu de chances que mes anciennes amies, toutes âgées de près de quatre-vingt-dix ans, soient sur ce Facebook...

Dimanche 30 août

La journée a bien mal commencé : pas moyen d'aller à la messe ! Quand j'ai voulu récupérer ma voiture au garage, impossible de démarrer. J'avais beau mettre et remettre le contact, appuyer sur la pédale d'accélérateur, rien. C'était comme si on m'avait retiré le moteur. J'ai appelé Fernand qui, m'ayant vue entrer dans le garage et s'inquiétant de ne pas me voir en ressortir, arrivait aux nouvelles. Il a vite posé son diagnostic : « C'est la batterie, elle est à plat. » Ah. « Faut la recharger, vous avez des fils ? » Des fils ? Non, je n'ai pas de fils pour les autos… « Faut un câble, je vais voir… »

Je ne sais pas ce que je ferais sans Fernand. En quelques minutes, il est allé me dégoter je ne sais où un câble avec des pinces rouges aux bouts, a ouvert le capot de la 2CV de la Marcelle et a relié les deux voitures. Puis il a fait tourner la 2CV et m'a demandé de démarrer ma voiture. Il m'a dit que je pouvais y aller, que la batterie se rechargerait en roulant, mais j'ai préféré laisser tourner mon moteur un bon moment à l'arrêt. J'aurais eu trop peur, une fois au Donjon, de ne plus pouvoir repartir après la messe. Je suis arrivée dans l'église juste à temps pour la communion, faisant se retourner toutes les têtes des derniers rangs.

Tout de même, en voilà une affaire ! Ça ne m'était jamais arrivé, une chose pareille. Pourquoi ma batterie était-elle à plat ? Je n'avais quand même pas laissé mes phares allumés pendant toute la semaine, je ne suis pas gâteuse… Et puis, j'ai fini par trouver.

Ce fichu GPS. Je l'avais laissé branché sur l'allume-cigare. Je n'avais pas osé l'enlever tant que mon fils était là, je ne voulais pas le vexer. Cette petite boîte qui parle d'une voix bête et ne sert absolument à rien avait pompé toute l'énergie de ma voiture ! Je l'ai tout de suite retirée et je l'ai enfermée dans la boîte à gants.

Lundi 31 août

Ce matin, comme il faisait un beau soleil, j'ai voulu aérer le grand salon, celui qu'on n'ouvre que pour les grandes occasions, à Pâques et à Noël, quand on est nombreux. J'ai ouvert les volets des deux fenêtres et ceux de la porte-fenêtre qui donne sur la terrasse. Puis, en passant sous le lustre, tout près de la table basse, j'ai senti une drôle de chose sous mon pied, une espèce de pâte qui a collé ma pantoufle au sol. J'ai soulevé mon pied, l'ai reposé quelques centimètres plus loin et ma pantoufle continuait d'adhérer au plancher comme si j'avais marché sur un chewing-gum. En me penchant, j'ai remarqué par terre une petite flaque visqueuse et dorée. Prenant appui sur la table, je me suis accroupie, j'ai touché avec mon doigt la chose poisseuse et l'ai portée à mes narines. Du miel ! Du miel sur mon parquet ! Levant la tête, je vois, tout à côté du lustre, une vilaine marque au plafond. Une tache d'où s'échappe une goutte épaisse qui vient s'écraser sur ma pantoufle.

Ça alors, voilà qu'il pleut du miel dans ma maison. Comment une telle chose est-elle possible ? Et cette année, en plus, où les ruches du jardin n'ont rien donné ! J'ai appelé mon fils, qui a appelé l'apiculteur, histoire qu'il vienne faire un tour, voir ce qui se passe au-dessus de mon plafond.

Mercredi 2 septembre

L'apiculteur est venu aujourd'hui avec son commis. Il m'a demandé s'il y avait une cheminée au-dessus du salon. Je lui ai dit oui, dans les petites chambres des enfants, mais elles ne servent jamais. On est montés au premier étage, dans la chambre la plus proche de l'escalier. La cheminée est juste au-dessus du lustre. L'apiculteur a relevé les plaques noires et des abeilles un peu abruties sont sorties.

L'essaim était installé dans le conduit de la cheminée et il y avait une grosse quantité de miel, mélangé à de la suie. Ils ont nettoyé tout ça mais le plafond du salon est bien abîmé sur une dizaine de centimètres. Il va falloir trouver quelqu'un pour reboucher et donner un coup de badigeon…

Vendredi 4 septembre

Ce matin, j'étais dans le vestibule quand la petite factrice est entrée déposer le courrier. J'avais préparé une lettre pour Paris. C'est pour mon petit-fils, l'aîné de ma fille. Dans l'enveloppe, j'ai glissé une jolie carte postale pour lui souhaiter un joyeux anniversaire, et un petit chèque que ses parents encaisseront pour lui. Il va sûrement me remercier en me téléphonant, comme ils font tous. Moi je préférerais qu'il m'écrive. J'aimerais tellement recevoir de temps en temps des lettres… Mais les jeunes n'écrivent plus. Les grands n'ont plus le temps et les petits n'ont jamais appris à le prendre ; ils sont nés à l'époque où l'on n'écrit plus que sur des téléphones et des ordinateurs.

Quand il était petit et encore enfant unique, jusque vers ses cinq ou six ans, il passait presque toutes les vacances de l'année scolaire avec moi. Il ne s'ennuyait pas. Il pouvait rester des heures à jouer aux Lego dans sa chambre, ou à tracer des routes dans les graviers pour faire rouler ses voitures et ses camions. Il était facile, toujours gai, mangeait de tout, prenant son bain et se couchant sans faire d'histoires. Le soir, dans son lit, nous lisions *Tintin au Congo*. Peu importait où nous nous étions arrêtés la veille, il fallait chaque soir tout reprendre depuis le début. Je ne sais pas combien de fois j'ai lu et relu les premières pages de cet album… C'est un peu loin à présent, mais à l'époque je finissais par les connaître par cœur, au moins aussi bien que certains vers de *Cyrano* ou de Racine. Nous ne sommes jamais arrivés jusqu'à la fin, il s'endormait toujours à la quatrième page.

Ça tombe bien que la factrice soit là, je n'ai plus de timbres. Je lui laisse un billet pour la lettre et pour qu'elle me rapporte un carnet demain matin. Nous faisons un brin de conversation. Elle n'a pas beaucoup de courrier pour moi, juste des publicités et une facture. Comme d'habitude. À part au mois de janvier où arrivent encore quelques cartes de vœux, et l'été où je reçois une ou deux cartes postales de vacances, ce ne sont plus les gens qui m'écrivent, ce sont des sociétés. Je reçois des lettres de SFR, Orange, EDF, du Crédit agricole, du centre des impôts. Je reçois aussi de la réclame de Carrefour, d'Intermarché, de Bricomarché et du Casino, avec de belles photos en couleurs, le catalogue de mon marchand de graines pour mes fleurs et mes légumes, des publicités pour tout et n'importe quoi, des invitations à faire des dons, à léguer une partie de mes biens à tout un tas d'associations dont je n'ai souvent jamais entendu parler, des propositions auxquelles je ne comprends rien pour que mon enterrement coûte moins cher à mes enfants, le programme de la saison théâtrale de Vichy et le bulletin du curé. À part le bulletin de la paroisse, les impôts et les factures, tout ça finit dans ma corbeille à papier ou dans la cheminée.

C'est ma faute aussi. Si j'utilisais la boîte verte de La Poste, je n'aurais pas autant de paperasse inutile. Dessus, mon fils a mis un autocollant « Stop Pub ». Il paraît que ça empêche qu'on y glisse les publicités… Je pourrais bien dire à la petite factrice qu'elle ne s'arrête pas quand il n'y a que de la réclame, mais alors je la verrais beaucoup moins. Quoiqu'il y ait quand même mon *Figaro*, mais il arrive qu'il n'y soit pas, et qu'alors j'en reçoive deux d'un coup le jour suivant. Et puis des jours entiers sans courrier, ça doit être bien triste. Je préfère encore remplir ma poubelle plutôt que de trouver le matin la table de l'entrée toute vide.

Mardi 8 septembre

Moi qui croyais en avoir fini avec les abeilles, eh bien pas du tout ! Depuis les premiers soleils du printemps, j'avais bien remarqué le ballet volant et bourdonnant du côté d'une petite fenêtre du grenier au volet toujours fermé. Plus ça allait et plus il y en avait. Et là, il commençait à y en avoir vraiment beaucoup. Cette fois, c'est moi qui ai pris mon téléphone pour rappeler l'apiculteur. Il a été très aimable, et il est revenu aujourd'hui, toujours avec son commis.

On est montés ensemble au grenier. Cela faisait bien six mois que je n'y étais pas allée. Je n'ai pas grand-chose à y faire, à part au début du printemps, quand je monte mes lainages d'hiver, enfermés dans un grand carton avec des boules de naphtaline, et aux premiers mauvais jours, quand je monte les récupérer. L'apiculteur et le commis ont tout de suite entendu le bourdonnement, moi un peu plus tard avec mes vieilles oreilles, et repéré d'où il venait. Au grenier, dans la partie ouest de la maison, il y a plusieurs petites chambres qui ne servent plus depuis des années, depuis qu'il n'y a plus de domestiques à demeure, ce qui doit remonter à la jeunesse de René. Elles sont dans un bien piteux état, complètement à l'abandon, et toujours fermées.

L'électricité y est vétuste, les interrupteurs ne fonctionnent plus. Y entrer ne m'inspire pas beaucoup... Je laisse l'apiculteur passer le premier, armé de sa lampe de poche. Et là, dans un cagibi insalubre qui jadis dut être un petit cabinet de toilette, où le seul éclairage vient de la lumière filtrée par les lames du volet extérieur, ils découvrent une véritable ruche naturelle ! Derrière la vitre, collées au volet, toute une colonie d'abeilles, des larves, et quatre ou cinq belles galettes de cire d'où coule du miel, plein de miel ! L'apiculteur me demande de sortir, ce que je fais bien volontiers, pendant qu'avec son commis ils enfilent leurs combinaisons de protection et leurs grands chapeaux à voilette.

L'intervention a duré longtemps, près d'une heure. Mes sauveteurs, qui manifestement ont aussi sauvé quelques abeilles, redescendent avec des boîtes bourdonnantes, des galettes de cire et... un bocal de miel !

L'apiculteur n'a jamais voulu que je le paie. Je suis bien ennuyée. Je lui ai offert de garder la « récolte » pour lui ou son commis, il a refusé, du miel ils en ont bien assez. Alors je leur ai proposé un coup à boire, et ils ont accepté un pastis et des cacahuètes salées. J'en ai profité pour prendre un petit verre de muscat bien frais.

Mercredi 9 septembre

Après le déjeuner, j'étais en train de lire dans le bureau, les deux fenêtres grandes ouvertes pour faire entrer les dernières douceurs de l'été, quand j'ai entendu le Fernand crier je ne sais quoi à la Marcelle, puis la 2CV hurler. Jusque-là, rien que de bien habituel. Chaque fois qu'ils prennent la voiture, Fernand, appuyé sur sa canne, se poste à la sortie du garage pour guider Marcelle. Pendant qu'il s'époumone, le moteur tousse, ça cale, ça repart, ça recale, ça tressaute, ça fait un raffut de tous les diables, mais ça finit toujours par partir dans un sacré vacarme. Aujourd'hui, la manœuvre semblait plus ardue qu'à l'ordinaire. Le moteur montait plus haut que jamais dans les aigus, le Fernand beuglait et la Marcelle répondait encore plus fort. Je ne saisissais pas bien, je ne distinguais que des « Allez ! », « Avance donc ! », « R'cule donc ! », « Qu'est-ce que t'fais ? », des « Ho !! » et des « Hé !! », mais ça avait l'air de barder. Curieuse, je me suis mise à la fenêtre. Ça m'amuse toujours de voir la petite auto bleue s'ébranler cahin-caha sur l'allée, Marcelle poussant la première à nous faire exploser les tympans, et ne passant la seconde qu'au moment où le bruit strident devient insoutenable. Mais, cette fois, j'ai bien cru que j'avais une hallucination : au lieu de s'engager comme d'habitude à gauche sur l'allée, voilà que, toujours hurlant et suffoquant, la 2CV bifurque sur sa droite, coupe l'allée, grimpe sur l'herbe et se met à traverser tranquillement toute la pelouse en direction du potager ! Avec, confortablement installé sur le siège du passager, mon Fernand. Par la vitre ouverte il tient un gros sac de jute, celui dans lequel il met les patates. Ça alors.

Une petite demi-heure et bien des cris plus tard, nouveau ramdam : la 2CV repasse en sens inverse sur ma pelouse avec, cette fois, le coffre grand ouvert. À l'intérieur, le sac de jute plein comme un œuf, duquel s'échappent quelques patates qui vont finir leur course sur l'herbe, entre le massif et le gros arbre.

Jeudi 10 septembre

Je n'ai presque pas dormi. Cela m'arrive souvent à présent. Avant, je dormais bien, toute la nuit d'une traite. L'insomniaque à la maison, c'était René. Des crampes terribles le tenaient éveillé une partie de la nuit. Parfois son agitation me réveillait et je voyais sa silhouette dans la pénombre qui exécutait une drôle de danse sur le parquet, sautillant d'un pied sur l'autre pour tenter d'apaiser la douleur qui lançait dans sa jambe. Il avait tout essayé pour les faire passer. Il a dormi plusieurs nuits les pieds en l'air, les mollets reposant sur un épais coussin. Il a tenté les massages, les mouvements de gymnastique, les étirements et le pédalo avant de se coucher. Pendant quelques semaines, nous avons couché avec un savon de Marseille sous les draps, il avait lu quelque part que ça empêchait les crampes. Ça non plus n'avait pas marché et nous avions remis le savon dans la baignoire. Cette nuit, donc, je me suis réveillée vers deux heures. Comme chaque fois, un tas de choses s'est mis à tourner dans ma tête, alors, pour arrêter de penser, j'ai allumé la radio et je suis tombée sur la mort de Louis XIV. C'était le 9 septembre 1715, il y a trois cents ans exactement. Dans le poste une voix caverneuse évoquait la mort du roi et le transport de son corps à Saint-Denis. Je suis arrivée au moment où il allait être enterré, comme presque tous nos rois, dans la nécropole de la basilique. Ça me fait penser que je n'y suis jamais allée... Je sais bien que la plupart des tombeaux ont été détruits pendant la Révolution mais tout de même, si je vis encore assez de temps, j'aimerais bien aller y faire un tour. Quand je pense à tous ces rois et reines qui ont été exhumés, leurs dépouilles jetées dans une fosse avec de la chaux vive... Quand on a voulu les récupérer, ils étaient tous en bouillie... Sauf Henri IV ! Lui, on l'a retrouvé très bien conservé paraît-il, on a même exposé son corps au public pendant quelques jours, debout, oui, debout, avant de le remettre dans la basilique ! À moitié endormie, je suis la cérémonie : cent vingt moines accueillent le cercueil du roi à sept heures du matin, « l'heure du jour qui renaît », pour le faire entrer dans la nécropole. Ils expliquent que la basilique symbolise la lumière, la re-naissance promise par Dieu, c'est là que l'on passe de la nuit de la mort à la lumière de la résurrection. Ils mettent de la belle musique, des espèces de chants funèbres, parfaits pour me rendormir même si je ne me sens pas encore tout à fait prête pour le repos éternel. Le roi était tombé malade à Marly, peu après son dîner. Son médecin, monsieur Fagon, avait diagnostiqué une « débilité d'estomac » et lui avait fait administrer un remède nommé « carabé », en fait de l'ambre jaune aussi appelé « bitume coagulé ». Mon Dieu, je suis bien heureuse de vivre dans mon siècle, je ne me sentirais pas d'avaler du goudron... Ils avaient vraiment de drôles de manières de soigner les gens, entre les saignées, les sangsues et toutes sortes de potions ! Le plus amusant restait quand même le « médicament » prescrit quelques siècles plus tôt à Louis VIII mourant : ses médecins lui avaient préconisé de déflorer une jeune vierge ! Le pauvre homme avait refusé bien sûr, comment aurait-il pu ? Il souffrait de dysenterie, avait une fièvre de cheval et était à l'agonie ! Pour revenir à Louis XIV, le médecin s'était bien trompé. C'était finalement le chirurgien du roi, monsieur Mareschal, qui avait fini par comprendre le mal qui rongeait le malheureux roi : la gangrène, et donc une mort certaine. Je me suis rendormie au moment où on lui donnait du lait d'ânesse.

Vendredi 11 septembre

L'épisode du ramassage de patates ne remonte pas à deux jours que, dans un petit journal local, je viens de tomber sur quelques lignes retraçant l'histoire de la 2CV. À sa création, on l'appelait « la TPV », ça voulait dire « Très Petite Voiture ». C'était un certain monsieur Boulanger qui l'avait conçue, à Clermont-Ferrand, quand le Fernand et la Marcelle étaient tout jeunots. Et le fait est qu'elle semble vraiment avoir été inventée exprès pour eux ! Voici ce qu'avait imaginé ce monsieur Boulanger : « Une voiture pouvant transporter deux cultivateurs en sabots, cinquante kilos de pommes de terre ou un tonnelet, à une vitesse de soixante-trois kilomètres heure, pour une consommation de trois litres aux cent kilomètres, et capable de transporter une douzaine d'œufs sans les casser au travers d'un champ labouré. »

Cela fait plus de quarante ans que Marcelle et Fernand lui sont fidèles. La toute première avait abrité leurs amours en sabots. La dernière transbahute des kilos de patates, et je soupçonne la Marcelle d'avoir coupé ma pelouse à près de soixante-trois kilomètres à l'heure...

Samedi 12 septembre

Aujourd'hui je suis allée déjeuner à Moulins chez Alice, une amie de Denise. Gilberte m'a retrouvée à la maison à onze heures, puis nous sommes parties toutes les deux avec ma voiture. Nous étions attendues pour midi pile.

Nous sommes arrivées les premières. Tout était déjà en place. Dans le salon, trois tables de bridge étaient prêtes, les jeux de cartes et les marques disposés sur la feutrine verte. Dans la petite salle à manger, sur la table ronde, autour de deux carafes d'eau, deux bouteilles de vin rouge et une corbeille de pain, douze couverts étaient dressés.

Quand tout le monde a été là, Alice nous a invités à la suivre à la cuisine pour aller chercher les assiettes qu'elle avait gardées au frais. Des œufs durs, du jambon cru, du melon, des tomates, de l'avocat, de la salade verte et un petit morceau de fromage, un déjeuner froid, tout simple et plein de couleurs dans de jolies assiettes en limoges. Pour le dessert, elle a sorti des glaces. Après le café, nous avons pris place autour des tapis de feutre et nous avons fait trois tours de bridge.

Je me suis beaucoup amusée. Alice avait même réussi à nous dégoter deux messieurs ! Ils n'étaient plus en très bon état et ne faisaient pas des compagnons de jeu très fiables. L'un, sourd comme un pot, avait oublié de mettre ses appareils, et l'autre, qui n'y voyait presque plus rien, avait un peu tendance à jouer cœur au lieu de carreau et pique au lieu de trèfle. Malgré tout, ça faisait du bien d'entendre des voix d'hommes qui ne soient pas celles du curé ou du docteur. Vers quatre heures, nous avons aidé à replier les tables et chacun est rentré chez soi.

Quand Denise m'avait présenté Alice au Cercle de Moulins, elle m'avait tout de suite beaucoup plu. Elle est un petit peu fofolle, c'est peut-être ça qui la maintient en forme. Elle est toujours gaie, rieuse, fait sans arrêt un tas de projets et semble n'avoir peur de rien, pas même du temps qui passe.

Au mois de juin, ce sera son anniversaire. Avec Gilberte et Denise, on pense déjà à la petite fête qu'on va lui organiser. Ce sera une surprise. Ses enfants ont beau dire qu'elle ne veut pas marquer le coup, on n'a pas tous les ans cent ans.

Lundi 14 septembre

Je ne comprends pas ce qui se passe avec ma radio. D'habitude, il suffit que je l'allume pour qu'elle fonctionne. Après, selon ce que j'ai envie d'écouter, j'appuie sur un des boutons numérotés de un à cinq. Le 1 et le 2, c'est pour la musique classique ; sur le 3, j'ai les nouvelles, et si j'appuie sur le 4 après le déjeuner, ou sur le 5 après ma douche, j'ai de l'histoire. J'aime beaucoup l'histoire. Quand ma radio est restée sur le 5, il m'arrive parfois, la nuit, quand je suis réveillée, de l'allumer et de tomber sur des émissions passionnantes. À la radio c'est un peu comme à la télévision, ils redonnent plein de choses intéressantes quand tout le monde dort. C'est comme ça que la semaine dernière j'ai pu suivre la fin de ce pauvre Louis XIV.

Mais ce matin, plus rien. Quel que soit le bouton sur lequel j'appuie, une espèce de grésillement continu m'agresse les oreilles. J'espère que ma radio n'est pas fichue ? Elle n'est pas si vieille, mes enfants me l'ont achetée après la mort de René pour remplacer son vieux transistor bleu. C'est vrai que quelquefois elle déraille un peu, elle démarre toute seule en pleine nuit et plus moyen de l'arrêter. En fait, je crois qu'elle fait aussi office de réveil, il doit m'arriver de le programmer sans faire exprès. Il y a tellement de boutons…

Un jour, la même chose était arrivée à ma télévision. Je n'avais plus de chaînes, juste de la neige sur l'écran gris. J'avais beau tripoter l'antenne dans tous les sens, rien à faire, ça ne marchait plus. Ni la une pour mon journal du soir, ni la 10 pour Hercule Poirot, ni la 3 pour *Des racines et des ailes*, ni la 5 pour *C dans l'air*. Celle-là, je la regarde surtout quand il y a Christophe Barbier pour lequel j'ai un petit béguin. J'avais fait venir exprès un réparateur de Moulins. Il avait rebranché un fil derrière le poste et tout avait remarché…

Mardi 15 septembre

J'ai montré ma radio à mon jardinier, il est très bricoleur, il sait même réparer l'électricité, il doit s'y connaître aussi en radio. En une minute, il m'a retrouvé tous mes postes. Il a juste appuyé sur un bouton, sur le côté, auquel je ne touche jamais parce que je ne sais pas à quoi il sert. Sauf que, là, j'avais dû quand même appuyer dessus parce que c'était ça qui avait fait tout disparaître. Mon jardinier m'a expliqué que ce n'était rien du tout, que j'avais simplement « changé la bande ». Je ne sais pas ce que ça veut dire et ça m'est bien égal, l'essentiel c'est que tout remarche comme avant. C'est une perle, cet homme-là.

Jeudi 17 septembre

Aujourd'hui, c'est l'anniversaire de ma fille. Il faut que je pense à lui téléphoner ce soir, souvent j'oublie. Il m'arrive aussi de me tromper de jour. Il faut dire que les anniversaires, c'était le domaine de René. Il avait un petit calepin dans lequel il notait toutes les dates des uns et des autres qu'il reportait chaque année dans son nouvel agenda.

Tous les ans, le 17 septembre, invariablement, il racontait pour la énième fois et avec la même émotion ce dimanche où il avait dû aller quérir l'accoucheur à l'église Saint-Louis, lequel me reprochera longtemps, en plaisantant, de lui avoir fait manquer sa messe.

René ne voulait pas de deuxième enfant. Notre fils avait déjà quinze ans, et moi j'avais dépassé les quarante. C'était bien tard pour penser à refaire un bébé, surtout à une époque où il n'y avait pas toutes ces machines qui permettent d'aller regarder à l'intérieur du ventre. « De la folie », disait René. C'est peu dire qu'il se faisait tirer l'oreille. Mais moi j'avais très envie d'une petite fille. Notre situation s'était bien améliorée, nous pouvions nous permettre un second enfant et, même si c'était un peu juste, il était encore temps. Après, il serait trop tard. Alors j'avais un peu aidé. J'avais fait mes calculs et, quand la bonne période était arrivée, j'avais fait pour le dîner des steaks au poivre. J'avais lu quelque part que le poivre était un excitant. Pour accompagner le steak au poivre, j'avais encouragé René à ouvrir une bouteille de bon vin, ce que nous faisions rarement. D'abord parce que nous en avions peu, et ensuite parce que René faisait très attention à nos sous. « Je ne suis pas radin, disait-il toujours, je suis économe. » Quand je m'étais retrouvée enceinte, j'avais quand même eu un peu peur. Et si j'étais trop vieille, si mon bébé avait un problème ? Mais j'avais un accoucheur merveilleux, il m'avait rassurée, avec lui rien ne pourrait m'arriver. C'était un excellent docteur, il avait très bonne réputation dans le pays. Je crois même que j'en étais un peu amoureuse… Quand le bébé est né quai d'Allier, à la clinique de la Pergola, mon accoucheur, taquin, s'est exclamé : « Oh, le beau petit garçon ! » avant de me le mettre dans les bras.

J'avais enfin ma petite fille. Et René est devenu complètement gâteux. Elle l'a fait tourner en bourrique jusqu'à son dernier jour.

Samedi 19 septembre

Ce soir, il y avait une messe pour René. Ces jours-là, pour l'occasion, on ouvre la petite église de Bert. Il n'y a plus grand monde au village. Autrefois il y avait une épicerie très bien montée, une boulangerie, trois cafés, une école. Il y avait des gens, des vieux qui traînaient au bistrot, des enfants qui jouaient dans les rues. Aujourd'hui, il reste un café, une église pleine de chauves-souris et la mairie, où je vais voter.

Avant, l'église était ouverte tous les jours, on pouvait aller y dire une prière, l'été se rafraîchir entre ses vieilles pierres, ou simplement entrer pour admirer sa simplicité et sa beauté romane. Le dimanche, elle était pleine. Les gens allaient à la messe à l'époque, et les curés ne manquaient pas. L'été, sous un soleil de plomb, enfants et vieillards grimpaient ensemble la côte de goudron rose menant au minuscule parvis et au perron de granit. Au bras de René, ma belle-mère, à quatre-vingt-dix ans passés, montait encore à pied, s'arrêtant tous les trois pas en soupirant bien fort. Après la messe, les enfants s'échappaient en courant, dévalant la pente avec des rires pendant que les vieux se retenaient à la rampe le long de la rigole de béton. Dans l'église, nous avions nos chaises à notre nom, face à nos prie-Dieu sur lesquels nous nous agenouillions après que le prêtre avait déposé l'hostie sur nos langues. Je me souviens de l'abbé Defaye qui venait nous rendre visite à cheval, en soutane. Ma belle-mère rachetait ses nombreux péchés en lui offrant de l'eau-de-vie de poire. Puis il y avait eu l'austère père Berthon, un Suisse, dont j'ai toujours eu du mal à croire qu'il ait pu fricoter avec sa bonne, comme on le murmurait. Une amie de mon fils lui avait raconté des choses aussi, quand elle était étudiante et se rendait chez le bon père une fois par semaine pour des leçons un peu particulières de latin. Je n'ai jamais su si c'était vrai, tout ce qu'on disait. Moi, les racontars, je n'aime pas ça. Et puis il n'avait pas l'air bien déluré, le père Berthon... En tout cas, à l'église, il était sévère, du moins quand il nous regardait parce que c'était encore la messe d'avant le Concile. La plupart du temps il nous tournait le dos. Il est mort depuis longtemps maintenant. Après il y a eu les moines, et là aussi les langues sont allées bon train. Ils étaient arrivés on ne savait trop d'où, à deux, et s'étaient installés à la cure collée à la petite église. Pendant plusieurs années ils avaient partagé leurs samedis et dimanches entre les trois petites églises perdues de la paroisse, célébrant l'office ensemble. Toujours flanqués d'une dizaine d'enfants de chœur, l'un chantait, l'autre sermonnait. Depuis qu'ils ne sont plus là, la cure est à l'abandon et les trois églises romanes ont cessé de chanter. Il n'y a plus assez de fidèles pour déplacer l'un des deux curés du groupement de paroisse de Lapalisse qui s'efforcent tant bien que mal de faire survivre une bonne douzaine d'églises. Jusqu'à l'année dernière nous avions un vieil homme à la longue barbe blanche que mon petit-fils avait pris pour le Père Noël. Puis il a été remplacé par un Mauricien entre deux âges, visiblement un saint homme, très dévoué. Le problème est que je ne comprends rien de ce qu'il dit, alors je finis par ne plus écouter et je pense à autre chose. Depuis le temps que je lui suis fidèle, le bon Dieu ne m'en voudra pas d'être un peu distraite dans sa maison.

À dix-huit heures, ce samedi, nous étions une trentaine dans l'église. Nous avions tous un ou deux morts pour lesquels nous avions donné une enveloppe au curé. Il fallait bien ça pour le faire venir. Un seul mort ne réunirait que cinq ou six personnes, alors, pour que ça vaille la peine, on les regroupe. Donc nous étions tous là, sagement et silencieusement assis à attendre l'arrivée du curé. À dix-huit heures dix, pas de curé. À dix-huit heures vingt, toujours pas de curé. À dix-huit heures trente, les gens ont commencé à chuchoter, puis à se regarder, perplexes. Que faire ? Personne ne semblait avoir un quelconque numéro de téléphone à composer. Où était donc passé le curé ? Alors que l'on entend quelques rires étouffés, la lourde porte de bois grince, puis claque, et le malheureux homme, en nage et tout essoufflé, son cartable fatigué à la main, se précipite à grandes enjambées vers le chœur et enfile aube et chasuble sans un mot ni un regard. Puis il nous fait face, son pantalon et ses gros souliers dépassant de sous l'aube mal ficelée. Très embarrassé, il marmonne quelques excuses, tente de nous expliquer les raisons d'un tel retard. De ce que mes oreilles parviennent à saisir, il semble y avoir là-dessous une histoire de mariage qu'il a célébré et de champagne qu'il n'a pu refuser… Mon Dieu, serait-il un peu pompette ? À la fin de la cérémonie réduite à une demi-heure, il fait les annonces habituelles, messes de la semaine et enterrements. Et là, il a un peu de mal… « Lundi à onze heures, obsèques de monsieur Untel… Mardi à dix heures, obsèques de madame Unetelle… Vendredi à dix-sept heures, obsèques de… heu… de monsieur, non… de madame… heu… » Il a calé, perdu dans ses morts, plus très sûr de qui était mort et qui ne l'était pas, ou pas encore. Il a un peu bafouillé puis a béni notre petite assemblée au bord du fou rire. Nous ne saurions pas qui serait enterré vendredi. Quoi qu'il en soit, tout était rentré dans l'ordre, René avait eu sa messe.

Même si on avait bien failli avoir une messe sans curé.

Dimanche 20 septembre

Les jours raccourcissent, l'été tire à sa fin. Dans deux jours ce sera l'automne. Puis viendra l'heure d'hiver et la nuit tombera à l'heure du thé. Les soirées commenceront à cinq heures, parfois même un peu plus tôt. Pendant quelques semaines elles seront plus longues que les après-midi, et nos nuits seront plus longues que nos jours.

Quand on est enfant, on a peur du noir, on laisse dans la chambre un filet de lumière ou une veilleuse, l'imagination galope avec son lot de monstres et de fantômes, puisé dans les contes et les dessins animés. Avec le grand âge, la peur enfantine revient. La nuit, dans la chambre à coucher, c'est la même frayeur qui s'empare de nos vieilles têtes, celle de l'inconnu, d'une menace invisible qui viendrait nous surprendre dans notre sommeil. Et l'inconnu, à nos âges où nous avons tant vécu, où nous avons expérimenté tant de peines et de chagrins, c'est la fin. Notre fin. Même si l'on est supposé aller vers la lumière en quittant ce monde, la mort reste associée à la nuit. Parce qu'on ne la voit pas ? Parce qu'on ferme les yeux de celui qui est parti ? Ou parce que nous-mêmes fermons les yeux sur notre finitude ? Le noir est la couleur du désespoir, celle que l'on broie quand on a des idées tristes. Le noir est la couleur du deuil. Celle des corbeaux, des oiseaux de mauvais augure. C'est celle du néant, quand il n'existe plus ni lumière ni matière, de ces trous effrayants qui avalent tout dans l'espace. C'est aussi celle des nuages annonciateurs d'orage, celle que prend le ciel quand le tonnerre gronde. La mort est un orage. En un éclair elle nous foudroie.

Pourtant, pourquoi la mort viendrait-elle nous chercher la nuit plutôt que le jour ? René a attendu le lever du soleil pour s'en aller, sa nuit avait été paisible.

Et puis l'automne, c'est aussi du rouge, de l'orangé et de l'or en feuilles. C'est l'odeur d'enfance des marrons chauds, le goût sucré des raisins mûrs et la saveur boisée des poêlées de cèpes.

Automne

Mardi 22 septembre

Ce matin, c'est une dent qui m'a réveillée. Hier soir, déjà, je sentais une vague douleur, mais ça allait et venait, je ne me suis pas inquiétée. À présent, c'est comme si l'on me donnait des coups de couteau dans la molaire et la gencive. Ça remonte jusque dans mon oreille et j'ai mal à la tête. J'ai fait un bain de bouche avec du Synthol, ça n'a pas eu grand effet, mon flacon est depuis des années dans mon armoire à pharmacie, je crois qu'il était déjà là du temps de René… J'ai pris un Doliprane, et à midi j'ai toujours aussi mal.

Ma fille a téléphoné tout à l'heure, je lui ai dit pour ma dent. Elle m'a demandé si j'avais pris rendez-vous chez le dentiste et quand je lui ai dit que non, pas encore, que j'attendais de voir si ça n'allait pas passer tout seul, elle s'est fâchée. Elle m'a dit d'appeler tout de suite pour avoir un rendez-vous en urgence. Moi je ne sais pas demander ces choses-là. Mais bon, je vais téléphoner. En attendant, elle me dit que le Doliprane ça ne sert à rien, de prendre du Dafalgan Codéine, que c'est sur ordonnance mais peut-être que la pharmacienne acceptera de me le donner quand même, si je lui dis que j'ai une rage de dents. Je note le nom sur un papier après le lui avoir fait répéter trois fois.

J'ai pris mon sac à main, mes clés de voiture et je suis partie au Donjon. Ce n'est pas que j'aime beaucoup conduire quand j'ai mal comme ça. Heureusement, ce n'est pas trop loin. J'ai montré le petit papier à la pharmacienne mais elle n'a pas voulu me donner ce qui était écrit dessus. À la place elle m'a fourgué un autre médicament qui, m'a-t-elle assuré, est la même chose en moins fortement dosé. Elle m'a dit d'en prendre deux tout de suite, puis deux ce soir et encore deux demain matin et de continuer comme ça jusqu'à ce que je voie le dentiste. En arrivant à la maison, j'ai pris mes deux comprimés et j'ai appelé le cabinet du docteur Brousse, à Vichy. La secrétaire m'a dit qu'il pourrait me recevoir vendredi matin. On est mardi. Je n'ai pas osé insister, j'ai juste dit « j'ai bien mal, vous savez... » mais bon, j'imagine que tous les gens qui prennent rendez-vous chez le dentiste ont mal aux dents. Je ne vois pas pourquoi elle me ferait passer devant.

Pour mon déjeuner, j'ai eu du mal à avaler un demi-yaourt, je n'avais pas faim et j'étais un peu barbouillée. Le médicament commençait à agir, ça cognait moins fort dans ma tête. Je suis allée m'allonger un peu, j'ai allumé la télévision, c'était un jeu idiot, j'ai somnolé. Je crois que j'ai dû dormir un bon moment car quand je me suis réveillée il faisait nuit. J'ai regardé l'heure à mon réveil, déjà sept heures du soir. Je n'aurais pas fait grand-chose de ma journée. Il était trop tard pour ma promenade. De toute façon, je ne me sentais pas assez solide sur mes jambes. Et puis, surtout, cette saleté de douleur était revenue.

Je suis descendue à la cuisine. Dans le Frigidaire j'ai trouvé un reste de soupe de légumes dans un Tupperware, je l'ai fait réchauffer et j'en ai avalé un bol. Je n'ai pas pris de dessert, je n'avais pas envie de yaourt, ni de compote, ni d'une orange. J'ai pris les deux comprimés du médicament de la pharmacienne, lavé mon verre, mon bol et ma cuillère, j'ai plié ma serviette et préparé ma tasse et mes cachets pour demain matin. J'ai fermé la bouteille de gaz, verrouillé la porte d'entrée de la maison, mis l'alarme, éteint les lumières et suis remontée dans ma chambre. J'ai fait une toilette rapide, puis je me suis glissée dans mes draps. J'ai essayé de lire, mais la tête me tournait un peu. J'ai allumé la télévision pour être moins seule. Je crois que je me suis vite endormie.

Jeudi 24 septembre

Ce matin, la petite Angèle m'a trouvée patraque. Elle m'a conseillé de mâchouiller un clou de girofle, mais on a eu beau retourner toute la cuisine on n'en a pas trouvé. Je n'ai pas mis le nez dehors. La seule fois que j'ai essayé, j'ai senti que je tournais. Dès que je me lève, j'ai des espèces de vertiges. J'ai très peur de tomber et de ne pas pouvoir me relever. En plus, j'oublie toujours de me passer ce fichu collier autour du cou. En ce moment, j'oublie même mon portable, il reste toute la journée sur la table de nuit. Quand je m'en aperçois, je suis déjà en bas et je n'ai pas le courage de remonter les vingt-deux marches. Tant pis. Quand je remonterai, je taperai un deux trois et si on m'a appelée il y aura bien un message. Je n'ai presque rien avalé depuis mardi. Je suis vaguement écœurée et j'ai mal au ventre. Qu'est-ce qui m'arrive ? Ce n'est tout de même pas ma dent qui me rend patraque à ce point ? Les seuls moments de répit, c'est quand je dors. Et comme je ne mange plus, que je ne sors plus, que je n'arrive plus à lire, je ne fais plus que ça. Je dors. Parfois, quand je ne dors pas, j'ai une impression bizarre, un peu comme si je flottais au plafond... Si je n'avais pas mal à ma dent, je ne trouverais pas cela si désagréable, être à l'intérieur de ma maison et sur un petit nuage, légère...

Toinette est passée me faire une visite. Elle est bien tombée, j'avais un peu augmenté la dose du médicament de la pharmacienne et je me sentais en pleine forme. Ma dent ne me faisait plus mal du tout et je commençais à me demander si je n'allais pas annuler mon rendez-vous. J'étais très gaie quand je l'ai accueillie, j'étais si contente de la voir que je me suis mise à rire sans plus pouvoir m'arrêter. Elle m'a trouvée toute drôle, je l'ai sentie vaguement inquiète. Je l'ai rassurée, lui ai dit que j'avais simplement eu mal aux dents, que d'ailleurs ça allait beaucoup mieux grâce à un médicament formidable, et que de toute façon j'allais chez le dentiste demain matin.

Elle a eu l'air affolé. « Vous n'allez pas conduire dans cet état ! ? Et jusqu'à Vichy en plus, près de quarante kilomètres ! » C'est vrai que si je continue à flotter comme ça, au volant ça risque d'être un peu dangereux… « Je vous emmène ! Je passe vous prendre demain à neuf heures. J'en profiterai pour faire des courses en ville, puis nous irons prendre un thé et je vous redéposerai chez vous. »

Vendredi 25 septembre

Le dentiste m'a bien soignée. Heureusement, Toinette avait beaucoup de courses à faire, et elle adore les boutiques et les vitrines. Parce que j'y suis restée très longtemps dans le fauteuil du dentiste. Il a fallu faire des radios, puis une piqûre, puis je ne sais trop ce qu'il a fabriqué mais il a farfouillé là-dedans pendant un temps fou. Je suis sortie de chez lui en plus mauvais état qu'en y arrivant, la lèvre pendante et toute dure, avec l'impression d'avoir une mâchoire d'acier. Toinette m'attendait et on est allées acheter toute la liste de médicaments du dentiste. Il m'a dit d'arrêter les cachets de la pharmacienne, que j'en avais pris beaucoup trop et que j'étais complètement droguée ! D'où mes maux de ventre et mes nausées, mais aussi mon impression d'être un oiseau et mon euphorie de la veille. Quand j'ai raconté ça à mes petits-enfants, ça les a fait beaucoup rire : « Bonne-maman, elle était complètement perchée !!! »

Samedi 26 septembre

Chaque année, le 26 septembre, j'y pense. Quel âge aurait-il eu aujourd'hui ? Je compte, recompte, mon Dieu, quatre-vingt-quinze ans ! Comment aurait-il vieilli, aurait-il été très diminué, comment aurait-il accepté les petits renoncements imposés par l'âge, supporté l'affaiblissement, la dépendance ? Aurait-il pu continuer à avancer, lui qui préférait toujours regarder en arrière ? Comment aurait-il traversé les années, lui qui avait si peur du temps qui passe ? Serait-il parvenu à se détacher peu à peu de sa terre bourbonnaise pour se rapprocher de Celui qu'il priait chaque soir, la tête dans les mains, lui qui croyait sans y croire vraiment ? « Souvent, je me dis qu'il n'y a personne là-haut », me confiait-il certains soirs, l'air tellement triste. Non, René n'était pas fait pour vieillir.

Chaque semaine, le regard rivé sur la balance, il annonçait, l'air contrarié : « J'ai encore perdu cent grammes, mon vieux… » Avec ma fille, nous nous étions amusées à compter au bout de combien de temps, à ce rythme-là, il ne resterait plus rien. Il s'était envolé avant, emporté au petit matin par un dernier souffle.

Lundi 28 septembre

Hier soir, ma fille m'a appelée. Elle voulait m'apprendre la mort d'un neveu de René qu'elle voyait de temps en temps à Paris. Je ne le connaissais pas très bien mais je trouve toujours ça triste que des gens meurent si jeunes. Lui, c'est la cigarette qui l'a tué, comme le fils d'Edmonde, comme les maris de Toinette et de Nine. J'ai demandé à ma fille où serait la messe de funérailles et dans quel cimetière il serait enterré. Elle m'a dit qu'il n'y aurait ni messe, ni enterrement. Pas de bon Dieu ni de mise en terre. C'était bien pratique, tout pouvait se faire au même endroit, la « cérémonie » et le feu. J'ai du mal à saisir en quoi peut consister une cérémonie sans bon Dieu, mais enfin, c'est sans doute cela, être moderne. Tout va si vite aujourd'hui… On a un corps, notre âme le quitte, on dit trois mots dans une salle laide et sinistre, et on vous jette au feu. En quelques minutes, on n'est plus rien, juste un petit tas de cendres grises.

Apparemment, c'est devenu à la mode de se faire brûler. Eh bien tant pis, je ne serai pas à la mode. D'abord, je veux une belle messe. Ensuite, je veux qu'on me mette en terre, pas sur un bûcher. Qu'on m'allonge doucement dans une boîte en bois et qu'on m'y laisse reposer en paix le temps qu'il faudra, auprès de René. Je ne veux pas qu'on me réduise en cendres pour me fourrer dans une urne qui ne ressemble à rien. Ça me fait penser à la fille de Gilberte, celle qui vit en Amérique. Là-bas, je crois que c'est courant de se faire incinérer. En tout cas, elle a fait incinérer son mari et depuis elle se promène partout avec ses cendres. Quand elle vient en séjour chez sa mère, elle pose son mari sur la commode du salon et Gilberte n'a qu'une peur, c'est qu'un jour la petite Angèle vide le contenu de l'urne dans la poubelle avec les cendres de la cheminée...

Jeudi 1er octobre

Aujourd'hui, Angèle m'a appris une nouvelle bien triste : la boulangerie-pâtisserie du Donjon, celle qui faisait de si bons donjonnais, ces gâteaux avec de la meringue, de la crème au praliné et de la pâte d'amande, a définitivement fermé. Cela faisait plusieurs semaines que la propriétaire avait tiré le rideau. Officiellement, elle traînait de la bronchite, mais on espérait toujours. Et ce gâteau-là, je suis bien incapable de le reproduire. Déjà, du temps de René, quand les enfants étaient là, il faisait partie des rituels du dimanche, et gare à celui qui ne l'aimait pas, l'intégration dans la famille allait s'en trouver bien compliquée.

Pourquoi les bonnes choses finissent-elles toujours par disparaître ? Il y avait déjà eu la charcuterie de la petite rue menant au marché couvert, ou plutôt la charcutière. Elle était bien jolie, la charcutière, au teint aussi rose que ses jambons. Elle en avait fait tourner, des têtes ! Heureusement, il reste encore le boucher, dont la viande est si tendre que mon fils lui commande ses rôtis pour Paris. Il n'est pas encore bien vieux, j'espère que lui, au moins, il sera là jusqu'à ma fin. Il fait aussi de délicieux pâtés de pommes de terre, une spécialité du pays comme le donjonnais.

Vendredi 2 octobre

Je viens d'aller faire un tour au potager. Il reste quelques tomates, s'il continue à faire beau je devrais en avoir encore la semaine prochaine. Les haricots verts, en revanche, je crois bien que c'est fini, Angèle a ramassé les derniers hier, une petite poignée qui m'a fait mon dîner. Avec mon couteau de cuisine, j'ai coupé au pied une grosse salade, je pense qu'elle est un peu trop montée, elle ne doit plus être très bonne. Là aussi, c'est la fin. J'ai regardé le rang de carottes, elles sont presque à point. Avec tout le persil qu'il y a dans le châssis, je vais bientôt pouvoir me faire des carottes Vichy. Pour ce soir, j'ai rapporté dans mon panier quatre petites courgettes, deux minuscules poivrons et trois aubergines, de quoi mitonner une petite ratatouille que je relèverai d'une pincée de cannelle.

Je me souviens du temps où m'envoyer au potager faisait de moi la risée de ma belle-famille. J'étais une fille de la ville, je ne connaissais rien aux choses de la terre. J'allais chercher des légumes en pataugeant dans la terre grasse avec mes petits souliers et je ne rapportais jamais ce qu'il fallait. On me demandait du persil, je revenais avec des fanes de carottes. Je ne savais pas distinguer une salade d'un chou, je ne faisais pas la différence entre l'oseille et les épinards, entre la doucette et une touffe de mauvaises herbes, entre un poireau et la tige d'un oignon, entre des haricots et des cosses de petits pois. Je confondais les pommes et les coings, les cassis et les groseilles, les concombres et les cornichons.

J'avais aussi découvert quelque chose de pas bon du tout et dont les gens du coin semblaient raffoler. C'était les blettes. Je n'en avais jamais mangé, jamais vu. On cuisinait le vert des feuilles comme des épinards, sauf que le goût n'avait rien à voir, c'était amer et un peu dur. Quant aux tiges, les « cardes », d'un blanc jaunâtre, on les mettait en gratin, avec de la béchamel et du gruyère râpé pour leur donner un semblant de saveur. J'en garde un très mauvais souvenir. On en mangeait presque tous les jours : lundi le vert avec du beurre, mardi les cardes en sauce blanche, mercredi les cardes à la sauce tomate, jeudi le vert dans la soupe, vendredi les cardes à la poêle... Il y en avait plein le potager, tant qu'il y en avait il fallait les manger. Et il y en avait toujours. Je crois que j'en ai été dégoûtée à vie.

Mercredi 7 octobre

Ça y est, avec l'arrivée de l'automne, les cambriolages ont repris. Chantal était partie pour la journée à Moulins, quand elle est rentrée chez elle sa serrure avait été forcée. On lui a volé des bijoux et de l'argenterie. Ils ont mis du bazar partout, il pleuvait et elle a retrouvé des traces de godillots boueux sur le parquet et le tapis du salon. À Trézelles, les Champis aussi ont été visités : ils avaient des amis à dîner, des gens se sont introduits chez eux, ils ont tranquillement pris ce qui les intéressait alors qu'ils étaient là, quelques pièces plus loin. Le plus affreux, c'est quand même ce qui est arrivé à Francette : elle s'est réveillée en pleine nuit avec un inconnu en train de fouiller dans sa commode avec un bas sur la tête ! Elle a hurlé, le monsieur lui a dit « Ta gueule la vieille ! », elle n'a pas insisté. Terrifiée, elle l'a regardé la dépouiller un à un de ses souvenirs. Le lendemain elle est allée trouver la police mais ils lui ont dit qu'on ne le retrouverait sûrement pas, les cambrioleurs on ne les retrouve jamais. Il va falloir que je fasse bien attention, que je pense à mettre l'alarme tous les soirs, même quand je suis là. Si je me réveille avec un bonhomme au pied de mon lit, je fais une crise cardiaque.

Jeudi 8 octobre

J'ai mal dormi. J'avais tout le temps l'impression que quelqu'un marchait sur les graviers. J'entendais des bruits dans le grenier, j'étais sans arrêt sur le qui-vive. Déjà que je n'ai jamais été très rassurée de vivre à la campagne, avec ces histoires de cambriolages je ne suis pas tranquille… C'est surtout l'idée qu'ils puissent entrer dans les maisons quand on y est, qui me fait peur. Ce n'est pas tant que je crains qu'ils me tuent, c'est plus la peur d'avoir peur. J'ai mon bouton d'alarme à côté du lit, à portée de main, mais si un bonhomme est dans ma chambre je serai tellement tétanisée que je n'oserai pas faire un geste. Alors maintenant, quand je vais me coucher, je prends soin de fermer la porte de ma chambre à clé. J'essaie d'oublier que, même verrouillée à double tour, elle est si vieille qu'il suffirait sans doute qu'un grand gaillard donne un coup d'épaule pour qu'elle cède... J'ai pensé mettre mon fauteuil jaune devant, puis j'ai renoncé. C'est trop léger, un fauteuil. C'est une armoire ou une commode qu'il faudrait placer devant ma porte.

L'alarme, on l'avait installée à l'époque des premiers gros cambriolages dans le pays. Les téléphones portables n'existaient pas encore et les voleurs coupaient les câbles téléphoniques qui étaient rarement enterrés. Quand ils arrivaient, si vous étiez chez vous, vous étiez complètement isolé, aucun moyen d'avertir qui que ce soit. René s'était décidé après que la maison avait été visitée une nuit de novembre et délestée de quelques pendules et bibelots. Les voleurs étaient bien renseignés, nous étions allés passer la semaine à Paris pour la naissance de notre petite-fille et en avions profité pour faire la tournée des cousins de René.

Chaque fois que nous partions, René passait une journée entière à tout cacher, enveloppant soigneusement chaque objet de valeur dans de vieux *Figaro* et *Investir*. Au fur et à mesure, il notait les cachettes sur un petit carnet qu'il emportait avec lui. Au retour, il passait à nouveau une journée entière, son carnet à la main, à tout récupérer et déballer. Il en dissimulait partout, dans les endroits les plus inattendus. Les premiers temps, il ne notait pas, il faisait confiance à sa mémoire, jusqu'à ce qu'une année on ne retrouve plus le plat en argent qui lui venait de sa mère. C'est ma fille, des mois plus tard, qui, perplexe, viendrait nous trouver un soir dans notre chambre, le plat à la main, nous demandant ce que « ce truc-là » fichait au fond de son armoire au milieu de ses chaussures… On se moquait beaucoup de René, avant que n'arrive notre tour. Là, on avait arrêté. Grâce à lui, les cambrioleurs n'avaient pas trouvé l'argenterie, ni mes bijoux qu'il avait soigneusement enfouis sous ses vieux chapeaux.

Samedi 10 octobre

Cette nuit, ma fille, son mari, leurs deux fils et leur chien sont arrivés à des heures pas possibles. Ils m'ont réveillée en montant l'escalier avec leurs grosses chaussures. Sur le moment, j'ai eu un peu peur, j'ai pensé à des voleurs. Puis j'ai entendu aboyer le chien, ça m'a rassurée, les voleurs ne viennent pas avec un chien pour vous détrousser. J'ai tout de même eu un peu de mal à me rendormir, et ce matin je me suis réveillée tard.

Pour le dîner de ce soir, ma fille a acheté au supermarché de Lapalisse un énorme quartier de potiron. De cette espèce de citrouille elle fait des soupes exquises qu'avec un entêtement stupide j'ai longtemps refusé de goûter. J'avais des idées très arrêtées sur les potirons. Je ne sais pas pourquoi, je les associais à la guerre, les mêlant dans ma mémoire à tous ces légumes bouillis qu'on nous forçait à avaler pendant que les Allemands mangeaient nos pommes de terre, nos poules et nos œufs et buvaient notre lait. Chaque fois qu'elle se mettait en tête de me faire sa soupe orange, le goût des bouillies infâmes de ma jeunesse me remontait à la gorge.

Nous mangions mal, à Paris, pendant la guerre. J'ai le souvenir d'infectes potions à base d'orge grillée, de fades et douceâtres purées de rutabagas ou de topinambours. Ce n'est pas par hasard si on donne ces cochonneries au bétail et aux lapins ! Aujourd'hui, il paraît que ces drôles de légumes, dédaignés à l'époque par les Allemands qui réquisitionnaient tout ce qui était bon, sont à la mode. Les gens de maintenant ont décidément des goûts bizarres... Peut-être que bien cuits avec du beurre et de la crème fraîche, ils sont délicieux, allez savoir. Mais, dans ces années-là, le beurre et la crème étaient des produits de luxe que nous n'avions pas les moyens de nous offrir.

Pour revenir aux citrouilles, je crois que je me trompe, nous n'en mangions pas particulièrement pendant la guerre. Pourtant, j'ai quand même lu quelque part que la soupe de ma fille faisait partie des « recettes de restrictions » distribuées pendant la guerre de quatorze. Je ne suis donc pas tout à fait folle. Ce n'était peut-être pas la même guerre, mais c'était toujours les Allemands.

Dimanche 11 octobre

Les enfants viennent de repartir après avoir avalé à la va-vite une part de quiche et le reste du gâteau d'hier. La nuit va bientôt tomber, j'ai allumé dehors. La maison s'est tue et je sens le vide.

Mardi 13 octobre

Profitant du moment où le soleil est encore au-dessus des grands arbres, je suis allée faire ma promenade après le déjeuner. Il descend vite à présent, et dès que l'ombre arrive l'air fraîchit d'un coup. Les jours ont déjà bien raccourci.

Prenant appui sur ma canne, je ne me lasse pas de regarder autour de moi. Sous le ciel d'un bleu presque marine, la nature est en feu. Il faut en profiter, cette beauté ne dure pas. Bientôt l'explosion des couleurs cédera la place à la rouille et aux nuances de gris et de marron. Un tapis de feuilles mortes recouvrira les graviers et les allées, et dans les bois ça sentira le champignon et le lichen. Alors viendra l'automne triste.

Aujourd'hui c'est encore l'automne gai, celui dont les couleurs chaudes font oublier les jours qui baissent. Ma maison est d'un rouge flamboyant, tout autour les arbres ont pris des teintes vives mêlant le jaune, l'orangé, le pourpre et l'écarlate. Derrière la haie menant au potager, les buissons sont couverts de petites boules blanches qui font comme des perles de nacre. Seules les vilaines mottes des taupes font tache sur le vert de la pelouse.

Chaque année, octobre repeint mon paysage. Chaque année, j'ai l'impression que jamais les couleurs n'ont été aussi belles.

Jeudi 15 octobre

Ce matin la petite Angèle m'a ramassé deux pleins paniers de châtaignes ! Mon Dieu… Je lui ai dit d'en garder un peu pour elle. Mais je me retrouve tout de même à la tête de plusieurs kilos de marrons, il va bien falloir en faire quelque chose, surtout qu'ils sont beaux, pas comme les dernières années où les arbres de l'allée ne donnaient que des toutes petites châtaignes souvent remplies d'asticots.

Après le déjeuner, je m'y mets. J'étale les pages d'un vieux *Figaro* sur la table de la cuisine, pose les deux paniers à gauche, deux grands saladiers à droite, je m'assois sur un tabouret et commence l'épluchage. La première peau, marron et dure, n'est pas difficile à retirer. On la fend avec la pointe d'un couteau et le reste suit. Les deux paniers me prennent bien deux heures. Je jette mes châtaignes dans l'eau bouillante de deux grosses marmites et j'attends un moment. J'ai pris avec moi mon jeu de cartes et pour patienter je fais des réussites. Quand c'est prêt, j'égoutte les marrons, les verse dans ma grande bassine verte, celle que j'utilise pour le linge, et m'installe à nouveau à ma table pour le second épluchage. Celui-ci est très casse-pieds. La petite peau reste bien collée au fruit, elle se glisse sous les ongles, c'est très désagréable et en plus on se brûle. Mais si on laisse refroidir, c'est comme pour les pommes de terre, c'est encore plus difficile. Alors, en les faisant sauter d'une main à l'autre, munie de mon couteau, j'épluche une à une les petites boules ridées que j'envoie ensuite dans un fait-tout. C'est long, c'est fastidieux, mais quand, à la fin de la journée, j'en viens enfin à bout, je suis si contente. Je vais pouvoir faire un ou deux gâteaux, et congeler le reste. Mon gâteau de marrons est une des très rares choses qui me viennent de ma belle-mère. Je crois qu'elle avait été, dans ses jeunes années, plutôt bonne cuisinière, mais pour ma part je n'ai jamais particulièrement bien mangé les rares fois où elle m'a conviée à sa table. Je me souviens de cuisine au saindoux, et d'une mémorable tarte à l'oignon dans laquelle nous avions retrouvé une épingle… Cependant, son gâteau de marrons était unique. Jamais je n'en ai mangé d'aussi bon. Et la recette est d'une simplicité biblique. Une fois les châtaignes cuites et épluchées, on les passe au presse-purée, puis on ajoute le beurre coupé en morceaux (une portion pour cinq portions de marrons), un peu de chocolat râpé et c'est tout. Pas une goutte d'alcool, surtout, ça dénature le goût, et pas trop de chocolat non plus sinon on ne sent plus le marron. On beurre un moule à cake, on verse le tout à l'intérieur et on met au Frigidaire. Une fois le gâteau bien froid, en faisant couler sur le moule de l'eau très chaude, on le démoule sur un plat long, on le recouvre d'une fine couche de chocolat et on le remet au frais. Après, comme chaque fois que je fais des tartes ou des gâteaux sans autre raison que d'utiliser les produits du jardin, je mets tout au congélateur et ça fait la joie de mes enfants et petits-enfants.

Vendredi 16 octobre

Cet après-midi je suis allée passer un moment avec Nine après le déjeuner. Demain, elle part pour quelques jours chez sa fille dans le Midi, au bord de la mer. Je l'ai trouvée en forme, avec déjà sur le visage un air de vacances. Nous avons pris une tasse de café avec des gâteaux secs et je l'ai regardée avec plaisir croquer plusieurs biscuits avec gourmandise.

Posée dans l'entrée, sa valise était prête. Elle y a mis une serviette de plage et un maillot de bain. En octobre, la mer est encore agréable et le sable tiède. C'est Toinette qui l'accompagnera à la gare. Trois heures plus tard, elle sera à Lyon où sa fille la récupérera pour l'emmener jusqu'à Cassis et lui éviter un changement de train toujours pénible.

Je l'ai quittée juste avant la nuit, le cœur serré mais rassurée. Dans le sourire de Nine, il y avait toute la douceur d'un été indien, le calme serein de la Méditerranée.

Dimanche 18 octobre

Aujourd'hui je n'étais pratiquement pas à la maison de la journée. Ce matin je suis partie tôt, nous étions convenues avec Gilberte, Jacqueline et Toinette de nous retrouver à la messe de dix heures et demie au Donjon. Après, nous sommes parties en convoi à Liernolles, chez Gilberte.

Sur la table basse du salon, elle avait mis une nappe blanche et préparé un beau plateau pour l'apéritif. Elle avait sorti de jolies coupes à champagne et disposé des biscuits salés et des cacahuètes grillées dans des coupelles d'argent. Elle a ouvert une bouteille de crémant d'Alsace. Dans le pays, nous servons souvent ça en guise de champagne. Ça coûte beaucoup moins cher et personnellement je ne vois pas la différence avec ces bouteilles hors de prix qu'achète toujours mon fils. On a trinqué à la santé de chacune d'entre nous et on a vidé la bouteille, à quatre ce n'était pas déraisonnable. Puis on est passées à table. Aidée par la petite Angèle, Gilberte avait fait un poulet à l'estragon délicieux. Moi je n'ai jamais réussi à faire pousser de l'estragon dans mon potager. J'ai essayé pendant des années. J'en avais replanté que j'avais rapporté de chez ma cousine Henriette, c'était tout mort en quelques jours. L'année dernière encore, mon jardinier en avait semé dans les châssis avec la ciboulette, le persil, le thym et le basilic, eh bien tout a poussé, sauf l'estragon. Pourtant, il paraît que c'est une des herbes les plus faciles à faire venir... Gilberte nous a ensuite proposé le fromage avec la salade, comme c'est la mode maintenant. Moi je continue de préférer la salade d'abord et le fromage après, dans ma famille jamais nous n'aurions mangé le fromage avec une fourchette. Pour finir, Gilberte nous a régalées avec un dessert à remonter le temps, des œufs à la neige.

Après le déjeuner, nous avons pris le café au salon. Gilberte a allumé le feu qu'Angèle avait préparé dans la grande cheminée. Puis nous avons déplié la table de bridge et sorti les deux paquets de cartes. J'étais avec Toinette et on a tout gagné ! Jacqueline a fait deux ou trois bêtises, j'ai bien senti que Gilberte était un peu agacée, elle n'aime pas perdre. Vers cinq heures, nous avons fait une pause. Autour d'une tasse de thé et de tranches de cake, nous avons, comme toujours, rejoué notre dernière partie, analysant les erreurs des unes, relevant la chance des autres, allant d'hypothèse en hypothèse, « et si vous aviez joué cœur… ? », « mais pourquoi, lorsque j'ai annoncé trois sans-atouts vous n'avez pas… ? », « là vous avez eu de la chance que Jacqueline n'ait pas compris que je demandais du pique… », indéfiniment, avec un plaisir incompréhensible pour quiconque n'était pas nous. Puis nous avons refait deux tours, pour faire durer le plaisir encore un peu, et nous sommes reparties chacune dans nos campagnes après avoir remercié et embrassé très fort notre Gilberte.

Il devait bien être huit heures quand je suis rentrée. J'ai laissé la voiture devant le perron, je n'avais pas le courage d'aller la mettre au garage et de remonter à pied. Il faisait froid, je n'étais pas assez couverte, je ne voulais pas rester trop longtemps dehors. Comme souvent les jours de bridge, je n'avais pas assez faim pour dîner. J'ai juste pris une clémentine, puis j'ai fermé la maison et suis montée dans ma chambre. Là, il y avait l'affreux point rouge qui clignotait sur mon téléphone, comme un reproche. Ça voulait dire qu'on m'avait téléphoné, mais je ne sais pas écouter les messages. J'ai fait trente et un trente et un, et une dame m'a annoncé le dernier numéro qui m'avait appelée. C'est un des rares que je connaisse par cœur : celui de ma fille. Puis mon portable s'est mis à sonner. Le temps que je mette la main dessus, c'était trop tard. J'ai tapé un deux trois, et là on me dit « vous avez onze nouveaux messages » !!! J'ai tout écouté, ce n'était que des messages de ma fille. Mais, enfin, qu'est-ce qui lui prend de me laisser onze messages ? Elle est complètement folle ! Les premiers étaient aimables, puis de moins en moins gentils et enfin carrément désagréables. Mes enfants sont terribles, ils ne supportent pas que je ne réponde pas au téléphone. Je la rappelle, et là elle recommence. Même pas bonjour. « Mais enfin, où étais-tu ??? » J'ai beau devenir un peu sourde, là elle me fait mal aux oreilles. Je lui dis que j'étais à la messe, puis chez Gilberte, qu'on a pris l'apéritif, puis le déjeuner, puis qu'on a joué au bridge, puis… Elle est furieuse. Elle me gronde comme si j'étais une gamine qui aurait fait une énorme bêtise. « Et ton portable, alors, il te sert à quoi ? » Mon portable… ? Eh bien, je l'avais mon portable… Mais je n'allais quand même pas le garder autour du cou pour aller chez Gilberte, j'aurais eu l'air de quoi ? « Mais tu ne l'avais donc pas avec toi, dans une poche, je ne sais pas, tu l'avais mis où ? » Je l'avais mis où… ? Eh bien, heu… Ah oui, je me souviens, je l'avais laissé dans la voiture… Oh, là là, qu'est-ce que je n'avais pas dit là ! « Un portable, c'est fait justement pour ça, pour te joindre quand tu n'es pas chez toi » « À quoi ça te sert si tu le laisses toute une journée dans la voiture pendant que tu joues aux cartes avec tes copines ? » « Et s'il y avait eu une urgence ? » « Et si... » Elle m'énerve. D'abord, il n'y a pas eu d'urgence. Je ne sais même plus pourquoi elle m'appelait d'ailleurs, ça ne devait pas avoir une grande importance. Et puis, avant, on n'avait pas de portable et on se débrouillait très bien sans. Maintenant, il faudrait toujours répondre présent, à tout le monde, tout le temps et partout. Avec ces engins mobiles, on n'est plus libre, on nous suit à la trace, c'est terrible. Je me couche très contrariée. C'est dommage, j'avais passé une tellement bonne journée. Elles ne sont plus si nombreuses, pourquoi me les gâcher pour une affaire de téléphone ?

En le maudissant, j'éteins ce fichu portable et le range dans le tiroir de la table de nuit. Je le rechargerai demain. Pour l'heure, je ne veux plus le voir ni l'entendre.

Une fois la lumière éteinte, je n'arrive pas à m'endormir. Je repense à ma fille. Pourquoi m'avait-elle appelée, que voulait-elle ? Pourquoi ai-je dit que ça ne devait pas avoir une grande importance ? M'a-t-elle annoncé quelque chose que j'ai déjà oublié ? Quelque chose d'important ? Mais peut-être qu'elle voulait simplement savoir comment j'allais, elle appelle souvent le dimanche. Oui, ça doit être ça. Elle a dû s'inquiéter, elle aura eu peur, et quand on a peur, souvent, on se fâche. Je n'aurais pas dû mal le prendre. Ce n'est pas vrai que ça ne devait pas avoir une grande importance. C'est très important, au contraire, votre fille qui vous appelle pour rien, juste pour s'assurer que tout va bien. C'est le jour où elle ne le fera plus que ce sera grave.

Demain, je remettrai mon téléphone autour du cou. Et mon collier qui sonne, aussi. Je rappellerai ma fille, je lui dirai que je vais bien.

Lundi 19 octobre

Aujourd'hui, c'est la Saint-René. À part le frère de mon père, l'oncle René, qui est mort à la guerre et que je n'ai pas connu, personne autour de moi ne porte ce prénom un peu désuet. René était unique.

René était un drôle de petit homme. Avec l'âge, il était devenu tout frêle et se tenait un peu voûté. Il n'avait plus beaucoup de cheveux mais n'en avait jamais eu énormément. En fait, les années l'avaient très peu changé. Il avait jusqu'au bout gardé des yeux légèrement bridés et rieurs, lui qui ne riait presque jamais, et ses cheveux avaient à peine blanchi. Nous étions très différents, lui et moi. Alors que je m'efforçais de toujours voir ma vie en rose, lui avait tendance à tout voir en gris. Il parlait souvent tout seul, maugréant contre les clients qui ne payaient pas, contre la Compagnie qui ne répondait pas, contre ses crayons qui disparaissaient, contre la Bourse qui baissait, contre sa mère qui allait le rendre fou, contre la voiture qui ne démarrait pas, contre l'essence qui avait encore augmenté et, à table, contre le rôti trop saignant qu'il repoussait avec une moue écœurée, « Mmm, c'est rouge, mon vieux... », contre nous tous qui mangions de la baguette fraîche et croquions des poires bien mûres quand il aurait fallu finir le pain rassis et les fruits pourris. Avec ma fille, nous l'avions surnommé « le fond sonore ». Parce qu'il ne s'arrêtait jamais.

Nous n'avions pas les mêmes goûts. Peu sensible à la beauté des choses, il privilégiait le pratique et le bon marché. Du moment que chaque objet remplissait son office, son apparence importait peu. Qu'importaient en effet la laideur d'un fauteuil si l'on pouvait s'y asseoir, la couleur des rideaux s'ils tamisaient la lumière, le motif d'une tasse si l'on pouvait y verser le thé brûlant.

J'aimais le Scrabble, il ne tolérait que le jeu de dames et les échecs. J'aimais jouer au tennis, il n'aimait que la pétanque et le croquet. J'aimais le bridge, il avait les cartes en horreur, « Jeanne ? Elle est encore partie taper la carte », soupirait-il.

Le résultat était que nous avions le plus souvent des conversations solitaires. Nous parlions beaucoup tout seuls, moi dans ma cuisine et lui dans son bureau, et peu ensemble. Du coup, nous nous disputions rarement.

Lorsque nous eûmes la télévision, je regardais des films et des feuilletons qu'il trouvait « insipides ». En dehors des actualités, la seule émission qu'il n'aurait manquée pour rien au monde était *La Piste aux étoiles*. René avait toujours aimé le cirque avec ses clowns un peu idiots, ses caniches savants et ses fauves. Le nez dans mon tricot, je ne regardais pas, j'avais trop peur de voir le dompteur se faire dévorer ou un trapéziste chuter.

Quand, rarement, nous allions au cinéma à Vichy, nous peinions à nous mettre d'accord. René adorait Louis de Funès qui ne me faisait pas rire, et les films de guerre qui me rasaient ou me terrifiaient. Un soir, avec Hubert, le mari de Jacqueline, ils avaient réussi à nous traîner voir *Emmanuelle*. Je me souviens que j'avais été terriblement gênée pendant toute la durée du film. Aussi, lorsque l'année suivante ils avaient voulu renouveler l'expérience avec *Histoire d'O*, Jacqueline et moi avions fait bande à part. Leur faussant compagnie, nous étions entrées dans la salle voisine où l'on donnait *Le Vieux Fusil*. Je me souviens que Jacqueline avait lâché : « Je ne vais tout de même pas payer pour voir ce que je vois tous les matins dans ma glace ! »

René était économe et conservateur. Je jetais tout, il gardait tout : les *Figaro* et *Investir*, qu'il utilisait pour le feu mais aussi comme papier d'emballage, chiffon pour l'argenterie ou même papier de cabinet ; les vieux numéros de *L'Illustration*, de *Elle* et de *Match* qui moisissaient dans le garage ; les médicaments périmés, des sirops et potions de toutes sortes qui croupissaient dans une malle au grenier ; tout un tas de chapeaux, casquettes, pardessus et godillots immettables ; des transistors, des bobines de fil, des cannes à pêche ; un landau, des restes de meubles, des morceaux de carrosserie cabossés, des phares de voiture ; des encriers, des flacons d'eau de Cologne vides, des moulins à café, des poignées de porte, des lunettes de toilettes, un bidet, des pots de chambre ; des clés, des outils, des clous rouillés, des pneus crevés, de la vaisselle ébréchée, des paniers percés, des rouleaux de papier peint, des pots de confiture, des bocaux de cornichons ; des grille-pain déglingués, des valises défoncées, des tapis usés, des napperons jaunis, des miroirs piqués ; des guêtres, des cartouchières, des boîtes de Banania et de pastilles Valda ; et des papiers, des papiers, tant de papiers… Quelque temps après sa mort, nous avions fait un grand feu de tout ce qui pouvait brûler et porté le reste à la décharge.

J'ai donné les vieux vêtements au Secours catholique. René usait ses habits jusqu'à la corde, pouvant laisser plusieurs années dans leur papier de soie d'origine, bien rangés dans un tiroir, les chemises, cravates ou chandails que nous lui offrions à Noël. Quelques pulls jamais portés sont allés aux aînés de mes petits-fils qui, en revanche, ont dédaigné les chemises et les cravates. J'ai gardé pour moi son beau blouson beige tout neuf. Il l'avait reçu de La Redoute quelques semaines avant sa mort et ne l'avait mis qu'une ou deux fois. Il me va bien, il est très chaud et plus élégant que mon vieil anorak.

René était resté un grand enfant. Il adorait les zoos, avec une préférence pour les singes, et les feux d'artifice que, les dernières années encore, nous allions voir le 14 juillet sur le lac d'Allier. Je n'aimais ni les uns ni les autres. Les premiers m'ennuyaient, les seconds me bouchaient les oreilles et me rappelaient les bombardements quand, avec mes parents et mon petit frère, nous devions descendre à la cave. Il aimait aussi donner à manger aux animaux.

Ainsi, c'était toujours lui qui passait la balayette sur la table après chaque repas, recueillant les miettes de pain dans un bol en bois. Puis il emportait le bol dont il allait jeter le contenu aux poissons dans ce que nous appelions pompeusement « le canal ». Aujourd'hui, le canal, en fait une petite mare entourée d'un muret de pierres et d'arbustes, est asséché, rempli des pierres du muret qui n'en finit plus de s'effondrer, et envahi par les ronces. Il n'y a plus de poissons, juste quelques crapauds et, parfois, une vipère. Autant dire que je ne m'y aventure jamais. Quand nous habitions Vichy, il vidait le ramasse-miettes sur les rebords de fenêtre à l'attention des oiseaux. Une fois par semaine, il partait avec son petit sac en plastique rempli de rogatons de pain rassis et allait les distribuer aux canards et aux cygnes dans les parcs. L'hiver, il aimait beaucoup faire des bonshommes de neige et, l'été, des pâtés et des châteaux sur la plage. Moi, les poissons, les canards, les pâtés, tout ça, ça ne m'a jamais tellement amusée.

Il y avait quelque chose chez René qui refusait de grandir. Il s'acharnait à remonter le temps disparu, il se perdait dans ses souvenirs d'enfant et parfois peinait à en revenir.

Jusqu'à la fin, il a continué d'aimer le cirque. Il n'y avait plus de *Piste aux étoiles* à la télévision depuis longtemps, alors il guettait le passage d'un chapiteau dans la région, achetant son ticket pour Amar ou Pinder, espérant qu'un petit-enfant, parmi les plus jeunes, accepterait de l'accompagner.

À Noël, il recréait les étoiles et les feux d'artifice. Il déposait toujours sur la crèche l'étoile du Berger avec sa traîne de filaments dorés. Dès la nuit tombée, il éteignait les lumières et allumait le cierge magique qu'il accrochait chaque jour à une branche du sapin. Nous regardions tous religieusement le bâtonnet se consumer en envoyant mille petites étoiles, pétaradant comme la mobylette de Fernand. J'avais hâte que ça se termine, j'avais toujours peur qu'une étincelle mette le feu à l'arbre. À la fin, quand on rallumait la lumière, je voyais encore les petites étoiles, elles étaient allées se loger dans les yeux de René.

Mardi 20 octobre

Décidément, je crois que je commence à devenir un peu gâteuse. Hier, j'avais invité Toinette, Jacqueline et Gilberte pour le déjeuner. Comme nous serions quatre, nous avions prévu, après le café, de faire quelques tours de bridge. On a pris un apéritif, puis on s'est mises à table dans la salle à manger. Tout s'est bien passé, jusqu'au dessert. J'avais fait un clafoutis aux cerises. Il me restait des belles cerises bien rouges dans le congélateur, chaque été j'en fais des réserves pour l'hiver. Je les congèle crues, elles cuisent dans le clafoutis et on ne fait pas la différence avec des fraîches. J'avais donc préchauffé mon four, sorti mes cerises que j'avais disposées dans un plat en Pyrex. Puis j'avais battu les œufs, le sucre et la farine et versé l'appareil sur les cerises. Enfin, j'avais mis le plat au four, à cent quatre-vingts degrés. Une fois cuit, je l'avais sorti du four et laissé tiédir, c'est comme ça qu'il est le meilleur. Après le fromage et la salade, j'ai débarrassé, donné à chacune une assiette à dessert et une fourchette à gâteaux, et je suis allée chercher mon clafoutis. Il était beau, jaune doré, bruni juste comme il faut, avec les cerises qui ressortaient. J'ai dit, comme chaque fois, « attention il reste peut-être des noyaux ». Chacune s'est servi une belle part. Puis on a commencé à manger. Et on a fait une drôle de tête. C'était très bizarre. En fait, ce n'était pas bon du tout. Ce n'était pas des cerises, que j'avais prises dans le congélateur. C'était des tomates. Des toutes petites tomates cerises du jardin.

Quand j'y pense, j'ai toujours fait des bêtises avec ma cuisine. Comme cette fois où, il y a des années de cela, j'avais invité l'abbé Chevalier, qui était l'aumônier de l'école de ma fille, et j'avais mis en dessert mon gâteau de noix. Déjà, à l'époque, il avait beaucoup de succès. Seulement, quand j'avais versé mes noix dans mon hachoir, j'avais oublié que, quelques minutes avant, j'avais haché des oignons. Et mon gâteau de noix empestait l'oignon. C'était immangeable, on avait tout jeté, au grand dam de René qui a toujours eu horreur du gaspillage. Ça avait bien fait rire l'abbé, beaucoup moins René qui ne cessait de me répéter que je n'avais pas de tête.

Pour me rassurer je me dis que, quand on n'a jamais eu de tête, on ne peut pas la perdre.

Mercredi 21 octobre

Ce matin, je suis allée chez le docteur à Lapalisse. Je ne suis pas malade, je ne le suis jamais. J'y vais juste pour me faire vacciner contre la grippe, même si je n'ai jamais eu la grippe de ma vie. Le docteur et la télévision disent qu'il faut le faire, alors je le fais. Le cabinet a déménagé, maintenant le docteur ne reçoit plus chez lui, mais dans ce qu'ils appellent ici une « maison de santé ». C'est formidable, il y a tout sur place : plusieurs médecins, des infirmières, des kinésithérapeutes, une diététicienne, un podologue, un dentiste et même une sage-femme ! Depuis que mon docteur a fait un infarctus, il ne consulte plus qu'à mi-temps et il se fait régulièrement remplacer par une dame très bien. Ce matin, c'est elle qui m'a examinée, et j'avoue que je préfère. Cela me gêne toujours un peu de me déshabiller devant mon docteur. Il a peut-être la soixantaine, mais pour moi ça reste un jeune homme. Ça me met mal à l'aise de me mettre en culotte et soutien-gorge devant lui et après de le retrouver au supermarché quand je fais mes courses… Et puis il y a des choses que je ne lui dis pas, des petits soucis de vieille dame que je n'oserai jamais lui confier. Je sais bien qu'il en voit d'autres et des bien plus décaties que moi, mais tout de même, ça m'ennuie… Alors je suis contente quand c'est la dame. Elle a fait la piqûre, je n'ai rien senti du tout, puis elle m'a examinée. Elle a écouté mon cœur, pris ma tension, regardé ma gorge et mes oreilles. Elle m'a trouvée encore en assez bon état, elle a juste augmenté un peu la dose de mon médicament pour la tension. Elle m'a demandé à quand remontait ma dernière mammographie. Mon Dieu, quelle idée ! Je n'ai jamais fait de ma vie une radio de ma poitrine, ce n'est pas à quatre-vingt-dix ans que je vais commencer. À quoi bon ? Quand bien même j'aurais une cochonnerie, à mon âge ça ne vaut plus le coup de se soigner pour ça. Quand on a la chance d'être très vieux, ces choses-là évoluent lentement. Alors des cancers, j'en ai sans doute un ou deux qui couvent quelque part, quelle importance... À mon âge, la maladie avance tellement doucement qu'elle ne fait pas de bruit, et à peine de mal.

Jeudi 22 octobre (matin)

Il est six heures, je n'ai pas fermé l'œil de la nuit. Je suis dans mon lit, je n'ose toujours pas me lever et ouvrir mes volets. Sont-ils partis ? Mon Dieu, comme j'ai eu peur, j'en tremble encore, recroquevillée sous mes draps.

Alors voilà. Il devait être autour de minuit. Quand j'étais petite, mon père nous racontait, à mon frère et moi, une histoire qui nous faisait toujours mourir de peur et rire aux larmes. Ça commençait comme ça : « Minuit, l'heure du crime... » D'une voix d'outre-tombe mon père décrivait une atmosphère pesante, on avait vraiment peur, puis il finissait par : « Et soudain, dans la nuit profonde, on entendait un cri terrible... » Et là, d'une voix suraiguë, il criait : « Adélaïde ! Passe-moi le pot ! » et nous éclations de rire. Tout ça pour dire que minuit, eh bien c'est un moment qui m'a toujours un peu angoissée… Donc là, vers minuit, j'entends du bruit, et j'ai l'impression de voir des éclairs à travers les volets. Je me lève, sans allumer la lumière, et je m'approche de la fenêtre. Rien. Toujours dans la pénombre (heureusement, il ne fait pas nuit noire), je vais dans ma salle de bains où j'ouvre la porte qui permet d'accéder au petit couloir. Là je regarde par la fenêtre qui donne sur la terrasse. Et je les vois. Deux bonshommes, un grand chauve et un petit à casquette, avec des lampes de poche qu'ils dirigent vers la porte-fenêtre ouvrant sur le grand salon. Ni une ni deux, je regagne ma chambre et j'actionne le gros bouton gris à côté de la table de nuit. L'alarme se déclenche aussitôt dans un vacarme assourdissant. Puis je me réfugie sous mes couvertures, les deux oreillers sur ma tête pour me boucher les oreilles. Je vais rester comme ça pendant des heures, sans savoir où ils sont, ce qu'ils font, s'ils sont quand même entrés dans ma maison ou s'ils se sont enfuis, attendant que d'une seconde à l'autre la porte de ma chambre s'ouvre, espérant qu'ils ne me trouveront pas… Cette alarme n'en finissait pas de hurler. Après la sirène du début, qui réveillerait un mort, il y a eu toute une série de petites sonneries stridentes et insupportables. Je ne sais pas à quelle heure elle s'est enfin arrêtée, cela m'a semblé une éternité. Je n'ai pas bougé. J'ai attendu le lever du jour. Puis j'ai appelé Fernand.

Jeudi 22 octobre (soir)

Quelle journée, mon Dieu, quelle journée. Il devait être autour des sept heures ce matin quand j'ai enfin osé sortir de mon lit. Après avoir eu Fernand, qui m'a juré sur la Marcelle n'avoir rien entendu, j'ai fait une petite toilette succincte, je me suis habillée et je suis descendue. En bas, rien d'anormal. Je déverrouille la porte d'entrée toujours fermée à double tour, ouvre les volets de la salle à manger. Dans le grand salon, la porte-fenêtre n'a pas été forcée. Ils ne sont pas entrés, l'alarme les a fait fuir.

Quand Fernand sonne, j'ai à peu près repris mes esprits. J'ai même eu le temps de me faire réchauffer une tasse de thé, ça m'a fait du bien. Fernand, lui, a déjà commencé son inspection et il est très fier de me rapporter ses premières observations dignes d'un Sherlock Holmes local. Derrière la maison, du côté de la terrasse, il a repéré des traces de pneus, ceux d'une camionnette d'après lui. Il a ensuite retrouvé ces mêmes traces dans l'allée. Il termine enfin par une histoire ahurissante : à mi-chemin, sur l'allée, près des barrières blanches, il a trouvé des bouts de papier souillés, un rose et un bleu. Et de conclure, le plus sérieusement du monde : « Y z'ont eu si peur qu'y z'ont fait leurs besoins dans l'allée avant de prendre la poudre d'escampette ! Y en a un qui s'est torché avec une feuille bleue, l'autre avec une feuille rose. »

Vers dix heures, la Marcelle a démarré la 2CV et elle m'a emmenée faire ma déposition au commissariat du Donjon. Je n'étais pas très rassurée mais j'aurais été bien incapable de conduire après ma nuit blanche. Les gendarmes m'ont dit comme à Francette : vous savez, on ne les retrouve jamais. Quand on est rentrées, le Fernand m'a demandé si je leur avais bien dit pour les papiers souillés.

J'ai déjeuné d'un œuf à la coque avec des mouillettes, puis j'ai pris un café serré avec un carré de chocolat. L'après-midi, j'ai passé beaucoup de temps au téléphone avec mes enfants. Ils m'ont demandé pourquoi je n'avais pas appelé la police avec mon portable, je n'ai pas su quoi répondre. Ils m'ont quand même félicitée d'avoir actionné l'alarme. Ils m'ont trouvée très courageuse. Je crois que je les ai étonnés.

Gilberte m'a appelée. Elle n'en revenait pas de ce qui m'était arrivé. Elle l'avait appris au supermarché par la petite Angèle qui, ce matin, m'avait trouvée encore toute tourneboulée. Après avoir raccroché, il ne s'est pas passé une heure que tout le pays était au courant des détails de ma mésaventure. L'une après l'autre, elles m'ont toutes appelée. Même le colonel s'est fendu d'un coup de fil ! Je suis l'héroïne du jour. Fernand est venu sonner plusieurs fois, s'assurer que je me remettais et n'avais besoin de rien. La Marcelle aussi est venue, juste pour voir si j'allais bien. Elle ne m'a pas demandé de sucre.

Vendredi 23 octobre

J'ai à peu près dormi, même si je n'étais pas complètement tranquille. J'avais beau me raisonner, me dire qu'ils n'allaient pas venir deux nuits de suite, que maintenant ils savaient qu'il y avait une alarme, j'avais un peu peur qu'ils soient restés sur leur faim et trouvent le moyen d'entrer sans déclencher la sirène.

J'ai repensé à la question que m'avaient posée mes enfants. La vérité c'est que, dans l'affolement, appeler quelqu'un ne m'avait même pas effleurée… Et puis, à qui aurais-je bien pu téléphoner ? Si j'avais compris une chose cette nuit-là, c'est bien que je ne pouvais pas compter sur Fernand pour venir à mon secours. Il avait beau dire, la sirène, tout de même, il ne pouvait pas ne pas l'avoir entendue ! Quant à appeler la police, je m'imaginais mal descendre au bureau pour aller chercher l'annuaire du téléphone pendant que ces messieurs inspectaient ma terrasse…

Mes enfants m'ont dit « d'enregistrer le commissariat dans mes contacts ». Comment enregistre-t-on un commissariat ? Je ne sais pas faire. À propos, où était-il donc passé ce fichu téléphone portable ? Je l'ai cherché dans toute la maison, jusque dans le Frigidaire. Vu mon état, tout était possible. C'est dans la voiture que j'ai fini par le retrouver, dans mon sac à main que j'avais oublié sur le siège en rentrant de chez le docteur. Ah çà, je ne risquais pas de m'en servir ! Comme je n'avais pas envie de me creuser la tête pendant des heures pour comprendre comment enregistrer un « contact », j'ai mis sur mon téléphone un petit papier collant sur lequel j'ai écrit le numéro des gendarmes du Donjon. À supposer que je parvienne à composer les dix chiffres sans me fiche dedans, il leur faudra bien vingt minutes pour arriver. C'est long, vingt minutes, quand on a des gens chez soi...

Blottie près du bouton de l'alarme, mon téléphone sur la table de nuit, j'ai éteint en laissant marcher la télévision. Elle a parlé toute la nuit, et je crois que l'entendre me rassurait davantage que la présence de Fernand et Marcelle qui dormaient à quelques mètres de moi.

Samedi 24 octobre

Un malheur n'arrivant jamais seul, cette nuit on change d'heure. On passe à l'heure d'hiver. Je n'aime pas ça. Les jours raccourcissent déjà bien assez vite tout seuls ! Comme si ça ne suffisait pas, il fait un temps de cochon, il a plu toute la matinée, à quatre heures il fait presque nuit, le ciel est encore lourd de nuages et dehors tout est mouillé. Après le déjeuner, j'ai pris mon café au coin du feu et j'ai dû allumer dans le bureau pour faire mon mot croisé. C'était bien triste.

À trois heures du matin, il sera donc deux heures. Il faut que je recule ma montre d'une heure. Ma montre, mais aussi toutes les pendules de la maison. C'est compliqué, chacune a sa clé avec laquelle il faut faire faire aux aiguilles tout le tour du cadran en faisant sonner chaque heure et chaque demie. Ça prend un temps fou, je vais y passer la moitié de ma journée. Si on se contente de faire reculer la petite aiguille d'une heure, on détraque tout le mécanisme. L'horloge du four, en revanche, je n'y toucherai pas à celle-là ; si je commence à tripoter les boutons, elle va se mettre à clignoter et mon four ne marchera plus, comme la fois où j'avais dû attendre l'arrivée de mon fils pour faire cuire mes tartes. Je ne toucherai pas à toutes ces choses qui donnent l'heure sans aiguilles et sur lesquelles elle s'affiche en gros chiffres rouges : le téléphone, la télévision, la machine pour regarder les films, ma voiture, le micro-ondes, mon réveil... Tant pis, elles auront un petit supplément d'été. Je demanderai à mon fils ou à l'un de mes petits-fils de me régler tout ça quand ils viendront. Ce sont des affaires d'homme, ces affaires-là ; c'est de la technique. Et moi, la technique, je n'y entends rien.

Dimanche 25 octobre

Quel plaisir, à la messe ce matin, de retrouver Nine, toute bronzée ! Elle est rentrée hier et veut absolument que nous allions prendre l'apéritif chez elle. Elle a rapporté des croquets provençaux aux olives et de la crème de poivron à tartiner qu'elle tient à nous faire goûter. Nous n'étions pas à une heure près pour déjeuner et n'avions aucune obligation de rentrer chez nous sitôt la messe terminée, alors chacune a pris sa voiture et nous nous sommes retrouvées, Toinette, Gilberte et moi, dans le petit salon bien chauffé de Nine. Ça sentait bon le feu de bois et le parquet ciré. Elle a ravivé les braises avec le soufflet et remis une bûche. Puis nous l'avons toutes accompagnée à la cuisine pour l'aider à préparer l'apéritif. Nine a sorti du Frigidaire une bouteille de crémant, puis elle a déposé sur un plateau quatre coupes à champagne. Toinette a vidé le sac de croquets dans une coupelle et j'ai versé le contenu du bocal de poivronade dans un bol. Au coin du feu, nous avons toutes levé nos coupes au retour de Nine. Celle de Nine était moins pleine, je crois qu'elle n'a toujours pas le droit. Je l'ai regardée y tremper doucement ses lèvres et nos yeux se sont croisés. Elle m'a souri, le sourire espiègle d'une petite fille qui fait une bêtise et qui le sait.

Lundi 26 octobre

L'avantage du changement d'heure dans ce sens-là, c'est que le matin je n'ai aucun mal à sortir du lit. À sept heures, je suis déjà bien réveillée, je n'ai plus du tout sommeil. Ce matin, je me suis levée tôt et quand j'ai ouvert les volets il y avait un beau ciel bleu. Le thermomètre indiquait neuf degrés. Ma promenade au soleil allait être douce.

Dehors, tout est encore mouillé. J'ai ressorti mes vieilles bottes, celles qui font honte à ma fille. Elles me feront bien encore un automne. J'ai mis mon anorak. Ce n'est pas tant qu'il fait froid, mais avec l'humidité on a de la peine à se réchauffer. J'ai pris ma canne, et en avant. Sur l'allée, en longeant la pelouse, j'ai remarqué des taches blanches qui n'étaient pas là hier. Je me suis approchée : des ronds de rosés. J'en ai coupé un pour être sûre, je l'ai retourné, les lamelles étaient d'un beau rose frais. Toute contente, j'en ai ramassé de quoi remplir mes deux poches d'anorak, ça me ferait mon dîner de ce soir, avec un œuf battu en omelette. Plus loin, une fois passées les barrières blanches, j'ai vu qu'il y en avait plein dans le pré. Le problème est que, dans le pré, il y avait aussi plein de vaches… Sans compter les fils de fer barbelés entre lesquels il faudrait arriver à se faufiler sans accrocher ses vêtements ni s'écorcher. Je ne sais pas si Angèle craint les vaches ? Peut-être pas, c'est une vraie fille de la campagne, pas comme moi.

J'ai lavé les champignons dans l'évier, et j'ai coupé les plus gros en lamelles. Certains devaient être un peu vieux, les lamelles avaient viré au brun. J'espère qu'ils sont bons quand même… Il ne manquerait plus que je m'empoisonne, il paraît que ça arrive tous les ans, des accidents de champignons. Mais je crois que c'est surtout avec ceux qui poussent dans les bois. Je sais qu'il existe une espèce de faux rosés-des-prés, mais ceux-là, on n'en meurt pas. En général, on en est quitte pour une bonne colique. Je mets tout dans la poêle avec un morceau de beurre, du sel et du persil surgelé. Au bout d'un moment, je trouve qu'il flotte une drôle d'odeur… J'approche mon nez de la poêle, où je vois avec une vague inquiétude quelques-uns de mes champignons prendre une couleur jaune pas bien appétissante. Je ne sais plus quoi faire. Je ne vais pas les jeter, tout de même ?

Je les ai mangés. Ils n'étaient pas mauvais, ils n'avaient juste pas grand goût et sentaient un peu la vieille serpillière mais avec mes œufs ça passait. J'espère que je serai toujours là demain, ce serait bête de partir comme ça.

Mardi 27 octobre

Aujourd'hui il est arrivé une chose incroyable : je suis sûre d'avoir revu mon cambrioleur, celui avec la casquette. Je rentrais de faire mes courses au supermarché à Lapalisse. J'étais sur la petite route habituelle, à l'endroit où, après le grand virage dangereux, on tourne à droite, près du garage. Et là, sur ma droite, je l'ai vu. Enfin, je crois. Ce n'était pas seulement la casquette, non, il lui ressemblait vraiment beaucoup. J'ai téléphoné à mes enfants, quand je leur ai dit ça ils se sont moqués de moi. Surtout que je leur avais raconté mon affaire de champignons jaunes, du coup ils m'ont dit que j'avais des hallucinations. Je me suis fâchée, j'avais eu le temps de le voir tout de même, ce bonhomme, quand il se promenait sur ma terrasse ! Mais bon, de toute façon, lui ou pas lui, que pouvais-je faire ? Il n'habitait sans doute pas là, il n'y a pas de maison à cet endroit. Il avait peut-être quelque chose à faire réparer sur sa camionnette ? En tout cas, cela voudrait dire qu'il vit dans le coin et ça, ça ne me plaît pas…

Jeudi 29 octobre

Novembre arrive et je n'aime pas le mois de novembre. C'est gris, c'est humide, il commence à faire froid et, entre le brouillard et la pâleur du soleil, on n'y voit plus rien. On entre dans la saison cotonneuse, celle qui fait s'endormir la nature et s'envoler les vieux. Dehors, la terre devient glissante, les flaques se creusent et se remplissent. Parce qu'il faut quand même sortir, on patauge dans la gadoue, la boue colle aux bottes et revient le petit bruit du racloir près du perron, puis le frottement des pieds sur le paillasson et l'odeur de caoutchouc fondu de la bouillotte. Ce matin, Angèle a préparé le feu dans la cheminée du bureau ; au-dessus d'une épaisse couche de *Figaro* chiffonnés, elle a disposé un fagot de brindilles et deux belles bûches. Ça commence à sentir l'hiver.

Dimanche 1er novembre

Je pensais qu'ils viendraient pour la Toussaint et finalement je vais être seule. Ce n'est pas grave. Je n'ai pas le culte des morts. Encore moins celui des cimetières. Depuis que René est parti, je ne suis jamais allée sur sa tombe. Si encore il reposait au petit cimetière de Bert, ce n'est qu'à deux kilomètres de la maison, et c'est si joli, ça me ferait une promenade. Mais ce gigantesque cimetière de Moulins, bétonné comme un quartier HLM, aux abords d'une ville où je ne mets presque jamais les pieds, je n'y vais jamais.

Je crois de toute façon que je ne saurais même pas retrouver la tombe. Elle doit être triste, personne ne vient la fleurir, peut-être la mousse a-t-elle commencé à envahir la pierre. René était le seul à entretenir le caveau de famille, alors évidemment… Pauvre René, lui qui allait si régulièrement s'y recueillir, je crains qu'il ne reçoive pas beaucoup de visiteurs. Moulins est une ville grise, presque aussi morte que son cimetière. On s'y arrête rarement, juste quelques fois, le temps d'un au revoir, pour déposer quelqu'un à la gare. Le plus souvent, on ne fait que passer. C'est lui qui tenait à être enterré là. Il est avec sa mère, et moi ça ne me dit rien d'aller rendre visite à ma belle-mère, elle m'en a assez fait baver de son vivant. Et même après, entre son dernier soupir et le cimetière, elle avait encore réussi à nous casser les pieds…

Ma belle-mère était morte à l'hôtel. Au matin, la petite femme de chambre qui lui apportait son thé l'avait trouvée sur son lit, encore tout habillée, un calepin à la main avec, inscrit au crayon, le numéro de téléphone de René. Elle n'avait pas eu le temps d'appeler. Ça avait été toute une affaire car la patronne de l'hôtel ne voulait pas que l'on sache qu'une cliente était venue mourir chez elle. Avec l'aide d'un ami, René avait dû la descendre par l'ascenseur de service, puis l'évacuer par une porte dérobée avant de l'asseoir dans la voiture et de la ramener à la maison, ce qui était strictement interdit. Elle lui en aura fait voir jusqu'au bout. Quelle idée d'avoir voulu être avec elle dans la tombe, comment peut-il reposer en paix ? Quand je pense qu'elle est enterrée avec une aiguille à coudre dans la fesse ! Elle se l'était malencontreusement enfoncée en s'asseyant sur un fauteuil où était posée sa boîte à couture, l'aiguille n'était jamais ressortie…

Je suis allée à la messe. Nine et Toinette étaient là avec leurs enfants et petits-enfants. J'ai aperçu Jacqueline à la communion mais elle s'est éclipsée avant le chant final, elle a toujours le feu au derrière. À la sortie, j'ai retrouvé Gilberte. Elle aussi était seule pour prier ses morts. Alors elle m'a invitée à déjeuner. Elle a ouvert une bouteille de vin blanc qu'on a bue à leur santé.

Lundi 2 novembre

Aujourd'hui, c'est le jour des Défunts. Ce matin je suis allée au supermarché pour acheter des oranges, il y avait des chrysanthèmes blancs et violets partout à l'entrée, tout près des caisses. J'ai horreur de ces fleurs. Ces gros pompons me donnent la chair de poule. Les gens font la queue avec dans les mains d'énormes bouquets de ces marguerites de la mort. C'est qu'ici ils vont tous au cimetière, même ceux qui n'entrent jamais dans une église. Ils ont le culte des morts, pas celui du bon Dieu.

J'ai une petite pensée pour René, j'espère qu'il ne m'en veut pas trop de ne jamais m'occuper de lui. Pour me faire pardonner, je prends mon sécateur et je vais couper une branche du buisson de rosiers, en face du massif d'hortensias. La tige porte deux fleurs, et elles sont blanches.

Deux pour le pardon, blanches pour la pureté de l'attachement.

Il paraît qu'autrefois, avant la Grande Guerre, c'étaient encore les roses qui fleurissaient les tombes.

Mardi 3 novembre

Hier soir, avant de dormir, j'ai écouté un moment la radio. Ils parlaient des nouveaux rituels autour de la mort. Je pensais qu'ils allaient expliquer la fête de la Toussaint, eh bien pas du tout. Il n'y a plus que les curés qui en parlent, et peut-être les radios et les télévisions catholiques mais je ne sais pas les trouver.

J'apprends qu'aujourd'hui près de la moitié des gens ne veulent plus se faire enterrer à l'église. Je n'en reviens pas. Et puisqu'il n'y a plus d'Évangile, plus de prières et plus de curé, on déclame des poèmes, on raconte des souvenirs, et même des histoires drôles ! Mais le plus sidérant, c'est ce qui remplacerait les psaumes et les cantiques : du rock, du « rap », de la « pop ». Du gospel je comprendrais, des chants scouts passe encore, mais du rock ! Certains feraient venir des « didji », c'est apparemment comme ça que l'on nomme les nouveaux directeurs de chorale, pour passer toute sorte de musique barbare. Voilà ce qu'ils trouvent à nous raconter à la radio le jour des Morts. Mon pauvre René doit se retourner dans sa tombe. Il faut vraiment que j'écrive sur une feuille les chants et les musiques que je veux pour mon enterrement.

Il ne manquerait plus que ça, qu'ils fassent hurler Johnny Hallyday au cimetière !

La mort a bien changé… Quand je pense que dans ma jeunesse les gens portaient tous le deuil pendant des semaines ! À la mort de ma grand-mère, je devais avoir une dizaine d'années, j'avais été contrainte de respecter la tradition. On m'avait confectionné à la va-vite une robe affreuse, noire à pois blancs, grossièrement coupée dans un vêtement de ma grand-mère. J'avais dû la porter tous les jours à l'école pendant un temps qui m'avait paru très long, ça me rendait terriblement honteuse.

Aujourd'hui, c'est à peine si l'on s'habille encore de couleur sombre pour un enterrement. Que l'on y renonce les jours qui suivent, cela ne me choque pas, mais le jour de l'enterrement, à l'église, au cimetière, tout de même ! Ma fille est allée enterrer un collègue de travail il y a quelques semaines, eh bien elle m'a assuré que des messieurs étaient là, en pantalon jaune canari pour l'un et rouge cerise pour l'autre. Je suis sûre que c'était pour se rendre intéressants. Les gens ne savent plus quoi inventer pour se faire remarquer. Et cela ne choquait personne, pas même elle, que j'ai élevée. Eh bien, moi, j'ai quatre-vingt-dix ans et tout cela me choque.

C'est comme leur fête de Halloween. Maintenant, les enfants ne savent plus ce qu'est la Toussaint ni pourquoi ils sont en vacances et n'ont jamais classe le 1er novembre. Au lieu de prier pour les morts, ils enfilent des déguisements horribles qui font très peur et creusent des citrouilles dans lesquelles ils découpent des yeux et une bouche aux dents pointues, éclairés par une bougie qui se consume à l'intérieur. C'est affreux ! En orange et noir, un chapeau de sorcier sur la tête et une fourche à la main, les gamins s'amusent à terroriser les gens. Le diable a pris la place du bon Dieu. Bientôt, au lieu de chrysanthèmes, ils iront déposer des citrouilles sur les tombes.

Les Américains, je les aime bien, ils nous ont bien sauvés en débarquant en Normandie. Mais il y a vraiment des choses qu'ils auraient dû garder pour eux.

Mercredi 4 novembre

Ce matin la factrice a déposé sur la table une lettre d'Hélyette, la seule amie d'enfance que j'ai gardée. Depuis la mort de son mari, trois ans après celle de René, elle m'invite tous les ans à venir passer une ou deux semaines chez elle, du côté de Toulouse. Les premières années, j'aimais bien aller y adoucir un peu mon hiver. Le climat est moins rude qu'ici, il n'y a que rarement de la neige. Mes deux derniers séjours s'étaient moins bien passés. Non que nous nous soyons disputées, c'est plutôt que, plus ça va, et plus je m'ennuie avec elle. Elle devient triste, et la tristesse, à trop la fréquenter on finit par l'attraper. Et puis elle a des moments d'absence, elle oublie. Elle est un peu sourde, aussi, et moi ça me fatigue de forcer ma voix. Alors nous nous parlons moins. Peut-être aussi que, le temps passant, nous avons moins à nous dire.

Dans sa lettre, elle me demande quand je reviens.

Plus ça va et moins j'ai envie de bouger.

Pour aller là-bas, il faut prendre le train. Il faut faire un changement, c'est très compliqué, j'ai toujours peur de me tromper de quai, de monter dans le mauvais train ou de manquer la correspondance. Qu'est-ce que je ferais si je me retrouvais bloquée à Tours où je ne connais personne ? Puis, une fois arrivée, il y a encore un quart d'heure de voiture et je suis de moins en moins rassurée dans sa petite auto. La dernière fois, j'ai bien cru ma dernière heure arrivée quand elle a dépassé un camion qui n'en finissait pas.

Demain je répondrai à Hélyette. Je lui dirai que je n'ai plus le courage de prendre le train.

Il va falloir que je soigne bien ma lettre, je ne voudrais pas lui faire de peine. Je ferai d'abord un brouillon, comme chaque fois que j'ai une lettre un peu délicate à écrire. C'est toujours délicat, quand on a pris des habitudes, d'y mettre fin. Ne plus aller chez Hélyette, c'est peut-être ne plus jamais la revoir. Et si elle pensait cela, que je ne veux plus la voir ? Finalement, je ne sais pas ce qui m'ennuie le plus, lui faire de la peine ou chercher les mots pour ne pas la blesser.

Je crois qu'avec l'âge je deviens de plus en plus égoïste. Je ne prends plus le temps de m'arrêter sur les peines de ceux qui ne sont pas moi. Peut-être parce que, du temps, il m'en reste si peu. Je me rends compte que beaucoup de choses me deviennent indifférentes. On dirait qu'à mesure que la vie se rétrécit le cœur se dessèche. Comme le reste, les sentiments s'usent. La colère se tempère, l'affection s'assoupit, la compassion s'étiole. Le bruit du monde ne nous parvient plus que de très loin, vague écho d'une vie qui ne nous concerne plus. Les chagrins des autres se diluent dans les brumes de plus en plus épaisses de nos existences fragiles, ils nous atteignent moins. Les gens meurent, souffrent, pleurent, et nous, on ne pense qu'à se sauver. On ne veut pas se voir dans le miroir de la vieillesse que nous renvoient les autres, ceux qui n'ont pas notre chance. Alors on détourne le regard et on poursuit notre petite existence en s'efforçant d'oublier que, nous aussi, on arrive à la toute fin.

Jeudi 5 novembre

Cette nuit, je me suis beaucoup amusée. Je ne sais pas trop quelle heure il pouvait être, je m'étais endormie, puis réveillée et comme souvent je n'arrivais pas à me rendormir. Comme je n'avais pas envie d'ouvrir les yeux, j'ai choisi la radio plutôt que la télévision. Le matin, en m'habillant, j'avais écouté l'émission d'histoire du bouton numéro 5, puis j'avais éteint et le poste était resté programmé sur le 5. Et ce qu'on y racontait était si intéressant que j'ai dû lutter contre le sommeil qui, chaque fois que je tombe sur une chose qui me plaît, m'empêche de la regarder ou de l'écouter jusqu'au bout. J'ai quand même dû en manquer des morceaux, parce que je n'ai pas tout compris... C'était sur la Grèce. Un historien parlait d'une pièce d'Aristophane intitulée *Lysistrata*. Eh bien, je vous assure qu'il y avait là de quoi maintenir n'importe quelle vieille dame usée tout à fait réveillée. Au moment où j'ai allumé le poste, ils étaient en train de raconter comment, pour mettre fin à la guerre du Péloponnèse, les femmes emmenées par cette Lysistrata avaient décrété une « grève du sexe » ! En gros, il s'agissait pour elles de séduire leurs maris sans jamais leur céder. Ils voulaient faire l'amour ? Eh bien, qu'ils fassent d'abord la paix ! Quand on y pense, ce n'était pas si bête. Chacune devait prêter un serment dont je n'ai retenu que quelques bribes : « Nul n'a le droit, qu'il soit amant ou mari, de s'approcher de moi en bandant. » Eh bien… « Et si jamais il me prend de force, je me plierai en rouspétant (ou quelque chose comme ça), je ne lèverai pas mes mules au plafond, je ne prendrai pas la position de la lionne sur une râpe à fromage. » Dieu du ciel ! Qu'était-ce donc que cela ? La position de la lionne sur une râpe à fromage… ? Étais-je bien sur mon poste 5 ? À plusieurs reprises et très sérieusement, ils ont cité à nouveau cette râpe à fromage, l'associant, comme une évidence, à l'amour. J'avais vraiment dû manquer un bout d'émission. Je sais bien que je ne suis sans doute plus très au fait des choses du sexe, mais je peine à imaginer ce qu'il y a de coquin dans ce banal outil de cuisine. Ils ont passé des extraits de cette drôle de pièce et, respectant la tradition de la Grèce antique, les rôles féminins étaient tenus par des hommes. Aussi mon cerveau, un peu embrumé par les vapeurs du sommeil, a-t-il mis un temps à comprendre que le monsieur exhortant les femmes à la révolte était cette dame Lysistrata. « C'est d'autant plus féminin que c'est dit par un homme », avait commenté l'historien qui semblait pourtant bien connaître son affaire. S'il ne s'était agi d'une comédie grecque, je dirais que j'en ai perdu mon latin. Quoi qu'il en soit, désormais, et même si son érotisme m'échappe, je ne regarderai plus ma râpe à fromage de la même manière…

Vendredi 6 novembre

Cela fait plusieurs jours que la Marcelle ne vient plus sonner à ma porte, que je continue de laisser verrouillée toute la journée, au cas où. Je finis par m'inquiéter. Ce matin, je suis allée trouver Fernand qui binait son carré de potager. Il m'a expliqué que maintenant, chaque fois qu'il sortait de la maison il donnait un tour de clé. C'était la seule solution qu'il avait trouvée pour qu'elle ne vienne plus m'embêter en me réclamant du sucre. Mon Dieu, tout de même, la Marcelle enfermée… Comment comprend-elle tout cela ?

Samedi 7 novembre

Vers une heure et demie je prenais tranquillement mon café dans le bureau, je savourais le rayon de soleil qui chauffait mon fauteuil, quand j'ai entendu une voiture qui approchait, puis semblait bien s'être arrêtée devant ma maison.

La factrice ? Elle était déjà passée. Une portière qui claque, puis une autre, et une autre encore, des voix mêlées et… des aboiements. Mon Dieu. Ma fille, son mari, ses fils, son chien… Je les avais complètement oubliés. Je suis sortie sur le perron et, piteusement, je leur ai avoué que je ne me rappelais plus qu'ils devaient venir passer le week-end. Ma fille a baissé les bras en signe d'impuissance, « je te l'avais pourtant bien dit, tu devais le noter… ». Eh oui. Mais ça aussi, le temps de raccrocher le téléphone, j'avais déjà oublié. « Tu oublies de plus en plus… »

Je ne sais pas si j'oublie de plus en plus, j'ai toujours eu un peu la tête ailleurs. Peut-être, simplement, ma mémoire devient-elle de plus en plus sélective, qu'elle ne garde que l'essentiel. Mais qu'est-ce que l'essentiel si deux jours avec ma fille et mes petits-fils ne le sont plus ?

Ma fille veut m'acheter un gros calendrier à accrocher dans ma cuisine, où je puisse noter les arrivées, les départs, les invitations, les visites, les anniversaires… Il paraît qu'en Amérique ils ont tous ça, même les jeunes. Est-ce qu'elle dit ça pour me rassurer ? Me prouver que je ne suis pas gâteuse ?

Il y a pourtant plein de choses que je n'oublie jamais. Les définitions de monsieur Laclos, les mots qui font beaucoup de points au Scrabble, les symboles chimiques, les règles de bridge, même les plus récentes, et d'autres jeux comme le mah-jong ou la canasta, les recettes de cuisine, et surtout des pages entières apprises à l'école, des poésies, des extraits de pièces de théâtre et des chansons que me chantaient ma mère et ma grand-mère…

Souvent, pour entretenir ma mémoire, ou pour m'aider à m'endormir, je me récite des vers de Corneille :

Ô rage ! ô désespoir ! ô vieillesse ennemie !
N'ai-je donc tant vécu que pour cette infamie ?
Et ne suis-je blanchi dans les travaux guerriers
Que pour voir en un jour flétrir tant de lauriers ?

Dieu que c'est beau… Pourquoi n'apprennent-ils plus cela à l'école aujourd'hui ? De quel plaisir les prive-t-on ? Que se réciteront-ils quand ils seront vieux ? Savent-ils seulement qui est Corneille, ont-ils lu *Le Cid* ? À douze ans je tremblais pour Chimène, mon cœur battait pour Rodrigue, « Rodrigue, as-tu du cœur ? », j'éprouvais leurs déchirures, j'étais en larmes quand je répétais leurs longs monologues dans lesquels s'affrontent l'amour et l'honneur, jusqu'à la mort… « Tu t'es, en m'offensant, montré digne de moi ; Je me dois, par ta mort, montrer digne de toi. » « Mourant sans déshonneur, je mourrai sans regret »…

Ou de Racine :

C'est peu de t'avoir fui, cruel, je t'ai chassé.
J'ai voulu te paraître odieuse, inhumaine,
Pour mieux te résister, j'ai recherché ta haine.
De quoi m'ont profité mes inutiles soins ?
Tu me haïssais plus, je ne t'aimais pas moins.

Phèdre… J'en ai les larmes aux yeux…

J'ai aussi en réserve des restes de déclinaisons latines. *Dominus, domine, dominum, domini, domino, domino*. Ou encore *Puer, puer, puerum, pueri, puero, puero*… Et, bien sûr, la *Tirade du nez*.

Descriptif : C'est un roc ! C'est un pic ! c'est un cap !
Que dis-je, c'est un cap ? C'est une péninsule !
Curieux : De quoi sert cette oblongue capsule ?
D'écritoire, Monsieur, ou de boîte à ciseaux ?
Gracieux : Aimez-vous à ce point les oiseaux
Que paternellement vous vous préoccupâtes
De tendre ce perchoir à leurs petites pattes ?
Truculent : Ça, Monsieur, lorsque vous pétunez,
La vapeur du tabac vous sort-elle du nez
Sans qu'un voisin ne crie au feu de cheminée ?

J'étais allée voir deux fois *Cyrano* au Français. La première fois, je n'avais pas quinze ans. La seconde, j'étais mariée et mère de famille. J'étais tombée amoureuse de Jean Piat. Ça au moins, mes petits-fils l'ont étudié et ils ont appris et récité la fameuse tirade. Tout n'est pas perdu…

Dimanche 8 novembre

Ce matin, mon gendre m'a gentiment emmenée à l'église pendant que ma fille et mes petits-enfants dormaient encore. J'espère qu'elle n'aura pas oublié de mettre à cuire la pintade que j'ai sortie hier soir du congélateur. Nous avons aperçu Toinette et Gilberte mais nous n'avons pas fait la sortie de messe, nous avons filé bien vite pour aller chercher du pain avant que ça ferme. Dans la voiture, nous avons papoté. J'aime bien discuter avec mon gendre. Il est posé, plein de bon sens, et il connaît pas mal de choses dans beaucoup de domaines.

L'après-midi, mon petit-fils avait un devoir à préparer sur la Seconde Guerre mondiale. Il m'a posé tout un tas de questions, sidéré que j'aie pu vivre cette époque appartenant à son livre d'histoire. Dommage que son grand-père ne soit plus là, il aurait pu lui en raconter, lui. Il avait même tenu ce qu'il avait appelé son « journal de guerre », une guerre qui, pour lui, n'avait duré que quinze jours, très vite son régiment avait dû battre en retraite… Puis il avait vécu en zone libre, relativement tranquille finalement.

Pour moi, la guerre avait été synonyme de coupure. J'avais perdu la plupart de mes amies de pension dont beaucoup avaient quitté Paris en quarante, fuyant les Allemands, et n'étaient pas revenues. Je ne les retrouverais jamais. Peu de temps après la guerre, mes parents m'avaient inscrite au cours de madame Ketterer, une école de secrétariat pour jeunes filles de bonne famille. Puis j'avais rencontré René que j'avais épousé. J'avais vingt-quatre ans. Quelques mois après notre mariage mon gentil beau-père était mort d'une crise cardiaque et nous étions partis vivre ici, une vie à laquelle j'étais bien mal préparée. Je n'étais pas campagnarde pour deux sous, j'avais peur de tout, je m'ennuyais, je n'aimais pas ma belle-mère et la cohabitation était difficile. J'ai cru que je ne m'y ferais jamais. Les gens d'ici étaient si différents de ceux que je fréquentais à Paris. Quitter Paris, quitter ma famille, pour cette campagne isolée avait représenté une rupture très douloureuse. Les premiers temps, trois ou quatre fois par an, je retournais faire des séjours chez mes parents, profiter de Paris, revoir mes amis des années d'Occupation. Puis, peu à peu, l'éloignement aidant, la blessure avait cicatrisé.

Le confort était assez rudimentaire. Pour nous laver, nous n'avions qu'une salle d'eau avec un robinet d'eau froide, un broc et une cuvette en faïence posée sur une petite table. Pour avoir de l'eau chaude, nous devions descendre à la cuisine et faire chauffer une casserole sur le fourneau qu'on alimentait avec le charbon de la mine de Bert. Ma belle-mère, elle, avait une salle de bains avec une baignoire et un chauffe-eau qu'on démarrait avec une allumette. Elle nous accordait généreusement un bain par mois. Nous n'avions pas encore l'eau de la ville, à l'époque elle nous arrivait d'une source qui coulait en bas du pré aux vaches. Elle était acheminée par une canalisation qui alimentait un grand réservoir au grenier, d'où partait tout un système de tuyauterie amenant l'eau jusqu'aux robinets. L'hiver, la canalisation gelait et nous n'avions plus d'eau. Alors nous allions en tirer au puits de la ferme, dont nous faisions des réserves dans l'attente du redoux. Pendant des années, nous avons bu l'eau de ce puits avant d'apprendre qu'elle n'était pas potable...

Ma belle-mère ne faisait pas grand-chose de ses dix doigts. Jusqu'à ses dix-huit ans elle avait coulé avec ses parents une existence facile à Hong Kong, avec serviteurs et cuisiniers. Elle était restée une petite fille gâtée et capricieuse. Elle passait ses journées à faire d'affreux gilets au crochet et à boire des litres de thé de Chine dans des bols de cuivre, blottie dans sa chambre, enveloppée dans ses châles, près du poêle à bois sur lequel elle faisait chauffer sa bouilloire. Le soir, au coucher, elle se tartinait la figure de beurre. Elle m'encourageait à faire de même, j'éviterais ainsi les rides. Et c'est vrai qu'elle a gardé jusqu'à sa mort un visage jauni mais lisse comme une motte de beurre. Quand on l'embrassait, ça sentait le rance.

Au bout de huit mois de mariage, je n'attendais toujours pas. Ma mère, désespérée, allait chaque jour à l'église Saint-François-de-Sales, mettre un cierge à la Sainte Vierge pour qu'elle me donne un enfant. Elle a été exaucée, un an plus tard j'étais maman d'un petit garçon. J'ai accouché de mon fils dans notre chambre. René avait été prié de rester dehors pendant que j'attendais, sur mon lit, ce bébé qui ne venait pas, sous les regards las d'une sage-femme qui ne servait à rien et de ma belle-mère qui soupirait, « Allons ma petite fille, faites donc un effort... ».

Ma mère était arrivée le lendemain de Paris. Après son départ, je m'étais sentie très seule avec mon bébé. Je ne connaissais personne, je n'avais pas encore de véritables amies. Trois jours par semaine, René partait au petit matin sur sa bicyclette pour se rendre à son bureau, une petite pièce que lui louait une dame à Lapalisse tout près de la route nationale, et ne rentrait que tard le soir.

Dans la journée, ma seule compagnie était mon petit garçon. Quand il a eu cinq ans, j'ai décidé, pour m'occuper, de lui apprendre à lire. C'est à ce moment là que j'ai acheté la *Méthode Boscher* que, des années plus tard, je ressortirais pour sa sœur. Chaque matin, après le petit déjeuner, nous nous installions à la table de notre chambre, près du poêle. Si je garde de bons souvenirs de ces séances avec ma fille, avec lui elles se terminaient toujours mal : il n'y avait rien à faire, cet enfant n'arrivait pas à comprendre que B et A faisaient BA. Je m'arrachais les cheveux. Comment pouvait-on entendre B puis A, bbbb... a, et ne pas lier les deux sons pour faire ba ? Je finissais par me fâcher et lui par pleurer. C'était généralement là que ma belle-mère déboulait dans la chambre, « alertée par les cris de ce pauvre enfant ». J'étais à deux doigts de fondre en larmes moi aussi, de rage. Elle finirait bien par me rendre folle. Elle avait d'ailleurs le chic pour entrer dans la chambre quand il ne fallait pas. Elle frappait à la porte, puis, sans attendre qu'on l'y invite, elle entrait. Peu lui importait que je sois nue, que nous soyons couchés. Combien de fois avait-elle ainsi interrompu un moment d'intimité entre René et moi... Je rêvais d'un verrou. Ses irruptions dans notre vie privée, ses comédies incessantes, ses caprices et ses crises finissaient par nous rendre la vie impossible, installant une tension dans notre couple. Elle boudait, aussi. Elle avait la manie de semer des petits mots partout dans la maison, avec de la ficelle elle suspendait des écriteaux aux poignées de porte, ordonnant, admonestant interdisant : « Ne me déranger sous aucun prétexte », « Prière de FERMER la porte ! », « Bain interdit ! », « Ne pas utiliser le fourneau aujourd'hui ». Lorsqu'elle était de mauvaise humeur, il lui arrivait de s'enfermer à clé dans sa chambre. René tambourinait à la porte, elle ne voulait rien savoir. Ils se chamaillaient tout le temps, ça criait beaucoup dans la maison. Moi qui avais grandi dans un foyer calme, où jamais mes parents n'élevaient la voix, j'avais l'impression de vivre chez les fous.

Mon fils aussi faisait des colères, il était capable de hurler pendant une heure. Au bout d'un moment, ses cris me tapaient sur les nerfs. Alors je le prenais d'une main ferme et l'emmenais jusqu'au potager. Là, je le laissais près du fil à linge en lui disant : « Quand tu auras fini de pleurer tu pourras revenir. » Et je repartais à mes casseroles ou à mon tricot, hors de moi, pendant qu'il continuait à hurler. Un quart d'heure après, je le voyais arriver. Il ne pleurait plus. Les joues rouges et mouillées, le nez coulant, il m'annonçait : « J'ai fini. » Alors je me sentais horriblement coupable et je le serrais très fort dans mes bras.

À six ans, il savait enfin à peu près lire et nous avions opté pour l'école à domicile. Cela évitait les trajets et moi, ça me faisait une occupation. Je l'avais inscrit au Cours Hattemer. Chaque matin, après le petit déjeuner et la toilette, je lui faisais la classe. Nous lisions, nous écrivions, nous comptions. En dixième il avait fallu intégrer des leçons de sciences naturelles, d'histoire et de géographie. L'après-midi, je le laissais jouer avec ses petites voitures. Il traçait des routes dans les graviers, creusant jusqu'à atteindre la terre au désespoir de ma belle-mère qui ne supportait pas de voir sa cour « massacrée ». Nous lui avions acheté un petit râteau. Quand arrivait l'heure du dîner, avec application, retenant ses larmes, il entassait voitures, bétonnière et autres camions dans un grand seau et s'appliquait à détruire ce qu'il avait construit.

À partir de la sixième, il est allé au collège Saint-Dominique à Vichy. Il se levait à l'aube, René l'emmenait à Lapalisse d'où il prenait le car scolaire. Il ne rentrait que tard dans l'après-midi avec son père. Alors mes journées se sont mises à ralentir. Je m'ennuyais. Pour m'évader, je lisais. Je dévorais la série des *Angélique*. J'étais amoureuse de Joffrey de Peyrac. Je me réinventais une vie tumultueuse, je me rêvais en marquise des Anges, prisonnière des pirates, vendue au grand vizir… Hélas, René n'avait rien d'un Rescator. Pour tout navire il n'avait qu'une vieille Citroën cabossée qui battait, en guise de pavillon, une abeille jaune sur fond noir, effigie de la compagnie qui l'employait, et le théâtre de ses aventures se limitait aux fermes des environs.

Quand je pense que tout cela remonte à près de soixante ans, j'ai le vertige et la tête me tourne. Certains souvenirs peinent à revenir, je n'arrive plus à retrouver les traits de visages autrefois si proches, même ceux de mes parents tendent à se dissoudre, leurs voix s'effacent. Ma jeunesse se brouille, les couleurs pâlissent, mon passé est une aquarelle qui aurait pris l'eau. Alors un nom m'échappe, un souvenir se brise, une date, un âge… C'est dans ces moments-là que les années me pèsent le plus. Que mes parents, un oncle, une tante, une cousine, une amie d'autrefois, me manquent. Je n'ai plus personne. Personne à qui me faire confirmer une image, un prénom, une parole, un lieu… Personne à qui dire : « Tu te souviens ? » Je suis seule avec ma mémoire fragile, mes photos jaunies. Seule avec mon oubli.

Lundi 9 novembre

Il faut que je me ressaisisse, ce petit moment de cafard hier soir, ce retour dans un passé pas très rose mais où je n'étais encore qu'au tiers de ma vie, ces années orageuses précédant l'éclaircie de la vie heureuse qui allait suivre, ce n'est pas bon du tout. Je devrais sortir un peu plus de chez moi, reprendre ma voiture, ne pas laisser la grisaille de novembre s'emparer de ma tête. À nos âges, le gris dans la tête peut être fatal. Tous les médecins le disent : ceux qui vivent plus longtemps et en meilleur état, ce sont ceux qui voient la vie en rose. Je ne sais pas si j'ai envie de vivre indéfiniment, mais j'aimerais rester en bon état jusqu'à la fin.

Je devrais aller à Vichy. J'aime beaucoup Vichy. C'est gai, il y a un petit côté station balnéaire, les rues sont animées, et il y a de très bons salons de thé remplis de vieilles dames, où l'on peut manger de délicieux gâteaux dans une atmosphère désuète. Quand on se promène dans les rues, on ne pense pas à la guerre et à ses horreurs, les esprits de Laval et de Pétain ne hantent pas le quartier des parcs où la plupart des palaces ont aujourd'hui disparu. La ville est restée bloquée dans un passé bien plus ancien où l'on respire encore le parfum de Madame de Sévigné. Mais Vichy, c'est surtout Napoléon III, la Belle Époque et les années trente. Dans la galerie des Sources on s'attend presque à croiser des élégantes en robe longue, leur gobelet à la main, qui viennent prendre les eaux.

Il y a de quoi s'occuper à Vichy, il y a le casino, l'opéra Art nouveau, quelques musées, une médiathèque et même un observatoire des poissons migrateurs ! J'avoue qu'aller regarder des bancs de saumons à travers une vitre ne m'a jamais passionnée, mais il faut croire qu'il y a des amateurs. En revanche, l'été, j'aime bien aller déjeuner dans une des guinguettes des bords de l'Allier, près de la plage de sable fin et des pédalos. Vichy est une ville douce et sucrée, ça sent le bonbon partout. Je crois que je ne connais pas de ville où il y ait autant de confiseries ! L'une d'elles, « Les Marocains », est même classée Monument historique.

J'ai beaucoup aimé les quelques années que nous avons passées à Vichy. Nous y avions emménagé pour la rentrée de notre fille en onzième et nous y étions restés jusqu'à ce qu'elle parte à Paris pour ses études. Nous avions trouvé un petit appartement qui donnait sur le lac d'Allier et René y avait installé son bureau. L'hiver, sa mère avait trouvé le moyen de se rapprocher de nous en passant le mois le plus rude à Vichy. Nous n'avions heureusement pas de quoi l'héberger. Elle prenait une chambre au Lugdunum, un petit hôtel du centre-ville. C'est durant l'un de ces hivers que le bon Dieu avait repris ma belle-mère. Que, du coup, on l'avait couchée dans mon lit avant de l'enterrer avec son aiguille dans la fesse, ce qui ne m'avait guère emballée.

Si aujourd'hui je profite peu des cinémas et de l'opéra, j'aime beaucoup les conférences. Chaque mois, un écrivain vient à Vichy. L'année dernière, à peu près à cette époque-ci, avec Toinette nous étions allées à une causerie de notre amoureux commun, Jean d'Ormesson. Ça avait été toute une affaire, il avait fallu réserver des semaines à l'avance. Toinette était excitée comme une puce. Comme elle est assez culottée, il y a quelques années elle lui avait écrit une lettre, à laquelle il avait répondu. Alors elle lui en avait écrit une autre, puis une autre… Et là, à l'idée de le rencontrer en vrai, elle ne tenait plus en place. Le jour J, elle s'était mise sur son trente-et-un. Je ne risquais pas de lui voler la vedette, j'avais mal dormi, j'avais les traits tirés et, n'ayant pas eu le courage d'aller chez le coiffeur, j'avais mes cheveux plats. Nous avions décidé de faire voiture commune et d'arriver une bonne heure à l'avance pour être bien placées. Quand nous nous étions présentées à l'entrée, il y avait déjà une longue file d'attente. Tout était très organisé : nous montrions nos billets, puis nous passions devant une table sur laquelle étaient disposées des piles de livres que nous n'avions plus qu'à acheter, la caisse étant juste à côté. Lorsque l'invité est arrivé en traversant la salle, svelte et aérien comme un jeune homme, nous avons frôlé l'émeute. L'assistance était en majorité composée de vieilles bonnes femmes comme nous, et chacune semblait prête à écraser l'autre pour capter le regard bleu. À la fin, nous avions dû refaire la queue, cette fois pour faire dédicacer nos livres. Toinette piaffait. Je crois qu'elle avait préparé un petit discours pour se présenter et lui rappeler leur correspondance enflammée. Elle en a été pour ses frais, l'intimité n'était pas de mise. Comme à la Maison de santé de Lapalisse, nous attendions notre tour bien sagement derrière un trait tracé au sol. Un assistant servait d'intermédiaire. Après s'être enquis de notre nom, il prenait le livre qu'il ouvrait à la bonne page et allait poser devant l'écrivain. Lequel griffonnait quelques mots puis rendait le livre avec un merci souriant et un peu usé. Pauvre Toinette…

J'ai regardé le programme que je reçois chaque mois. En septembre, j'avais raté Jean-Marie Rouart. Le prochain invité, un vieux barbon prétentieux, ne m'intéressait pas. Tant pis. Tout compte fait, je suis aussi bien chez moi au coin du feu, dans le crapaud bleu, avec ma tasse de thé et mon sablé breton.

Mardi 10 novembre

J'ai passé une journée tranquille. Après le déjeuner, je me suis promenée sur l'allée, puis vers quatre heures je me suis fait une tasse de thé que j'ai bue dans le bureau où j'ai allumé une flambée. J'ai terminé mon mot croisé du week-end et j'ai fait quelques patiences, remettant régulièrement une grosse bûche dans la cheminée. Il va falloir que je pense à demander à mon jardinier de me remplir le coffre de l'entrée, il n'y a presque plus de bois, je vais me retrouver bientôt en panne.

La nuit était tombée depuis un moment déjà quand on a sonné à la porte. J'ai ouvert la fenêtre et j'ai demandé qui était là. « Les chasseurs, madame Jeanne ! On a quelque chose pour vous ! » Allons bon, les chasseurs… Je les connais à peine, c'est mon fils qui s'occupe de louer la chasse et leur offre un verre de temps en temps. Je leur ouvre et les fais entrer dans le vestibule. Ils sont trois, habillés en kaki, leur fusil à l'épaule. Ils retirent leur casquette pour me saluer et me tendent un énorme sac en plastique : « C'est pour vous ! Cadeau ! Vous verrez, c'est fameux ! » Je jette un œil timide à l'intérieur du sac, ça a l'air très lourd, très gros, qu'est-ce que c'est ? « Un cuissot, madame Jeanne, un bon cuissot de sanglier ! » Mon Dieu… « On vous l'amène jusque dans la cuisine ? » Volontiers, je ne me vois pas porter ça… Ils déposent le sac à côté de l'évier, je les remercie avec toute la chaleur dont je suis capable, leur propose un verre qu'ils refusent poliment, puis ils remettent leur casquette et repartent dans la nuit froide. Je retourne dans la cuisine, bien embêtée. Si je m'attendais à ça… Je sors ma grande planche à découper, la pose sur la table, j'ai un mal fou à soulever le sac dont je parviens quand même à vider le contenu sur le bois. J'ai un haut-le-cœur. C'est une cuisse, une énorme cuisse toute poilue et sanguinolente avec, au bout, un pied et trois gros ongles noirs. La tête me tourne, je m'assois et essaie de réfléchir. Qu'est-ce que je vais faire de cette horreur ?

J'appelle la petite Angèle, son mari est chasseur, elle doit savoir. Elle me dit de ne rien faire ce soir. Juste, peut-être, poser un linge ou quelque chose dessus pour la nuit. Et, demain, elle s'occupera de tout. Avec son mari, ils ont prévu de se rendre à Bert tôt demain matin pour la cérémonie au monument aux morts. Ils feront un petit crochet en partant et passeront récupérer mon cuissot. Elle le cuisinera et me le rapportera tout prêt à être dégusté. J'exige qu'elle en prenne sa part, pour elle et son mari. Je ne vais quand même pas manger tout ça toute seule, en plus je ne suis pas du tout certaine d'aimer le sanglier… Je pense que ça va finir découpé en morceaux dans mon congélateur, il va falloir faire de la place.

Au bureau, le feu est presque mort. Ça ne vaut pas le coup de le ranimer, il est tard, je suis fatiguée. Quant à dîner à côté de ce morceau de cochon, plutôt mourir. Et comme qui dort dîne, je mets le pare-feu, ferme les volets intérieurs, éteins les lumières, verrouille la porte d'entrée et monte me coucher.

Mercredi 11 novembre

Aujourd'hui, c'est l'Armistice, le jour du Souvenir. Quand j'étais enfant, ce jour-là n'était pas un jour comme les autres. Nous n'avions pas école. Le matin tôt, mon père venait me chercher à la pension. À la maison, mon petit frère était déjà prêt. Ma mère m'attendait, elle avait préparé une jupe et un chemisier fraîchement repassés. Puis mon père accrochait, selon ce qu'il avait pu trouver, une fleur de coquelicot ou de bleuet dans mes cheveux et une autre à la boutonnière du blazer bleu marine de mon frère. Et nous partions pour l'Arc de triomphe où se déroulait la cérémonie de commémoration. En ce temps-là, nous n'avions pas de poste de télévision, il fallait se déplacer pour assister aux défilés et entendre les discours. Pendant l'Occupation, nous n'avions plus le droit de commémorer la défaite de l'Allemagne. Alors nous nous souvenions chez nous, mon père sortait un drapeau et nous faisions une minute de silence dans le salon. Puis mon père égrenait les noms de ses camarades tués dans les tranchées.

Aujourd'hui, je regarde les cérémonies à la télévision. La fanfare et les roulements de tambour me ramènent loin en arrière. Je me revois sur les Champs-Élysées, ma main dans celle de mon père, aux accents de *Sambre et Meuse* et d'*En passant par la Lorraine*.

Au début de la guerre, mon père, bon cavalier, avait intégré le régiment des dragons. Dans les albums de l'époque, il a fière allure sur son cheval. Puis il avait demandé à changer de corps pour s'engager dans les chasseurs alpins. Il voulait être au plus près des combats. Il a eu la croix de guerre et j'ai toujours conservé, je ne sais plus bien où, le petit papier qui atteste de sa bonne conduite, un peu comme un bulletin scolaire sauf que c'est un bulletin de guerre.

Quand il s'agissait de défendre son pays, mon père ne tremblait pas. Il était prêt à mourir pour la France. Ce n'est qu'à la toute fin de sa vie qu'il est devenu frêle et fragile. Le pas chancelant, la voix hésitante et le regard perdu, il a achevé son existence en tremblant mais ce n'était pas de peur. Il est parti deux ans après ma mère, vaincu par la maladie de Parkinson.

Jeudi 12 novembre

Parfois, quand j'éteins le soir, j'y pense. Je me dis que je ne me réveillerai peut-être pas. Que le jour se lèvera sans moi. Je crois que j'aimerais partir comme ça, dans mon sommeil, au milieu d'un rêve. Alors bien sûr on ne me trouverait pas tout de suite. Ou alors il faudrait que ce soit un mercredi soir, la petite Angèle s'étonnerait que je ne descende pas lui ouvrir. Ou alors un dimanche, Gilberte serait surprise de ne pas me voir à la messe, elle essaierait de me téléphoner, finirait par s'inquiéter.

Vendredi 13 novembre

Ce matin, avec mon *Figaro*, j'ai reçu un courrier de l'Abbé Pierre. Je donne tous les ans un petit quelque chose à des associations, des fondations, pour les malheureux, la recherche, contre la faim… J'ai aussi des filleuls à l'autre bout du monde, que je ne connaîtrai jamais. Grâce à moi, m'écrivent-ils, ils vont à l'école, poursuivent des études. Ça me fait plaisir, je me sens encore un peu utile. On entend tellement dire que nous les vieux ne servons à rien, que nous sommes une charge pour la société. Alors j'allège comme je le peux le poids que je représente. Je fais travailler deux ou trois personnes, la petite Angèle, mon jardinier… Le docteur, pas beaucoup, je suis en trop bonne santé, mais il n'a pas besoin de moi pour gagner sa vie. Le dentiste non plus, j'ai toujours toutes mes dents et elles ne me causent que rarement du souci. Pendant longtemps, j'allais chaque semaine visiter les pensionnaires de l'hospice du Donjon mais j'ai arrêté, aujourd'hui ils sont tous plus jeunes que moi… Alors si je peux aider ceux qui se donnent du mal pour les autres, je le fais. Avec le temps, je dépense de moins en moins mon argent, je n'ai pas de gros besoins, je ne fais plus de grands voyages et ne sors plus guère au restaurant, au cinéma ou au théâtre. Me nourrir ne me revient pas bien cher, beaucoup de légumes viennent du potager et je n'achète jamais de viande pour moi toute seule. Mes plus grosses dépenses, en dehors du nécessaire au supermarché, de la petite Angèle et du jardinier, ce sont les assurances, mon forfait de téléphone et le mazout pour le chauffage. Mon habillement ne me coûte plus grand-chose non plus, je pense que tout ce que j'ai devrait tenir jusqu'à ma fin, sauf peut-être mes bottes qui commencent à fatiguer et risquent d'avoir du mal à m'emmener jusqu'au bout. Donc va pour l'Abbé Pierre. Je renvoie le « bon de soutien d'urgence » avec un chèque, après avoir coché la case 100 euros. Enfin, chaque année, au mois de février, je glisse quelques billets dans l'enveloppe du curé pour le denier du culte. Là où je ne donne pas, c'est quand on me relance au téléphone. J'ai horreur de ça. Je trouve que ce n'est pas des façons de réclamer comme ça. Maintenant, je réponds que s'ils m'appellent encore une fois, je ne leur donnerai plus rien du tout.

Samedi 14 novembre

Quand je n'ai pas le courage d'aller jusqu'au Carrefour Market de Lapalisse, ou que je n'ai pas besoin de grand-chose, je vais chez la mère Bonot. Autrefois, c'était le père Bonot et il passait de maison en maison et de village en village avec son camion. Il était connu, le camion du père Bonot. On y trouvait de tout : du linge de maison, du fromage, du pain, de la viande, du fil à coudre, des ampoules, du savon, de la lessive, des fruits et des légumes… Quand on a eu une automobile suffisamment fiable pour aller faire les courses, il ne venait plus chez nous, ce n'était plus la peine, mais jusqu'à il y a quelques années il passait encore chez Fernand. Quand le père Bonot est mort, c'est sa femme qui a repris. Elle ne va plus trop chez les gens avec le camion, depuis que le Carrefour a ouvert il y a moins de demande. Mais elle continue de faire tous les marchés des villages. Et elle a le meilleur saint-nectaire du monde, crémeux, goûteux, fondant. Personne qui n'aille acheter son fromage ailleurs qu'à son camion ou à son épicerie. Parce que, quand elle n'est pas dans son camion, la mère Bonot tient une épicerie dans un village voisin, à Trézelles. Bien sûr c'est un peu plus cher qu'au supermarché mais c'est bien agréable. Elle nous connaît, on fait un brin de causette, on demande des nouvelles des uns et des autres, on y parle des vivants et des morts. Il y a un petit goût d'autrefois. Dans son épicerie, ça sent encore la campagne.

Dimanche 15 novembre

Ce collier qui sonne, c'est une belle arnaque. C'est Toinette qui m'a mis la puce à l'oreille tout à l'heure, à la sortie de la messe. Elle vient de s'offrir quelque chose de beaucoup mieux, qui marche avec son téléphone et à n'importe quelle distance. En rentrant, j'ai potassé le petit livret qui accompagnait mon outil de survie. Eh bien, ce fichu collier, au-delà de cent mètres de la « centrale » installée à l'intérieur de la maison, je ne sais même pas où d'ailleurs, il ne fonctionne plus ! Autant dire que si au lieu d'aller me promener sur l'allée je vais dans les bois, là où pas grand monde ne passe à part un ou deux chasseurs le week-end, et que je me fiche par terre, je pourrai toujours appuyer sur ce maudit bouton, personne ne m'entendra ! On me retrouvera des jours plus tard, morte de froid, de soif et de faim, et encore, si aucune bête n'a voulu de ma vieille carcasse.

Je pense qu'il va finir au fond d'un tiroir. C'est vraiment de l'argent jeté par les fenêtres.

Mon petit téléphone portable est plus utile, au moins il marche à peu près partout.

Lundi 16 novembre

C'est agaçant, depuis quelque temps, tout un tas de gens m'appellent au téléphone en ayant l'air de très bien me connaître, me demandant de les rappeler « très vite » ou « de toute urgence », alors que leurs noms ne me disent rien du tout. Parfois même, ils me tutoient comme si nous étions très liés. Qui sont tous ces gens et que me veulent-ils ? Tout à l'heure encore, j'ai eu un message d'un certain Pascal, très poli mais très insistant, me priant de le rappeler dans la demi-heure au sujet de mon assurance responsabilité civile. Depuis des années je n'ai qu'un seul assureur, c'est le fils d'un ami de René et il ne s'appelle pas du tout Pascal. De toute façon, c'est mon fils qui s'occupe de mes assurances, moi je n'y entends rien. C'est comme les impôts, cela fait bien longtemps que je ne m'embête plus avec toute cette paperasse, ce n'est plus de mon âge, je risquerais de faire des bêtises. Alors si ce Pascal a quelque chose de si important à me dire au sujet de mon assurance, il n'a qu'à appeler mon fils.

Les premières fois que j'ai eu ce genre de message, j'étais bien embêtée, c'était souvent des voix très jeunes, du coup je me creusais le crâne pour essayer de retrouver qui était Antoine ou Valérie, je passais en revue tous les prénoms de mes petits-enfants et arrière-petits-enfants, ça finissait par me rendre folle.

D'autres fois aussi, mon portable sonne deux coups, puis il s'arrête. Ou alors je réponds, et il n'y a personne au bout du fil. Je commence à en avoir assez de ce téléphone.

Mardi 17 novembre

J'ai mal dormi. C'est que ça m'a tracassée, cette affaire d'assurance. Et s'il y avait vraiment urgence ? Alors ce matin j'ai appelé mon fils. Je lui ai demandé s'il avait changé d'assureur, il m'a dit que non. Je lui ai demandé si un certain Pascal l'avait appelé pour la responsabilité civile, il m'a dit que non et qu'il ne connaissait pas de Pascal. Il m'a expliqué que tous ces messages n'avaient qu'un seul but, que l'on rappelle le numéro affiché. Et que tout ça, c'était des arnaques, des numéros « surtaxés », qu'il ne fallait jamais rappeler sinon ça pouvait coûter très cher.

C'est comme les messages écrits. Ma fille m'a appris à les lire sur le téléphone un jour où je lui montrais cette fichue petite enveloppe qui ne voulait plus partir, même quand j'avais écouté tous mes messages. Je me disais que j'en avais sauté un, mais j'avais beau faire et refaire un deux trois, la dame me disait « vous n'avez pas de nouveau message ». Ma fille m'a dit « ça, c'est parce que tu as reçu un SMS » et elle m'a expliqué. Encore une chose que je ne connaissais pas. Je ne savais pas que l'on pouvait s'écrire par téléphone… Moi, quand je veux écrire, je prends du papier à lettres et un stylo, pas mon téléphone. Mais bon, elle m'a montré comment les lire et on a découvert qu'il y en avait toute une tripotée en attente, dont certains, de mes petits-enfants, remontaient au mois de janvier de l'année passée ! « Bonne année bonne-maman ! Gros bisous, Léa. » Maintenant, je sais les lire mais je ne sais pas y répondre, c'est trop compliqué, par exemple il faut appuyer trois fois sur le cinq et deux fois sur le trois juste pour écrire « je » ! C'est infernal ! Et voilà qu'à présent, de cette manière-là aussi, je reçois des mots incompréhensibles qui m'invitent à rappeler un numéro, ou à taper un nombre de signes et de lettres invraisemblables et tout attachés, pour écouter un message ou voir un « MMS » que je ne sais qui m'aurait envoyé… Eh bien, là encore, il paraît que ce sont des arnaques ! Mon Dieu, à quoi rime tout cela ? Cette époque me fatigue, je n'y comprends rien. Si j'ai encore un peu ma tête, ils vont bien finir par me la faire perdre avec leurs histoires…

Mercredi 18 novembre

Aujourd'hui j'ai fait ma B.A., je suis allée voir Odette. Ce n'est pas que ça m'amuse, mais parfois il faut savoir faire des choses qui nous ennuient… Cela devait faire un an que je ne m'étais pas aventurée jusqu'à sa maison sur les hauteurs, au bout d'un chemin perdu. D'ailleurs, plus grand monde ne s'y aventure, les gens ont trop peur.

Odette a Alzheimer. Elle m'a tout de même reconnue, enfin je crois... Elle a répété « Jeanne... » avec un sourire. La dame qui s'occupe d'elle m'a installée dans le salon et servi un verre d'orangeade accompagné de biscuits un peu mous.

Je ne suis pas restée bien longtemps. Odette qui était si drôle est devenue tellement triste. Quand je lui parlais, elle avait l'air d'écouter, parfois elle hochait la tête en souriant. Au bout d'une demi-heure, je ne savais plus trop que lui dire, ni s'il était utile que je continue de lui dire quoi que ce soit. Petit à petit, je l'avais sentie s'échapper. Elle n'était plus là. Elle ne me voyait plus, son regard s'était vidé d'un coup. Elle semblait perdue dans son monde, quelque part entre celui-ci et l'autre, celui que nous connaîtrions bientôt. Et là où elle était partie, plus personne ne pouvait la rejoindre.

Je crois qu'elle a fini par oublier ma présence, comme elle oublie presque tout à présent. Quand je l'ai embrassée pour lui dire au revoir, elle a secoué machinalement la tête, les yeux fixés sur cet ailleurs où je n'existe pas.

Je me dis que je n'aurais pas dû y aller. Ça n'a servi à rien. À elle, ma visite n'a fait aucun bien ; à moi, elle a fait du mal. J'ai si peur de finir comme ça, c'est notre hantise à toutes. Avec les Alzheimer, il vaut mieux garder nos distances. On ne sait jamais...

Je n'irai plus voir Odette. De toute façon, si je ne me manifeste plus, elle ne s'en rendra pas compte. Je suis sûre qu'elle ne se souvient déjà plus de ma venue. Bientôt, même mon prénom ne lui dira plus rien. Alors à quoi bon tenter le diable ?

Dans la voiture, j'ai repensé à mon article découpé chez le coiffeur. Tout le long du trajet, pour me rassurer, je me suis répété « je n'ai que deux points sur dix », « je n'ai que deux points sur dix », m'efforçant d'oublier que ce score remontait déjà à près de cinq mois...

Jeudi 19 novembre

Cette nuit, j'ai peu dormi. La pluie cognait sur les volets et le vent soufflait si fort que ça faisait beaucoup de bruit dans la cheminée. Quand j'ai ouvert mes volets, on aurait dit qu'un ouragan avait balayé la campagne. Il y avait des branches cassées partout, sur la pelouse, sur les graviers, dans l'allée et jusque sur le perron. Ce matin il ne pleut plus, le vent s'est calmé. Tout est encore bien mouillé mais c'est en train de se dégager, il y a un beau soleil. Le vent a tout nettoyé, même les nuages qui hier soir avaient fait le ciel si bas que c'en était angoissant, j'avais l'impression qu'il allait me tomber sur la tête.

Je vais une fois de plus devoir enfiler mes vieilles bottes pour ma promenade. Si l'allée est encore trop glissante, je renoncerai peut-être. Je vais quand même m'habiller pour sortir, je voudrais ramasser les brindilles qui sont tombées dans la cour. Une fois sèches, elles me feront du bon petit bois pour le feu, il n'y en a jamais assez. Comme ça, même si je ne vais pas jusqu'au bout de l'allée, je prendrai l'air et ferai un peu d'exercice. Et puis, ça nettoiera la cour en attendant que le jardinier dégage les plus grosses branches et donne un coup de râteau.

Vendredi 20 novembre

Bon, eh bien, le coup de râteau dans la cour, je ne sais pas qui va le donner. C'est que mon fils a voulu se mêler de mes affaires. Plus précisément, de mon jardinier. Alors qu'il est là pour faire le jardin et le potager, mon fils, qui l'a senti bien dégourdi, lui a confié sans m'en parler la réfection du muret de pierre qui s'écroule le long des arbres fruitiers. Du coup, un matin il est arrivé avec tout son fourbi, ses truelles, ses sacs de ciment, et a commencé le travail, d'abord d'un bon train, puis au ralenti. En échange, mon fils lui avait proposé du bois qu'on avait coupé, débité et entreposé dehors, qu'il avait accepté de bonne grâce. Sauf qu'au bout de plusieurs mois le tas de bois était toujours intact. Craignant qu'il finisse par pourrir, et pensant que cela n'intéressait finalement pas le jardinier, mon fils l'a offert à quelqu'un d'autre. Quand, la semaine suivante, le jardinier est revenu pour tailler la haie et nettoyer le potager, il n'a rien dit. Simplement, il est venu de moins en moins souvent, prétextant un sol trop mouillé, puis une douleur à l'épaule, puis plus rien. Mon fils l'a appelé, il n'était plus joignable au téléphone. Je lui ai écrit une lettre, il ne m'a pas répondu. Désespérant de le voir revenir, j'en ai touché un mot à la petite Angèle, qui m'a dit que son mari serait peut-être bien content d'avoir un peu de travail et qu'il s'y connaissait en jardin. Il pourrait au moins venir tailler les haies et faire le plus gros...

Je n'ai plus jamais eu de nouvelles de mon beau jardinier, sauf une fois, par Gilberte. Il lui a dit que mon fils aurait donné son bois à un autre alors qu'il le lui avait promis, à lui. Puis que madame Jeanne aurait fait sans le prévenir travailler un autre jardinier. Il en avait donc conclu qu'on n'avait plus besoin de lui.

C'est fou ce que les gens peuvent être susceptibles à la campagne. Ici, quand il y a quelque chose qui ne va pas, les gens le gardent pour eux. Ils se vexent, prennent mal des mots innocents ou maladroits, et se ferment. Ils taisent ce qu'ils pensent. Un jour, ils ne vous disent plus bonjour ou à peine, sans prévenir ils cessent de venir, ne vous appellent pas et ne répondent plus ni au téléphone ni au courrier. Ils vous battent froid et vous ne savez pas pourquoi. Parfois, c'est des mois, voire des années plus tard, qu'au détour d'une conversation vous avez un début d'explication. Mais, pour eux, c'est toujours trop tard, impossible de revenir en arrière. Avec les gens de la campagne, le moindre faux pas vous envoie définitivement dans l'ornière.

Depuis que mon jardinier fait la tête, le mur du potager continue de perdre ses vieilles pierres. Pour ça aussi, il va falloir trouver quelqu'un d'autre. Le mari de la petite Angèle n'est pas maçon.

Lundi 23 novembre

Cet après-midi vers cinq heures, je suis allée avec Toinette rendre une petite visite à Nine. Hier, elle n'était pas à la messe et cela fait quelques jours qu'elle se dit fatiguée et à nouveau écœurée. Je ne lui ai pas trouvé très bonne mine. Je me dis que c'est normal, quand l'estomac est chahuté le teint se brouille. Je me souviens que René, quand il avait ses crises de foie, il devenait tout vert.

Nine nous a offert une tasse de thé et des biscuits. Elle nous a dit qu'elle se sentait déjà un peu mieux. Qu'elle n'avait mal nulle part, elle avait juste moins d'appétit, et qu'il n'y avait pas de quoi s'inquiéter. Nous avons plaisanté, nous voulions tellement la croire. Mais même si c'était bon de la voir rire, c'était un rire triste. On voyait bien qu'elle se forçait.

Nous sommes restées une petite heure. Quand on est parties, elle ne nous a pas retenues. Je crois qu'elle était épuisée. C'est fatigant de faire semblant.

En arrivant à la maison, j'ai ranimé le feu, il y avait encore quelques braises. J'ai déplié la table de bridge, je me suis assise, j'ai coupé le jeu et j'ai distribué les cartes. J'ai placé Nine à ma gauche, Toinette à ma droite, et Gilberte en face. J'étale les quatre donnes, je fais les annonces pour chacune, à voix haute. Une fois que le « mort » est désigné, je joue pour trois. Je faisais souvent ça autrefois, à Vichy, du temps où je recevais mon bridge. Quand tout le monde était parti, que le soir tombait, je prolongeais l'après-midi en poursuivant le jeu toute seule. Je faisais deux ou trois tours, puis, à regret, je rassemblais les cartes et remettais les jeux dans leurs coffrets de bois qui regagnaient le tiroir de la commode. J'allais à la cuisine où j'enfilais ma blouse en Nylon pour préparer le dîner pendant que René rangeait les tables et vidait les cendriers.

Après Nine qui a enchéri à quatre cœurs, nous avons toutes passé. Toinette avait la première annoncé cœur, c'est donc Nine qui s'est retrouvée à faire le mort. J'aurais dû tricher.

Mardi 24 novembre

Ce matin, c'est le chagrin qui m'a réveillée. Je pleurais. Il faisait encore nuit, il devait être six heures. Après un moment pénible où je ne savais plus où j'étais, j'ai commencé à reprendre doucement mes esprits. J'ai allumé la lumière, essuyé mes yeux avec le drap et regardé autour de moi. Ma mère n'était plus là, je n'étais pas à Vichy dans le petit appartement que mes parents avaient loué à côté du nôtre et où je l'avais veillée jusqu'à la fin.

Ma mère était partie après des mois de douce lutte contre un cancer du foie. Elle ne s'était pas vraiment battue, s'en remettant à Dieu, confiante et apaisée. « Je n'ai pas peur », ne cessait-elle de répéter. Ce n'était pas tant l'idée de sa fin qui la faisait souffrir, ni même la maladie. Non, ce qui la rendait le plus malheureuse, c'était la couleur qu'avait prise son visage, son si beau visage.

Il était jaune. Il y avait pire que mourir, pire que souffrir. Le pire était ce visage jaune.

Ma mère n'était pas encore malade quand, quelques années après la naissance de ma fille, j'étais devenue toute jaune. Une année durant, j'avais fait jaunisse sur jaunisse. J'avais des crises épouvantables et j'avais beaucoup maigri. Un jour, dans la galerie des Sources, j'avais croisé mon accoucheur, il m'avait regardée, les yeux écarquillés, et s'était exclamé : « Mais vous n'êtes plus qu'un vieux tas d'os ! Que vous est-il arrivé ? »

Il avait fallu m'opérer. On m'avait déjà retiré les végétations (sans m'endormir ! il paraît qu'on a entendu mes hurlements dans toute la clinique), les amygdales et l'appendice, à présent il fallait m'enlever la vésicule. Ce qui faisait dire à René qu'il avait été eu, sa femme n'était pas de bonne qualité, on lui avait refilé de la camelote, petit à petit toutes les pièces rendaient l'âme. J'ai donc été opérée. À l'époque, il n'y avait pas les techniques d'aujourd'hui. Le chirurgien m'avait bien découpée, il n'y était pas allé de main morte, et mon ventre a gardé la trace de ses coups de scalpel. Il avait retiré de nombreux calculs gris foncé, de la taille de gravillons, que René avait tenu à conserver dans un pot de confiture qu'il gardait précieusement dans le placard de notre chambre. Il le montrait à tout le monde, prétendant qu'il s'agissait de mes rognures d'ongles. Parce que je me rongeais beaucoup les ongles. D'ailleurs je n'ai jamais arrêté et j'ai des ongles affreux, tout bombés et striés. J'ai comme de petits sabots au bout des doigts.

Après l'opération, le docteur m'avait prédit une vie sinistre : je ne pourrais plus rien manger de bon, plus de crème, plus de beurre, plus de chocolat, et ne pourrais plus boire d'alcool… Comme j'habitais Vichy, on m'avait prescrit des cures d'eau thermale. Quatre fois par jour je me rendais aux sources avec mon gobelet gradué que je tendais aux donneuses d'eau. Je me souviens que la source des Célestins n'était pas désagréable, juste un peu salée, mais celle de l'Hôpital était infecte. Elle sentait les égouts et il fallait avaler ça… Je me pinçais le nez pour ne pas sentir le goût de pourri. Quand les prises étaient rapprochées, j'attendais entre deux verres en lisant dans le parc. Le plus souvent je m'asseyais sur un banc parce que c'était gratuit. Pour les chaises, il fallait payer. À peine étions-nous assis que la chaisière nous tombait dessus avec son petit sac de monnaie et ses tickets.

C'était il y a plus de quarante ans. J'ai très vite remangé de la crème et du chocolat, et rebu de quoi me faire tourner un peu la tête. Je suis redevenue une petite boulotte et je n'ai plus jamais été malade.

Samedi 28 novembre

La campagne est bien calme ces temps-ci. Il ne se passe rien. À part la petite visite à Nine avec Toinette, cela fait un moment que chacune semble se terrer chez elle, au coin de sa cheminée. Il est vrai que depuis une semaine il fait un temps à ne pas mettre un chien dehors, et qu'aucune d'entre nous n'a très envie de prendre sa voiture et de s'aventurer sur les petites routes, avec en plus la nuit qui vient si vite et le brouillard qui tombe en nappes épaisses sans crier gare. Alors nous nous mettons en hibernation, bien au chaud chacune dans notre trou, et nous ne sortons plus. Les enfants viennent moins, ils sont très occupés, à Paris il n'y a pas de saisons, quel que soit le temps les gens sortent, s'invitent, courent les magasins et les spectacles. Mais la campagne, des premières feuilles qui tombent aux premières pousses du printemps, ça ne donne pas envie. Peut-être aussi qu'ils m'oublient un peu.

Dimanche 29 novembre

Quelle idée j'ai eue hier de rentrer ma voiture en revenant du supermarché ? Alors que ce matin, prête pour la messe du Donjon, j'allais pour la récupérer, impossible d'ouvrir les deux battants du garage. J'avais beau bien abaisser le loquet et tirer le gros anneau de toutes mes forces, rien à faire. Je soupçonne un coup de la Marcelle. La 2CV était sortie hier après-midi, c'était le jour de la belote, et je l'avais entendue revenir dans un tintamarre de ferraille. Mais, enfin, pourquoi avoir fermé à clé ?

Je suis allée sonner chez Fernand. Il est venu ouvrir en clopinant dans ses charentaises. Je lui ai dit que j'avais besoin de sortir ma voiture. Il a appelé la Marcelle. « Qu'est qu' t'as fait de la clé ? » Elle n'avait pas l'air de bien se souvenir.

Elle est partie dans la pièce du téléphone, est revenue avec une vieille casserole dont elle a versé le contenu cliquetant sur la table. Tout un tas de clés, mais pas celle du garage. Le Fernand commençait à s'agiter, la Marcelle me regardait, impuissante et l'air hagard, j'ai senti qu'elle allait se mettre à pleurer. Il n'y avait rien à faire. Il fallait lui laisser le temps de retrouver ses esprits, qu'elle perdait décidément de plus en plus souvent, et on retrouverait bien cette clé avec. De toute façon, j'avais raté ma messe.

Alors tant pis, je suis rentrée chez moi. Gilberte, Toinette, Nine et le bon Dieu me pardonneront. Je ne verrai pas mes amies du dimanche, mais, pour ma visite au bon Dieu, j'ai une solution.

Je range ma clé de voiture à sa place, pose mon sac sur le coffre à bois et vais m'asseoir dans le bureau. J'ai le temps d'avancer un peu le mot croisé du *Madame* arrivé hier. Puis, juste avant que la pendule de la cheminée sonne ses onze coups, je repose mon mot croisé et quitte le bureau. Je monte dans ma chambre, retire mes chaussures et m'installe sur mon lit en faisant un dossier de mes deux oreillers. J'attrape la télécommande sur la table de nuit et allume la télévision sur la deuxième chaîne. Tous les dimanches, à onze heures, ils diffusent la messe. En général, ce sont de très beaux offices, dans de grandes églises ou des cathédrales, mais pas toujours : une fois, c'était un jour où ma sciatique s'était réveillée et me faisait trop souffrir pour que je bouge, j'étais tombée sur une messe toute simple, célébrée par un évêque dans une prison belge.

Aujourd'hui, pour le premier dimanche de l'Avent, la cérémonie est retransmise en direct de la basilique Sainte-Jeanne-d'Arc, à Paris, dans le dix-huitième arrondissement. L'église n'est pas très belle, malgré ses immenses vitraux. L'ensemble est trop moderne à mon goût. Je préfère les églises anciennes. Mais cette basilique a une histoire étonnante. Le 6 septembre 1914, un abbé, qui disait sa messe à Saint-Denis, avait pris devant ses paroissiens l'engagement solennel d'élever une basilique dédiée à Jeanne d'Arc si les Allemands ne prenaient pas Paris. Eh bien, le jour même, les Allemands étaient repoussés ! Ce genre d'histoire me fait croire au bon Dieu. Alors cette église n'est pas bien belle, mais pour moi elle est « habitée ». Le chœur est tapissé par terre d'une rutilante moquette rouge, ça fait un peu festival de cinéma, d'autant que toute une palanquée de curés et de grands enfants de chœur en gravissent solennellement les marches jusqu'à l'autel. Juste avant le début de la cérémonie, une petite fille, accompagnée de ses parents et de son petit frère, vient allumer la première bougie du temps de l'Avent. Je pense aux plus jeunes de mes petits-enfants, je les imagine mal faire cela, déjà qu'ils ont toujours refusé de faire la quête… De toute façon, maintenant, à part à Noël et à Pâques pour me faire plaisir, mes petits-enfants ne vont plus à la messe. Ils sont pourtant baptisés, ils sont allés au catéchisme, ils ont fait les deux communions et leur confirmation, mais, voilà, aujourd'hui ils ne croient plus à rien. Je trouve ça bien triste, ça fait du bien, parfois, d'avoir un peu de foi, le bon Dieu c'est de l'espoir, pour après… Est-ce qu'ils en ont encore, de l'espoir, les jeunes, dans ce drôle de monde tout déglingué ? Moi je pense qu'une belle messe, de temps en temps, ça ne leur ferait pas de mal. Rien que d'entrer dans une église, ça apaise. Personne ne crie dans une église, on chuchote, on pourrait presque y toucher la paix du doigt.

Aujourd'hui à Sainte-Jeanne-d'Arc, il y a quatre prêtres, dont un Africain. Sur le moment je suis un peu inquiète, je pense à mon curé de Lapalisse, mais là il n'y aura pas de problème, celui-là, je comprends parfaitement ce qu'il dit. Il sourit tout le temps, quand il se tait, quand il parle et quand il chante. Il semble avoir vraiment le bon Dieu dans le cœur. La messe est animée par une puissante chorale d'hommes et de femmes, accompagnée par de grandes orgues. Ça me change du Donjon. Quoique, nous aussi avons notre chorale, elle occupe même les deux premiers rangs de droite à l'église. Ce sont des petites dames patronnesses qui se ressemblent toutes, avec leur mise en plis grise ou blanche. Elles doivent être douze ou quinze. Elles sont très dévouées, mais elles ne sont plus toutes jeunes, leurs mains tremblent comme leurs voix qui ne s'accordent pas toujours. Au bout de la rangée des dames chorale, l'organiste à épaisses lunettes qui pianote sur son petit instrument désaccordé n'est pas bien vaillant non plus. L'ensemble n'est pas très harmonieux, parfois ça déraille un peu et il suffit que je croise le regard amusé de Toinette ou de Gilberte pour que le fou rire me gagne…

À la messe de la télévision, au moins, on a de beaux chants. Le problème est que, le plus souvent, je ne les connais pas. Ils sont nouveaux et nombreux sont les cantiques qui ne sont pas encore arrivés dans nos campagnes. Cette manie de toujours tout changer… Alors je ne chante pas, je me contente d'écouter, comme au concert. De toute façon, je ne vais pas m'époumoner toute seule dans ma chambre. Je récite les prières, j'écoute attentivement l'homélie, je participe comme je peux. Cette fois, je dis le *Credo* en même temps que l'assemblée, mais pour le *Sanctus* je suis ennuyée, ils en chantent un que je n'ai jamais entendu. Du coup, je me le récite à ma façon. Et pour le *Notre Père,* je ne tends pas les mains ouvertes devant moi comme une illuminée : encore une mode venue de la ville, cette affaire-là ! Là où je suis bien contente, avec la messe à la télévision, c'est que j'échappe à « la paix du Christ ». Le curé a bien dit « Frères et sœurs, dans cette église et devant vos écrans (oui, il a bien précisé « devant vos écrans » !), donnez-vous la paix » mais moi, devant mon poste, je suis toute seule et ça m'arrange. Même à l'église, je n'aime pas du tout aller serrer des dizaines de mains, ça ne rime pas à grand-chose et surtout ça n'en finit pas, les gens se déplacent, le curé, les enfants de chœur, les dames de la chorale… Ça non plus, avant, ça ne se faisait pas. Pour moi, toutes ces nouveautés, ce sont des salamalecs qui ne servent à rien. Il suffit de voir comme les églises se sont vidées, ça montre bien qu'il ne suffit pas de tout chambouler pour attirer les gens.

Alors, plutôt que d'aller serrer tout un tas de mains inconnues, je joins les miennes et j'essaie de faire la paix avec moi-même.

Pendant la communion, la musique de Bach est belle et reposante. Les gens défilent devant les prêtres, certains tendent les mains, d'autres, à l'ancienne, tirent la langue ; certains font une génuflexion et se signent. Assise sur mon lit, je regarde tous ces gens qui sont filmés, l'un après l'autre, en train de recevoir l'hostie avant de rejoindre leur place pour se recueillir. Beaucoup ferment les yeux, certains s'agenouillent, d'autres se prennent la tête dans les mains. Tout à coup, je trouve cela un peu impudique. C'est intime le recueillement qui suit la communion. C'est souvent le seul moment où l'on se retrouve seul avec soi-même, et le bon Dieu. Une jeune femme semble bouleversée, verse une larme qu'elle essuie avec un mouchoir blanc. Les visages apparaissent en gros plan. Ce n'est plus une assemblée anonyme, c'est un regard, une émotion, une histoire de vie. Je ne suis pas sûre de vouloir être le témoin de tout cela...

À la fin, après l'invitation du prêtre à « aller dans la joie et la paix du Christ », la chorale a entonné un *Jérusalem, Jérusalem* joyeux et entraînant. J'ai commencé à battre la mesure sur mon lit, quand la caméra s'est braquée sur le prêtre africain, qui tournait le dos et semblait chercher à attraper quelque chose près de l'autel. J'ai d'abord cru que c'étaient mes yeux qui me jouaient un tour, mais non, je n'avais pas la berlue. Je l'ai vu osciller de gauche à droite, puis de droite à gauche, secouer la tête, puis les épaules, pour enfin se déhancher dans une espèce de danse, au rythme du cantique. C'est alors que, tout en continuant de se trémousser, il s'est retourné, et là, avec son grand sourire, il a fendu la foule des fidèles avec… un tam-tam ! Il tapait, tapait sur son tambourin, mettant tout son cœur dans les battements de ses mains. L'effet de surprise passé, je me suis dandinée de plus belle sur mon lit à présent un peu chahuté, gigotant les pieds et battant des mains comme une gamine. Puis la speakerine a annoncé un documentaire sur un père dont j'ai oublié le nom, et j'ai éteint la télévision. Je voulais rester sur cette image d'un curé jouant du tam-tam et pleine de ce chant emballant. J'avais emmagasiné de la gaieté pour toute ma journée.

Cette ambiance festive m'a ramenée des années en arrière, à une messe de Noël, la plus belle à laquelle j'aie jamais assisté, je crois. C'était à Vichy, à l'église Saint-Louis, là où le malheureux curé, arrivant un matin dans la crypte, a sauté en allumant la lumière. Toute la nuit, une grosse fuite de gaz avait empli la crypte d'un air explosif qui n'attendait qu'une étincelle pour tout souffler, les statues, le tabernacle et le curé. Au moins, il est mort tout près du bon Dieu. Vu la puissance de l'explosion, il a dû monter au ciel comme une fusée. Quelque temps avant cette tragédie, nous étions donc allés à la messe de minuit. Cette année-là, je ne sais pas en quel honneur, elle était animée par le chanteur de gospel américain, John Littleton. La grande église était pleine à craquer et magnifiquement décorée. Je garde un souvenir bouleversant de cette messe à la fois pleine d'émotion et tellement joyeuse. Dans l'église, nous avions tous envie de danser et de taper dans nos mains. À la fin de la messe, dans le froid de cette belle nuit de Noël, un peu exaltés, nous avions entonné avec lui un vibrant *Allez-vous-en sur les places* et nous étions égaillés sur le parvis semé de guirlandes et d'étoiles. Ma fille devait avoir six ou sept ans, elle n'a jamais oublié.

Lundi 30 novembre

Ce matin à l'aube, Fernand a sonné. Il venait me dire qu'il avait ouvert le garage, on avait retrouvé la clé. Dans la marmite pour la soupe.

Mardi 1er décembre

Tout à l'heure, en mettant de l'ordre dans le salon en prévision des fêtes de Noël, j'ai fait tomber le petit coffret en argent posé sur le guéridon. Il s'est ouvert et s'en sont échappées quelques vieilles photos dentelées. Sur l'une d'elles, ma belle-mère pose, ses cheveux gris ramenés dans une espèce de chignon aplati, la tête légèrement inclinée sur l'épaule, les joues creuses qu'aujourd'hui encore je ne peux regarder sans que me vienne un relent de beurre rance.

Qu'est-ce qu'elle m'en aura fait voir.

Je me souviens, au début de notre mariage, je n'étais pas une très bonne maîtresse de maison. Je ne savais pas cuisiner grand-chose et en plus je faisais tout brûler. Souvent, j'étais occupée dehors, à étendre le linge ou chercher des légumes au potager, quand je l'entendais hurler mon prénom : « Jeanne, Jeanne !!! Ça brûle dans vos casseroles ! » Je lâchais ce que je faisais et courais à toutes jambes jusqu'à la maison où, une fois sur deux, je retrouvais mon déjeuner tout noir et attaché au fond de la casserole. Pas une fois elle n'aurait eu l'idée d'éteindre le gaz. Quand par bonheur je n'avais rien fait brûler, elle ne m'épargnait pas pour autant. Lors d'un déjeuner auquel nous l'avions conviée, ce devait être un dimanche, s'étant servie la première et ayant avalé une première bouchée, elle avait reposé sa fourchette et glissé à René : « N'en prends pas, mon petit, ne mange pas ça, c'est infect… »

Un jour, hors de moi, je l'avais giflée. Je n'ai pourtant jamais été d'un naturel violent, mais là, elle avait eu une phrase malheureuse au sujet de ma mère. Et ça, en plus des petites brimades quotidiennes, je ne pouvais pas le supporter. Alors c'était parti, slap ! Elle en était restée baba, et moi aussi. Affolée, j'étais allée dès le lendemain me confesser, ce qui ne m'était plus arrivé depuis la pension. Et là, après que, penaude, j'eus raconté au curé mon péché, j'ai cru que mes oreilles me jouaient un vilain tour. Alors que j'attendais, figée et confuse, ma pénitence, des soubresauts s'étaient mis à secouer le vieux confessionnal de bois. Je n'en revenais pas : de l'autre côté de la grille, le curé se tapait sur les cuisses. Le gros rire de l'abbé Defaye venait d'effacer d'un coup mon péché. « Et à part ça ? », m'avait-il finalement demandé lorsqu'il eut retrouvé ses esprits, avant de pouffer à nouveau. Et comme je n'avais rien d'autre à confesser, il me laissa partir en m'infligeant sans doute deux ou trois *Je vous salue Marie* pour assurer le salut de mon âme.

Parfois, de drôles d'idées lui passaient par la tête. Je me rappelle un jour, mes deux beaux-frères étaient là, nous nous étions un peu attardés à table et avions pris le café dans le grand salon, quand elle nous avait annoncé qu'elle partait faire un tour dans les bois. Il devait être aux environs de trois heures. À l'heure du thé, elle n'était pas rentrée. À l'heure de l'apéritif, toujours pas. On avait commencé à s'inquiéter, la nuit n'allait pas tarder à tomber. René et ses frères étaient partis à sa recherche. Ils étaient revenus bredouilles. Qu'était-il arrivé ? C'est alors qu'on l'avait vue débouler, la mine réjouie, ravie du bon tour qu'elle avait joué à ses fils. « Vous m'avez bien cherchée, hein ? » puis, sur un ton de reproche : « Tout de même, vous en avez mis du temps ! » Elle avait passé l'après-midi enfermée dans une petite pièce aveugle du rez-de-chaussée, près des cabinets.

René avait bien rouspété, Maurice lui avait passé un sacré savon et Jean lui était tombé dans les bras.

Quant à moi, j'avais toujours eu le sentiment qu'elle avait un petit pois dans la tête, là je me suis dit qu'elle avait un grain.

Jeudi 3 décembre

Ils ont emmené la Marcelle. Au petit matin, une camionnette rouge est venue, elle s'est garée devant la ferme et deux pompiers sont entrés chez Fernand qui semblait les attendre, tout sens dessus dessous. Il m'a expliqué que la Marcelle avait commencé à délirer, puis elle s'était mis en tête de lui faire bouillir une marmite de soupe aux choux à la place de son café, il l'avait un peu secouée et elle était tombée dans les pommes. Il avait bien essayé de lui mettre de l'eau glacée sur la figure, de la réveiller avec quelques claques, rien à faire, elle ne revenait pas. Alors il avait dû descendre dans la pièce du téléphone et appeler les pompiers du Donjon.

Depuis quelque temps déjà, elle faisait des crises de démence, il n'arrivait plus à la contrôler. Pour lui tout cela devenait très difficile, il se donnait tout le mal possible, mais là, vraiment, il ne savait plus quoi faire. Ces derniers temps, elle ne tournait plus rond du tout, elle faisait un tas de bêtises, il fallait être sans arrêt derrière elle. Fernand n'osait plus la laisser seule dans la maison pour aller au potager. Il y avait le gaz, le poêle à bois, l'eau bouillante dans la marmite… Plus ça allait et plus elle déraillait. Oh, elle n'était pas méchante, jamais violente. Quand Fernand se mettait à crier, et Dieu sait s'il criait fort, je l'entendais parfois depuis ma cuisine, elle ne s'opposait pas, ne luttait pas, elle se mettait à pleurer doucement. Et mon Fernand, ça lui fendait le cœur de la voir comme ça. Il faut dire qu'en plus elle prenait ses médicaments n'importe quand, n'importe comment et cela n'arrangeait pas les choses. Ça la prenait d'un coup, au beau milieu de la journée ou de la nuit, elle ouvrait plusieurs boîtes à la fois, versait des comprimés de toutes les couleurs dans le creux de sa main et les avalait d'une traite. Il y avait un peu de tout là-dedans, des anxiolytiques, des antidépresseurs, des somnifères, des antidiabétiques, elle mélangeait tout et le pauvre Fernand avait beau relire les ordonnances, il ne s'y retrouvait plus non plus.

Ces dernières semaines, elle avait beaucoup maigri et avait tout le temps l'air triste. Elle ne sortait quasiment plus de sa maison, se réveillant et s'endormant avec la télévision, à moitié dépoitraillée et la jupe retroussée, fumant cigarette sur cigarette. Elle ne venait même plus me demander du sucre. La seule chose qu'elle arrivait encore à faire, c'était conduire. Le samedi, elle emmenait Fernand au Donjon pour sa belote. Elle ne jouait plus. Elle s'asseyait dans un coin et elle attendait.

Elle est partie sous la pluie, avec les pompiers. Ils l'ont emmenée à Vichy, à l'hôpital, laissant le Fernand devant sa porte, les bras ballants, complètement perdu. Il m'a raconté tout ça appuyé des deux mains sur sa canne, cassé en deux, les yeux mouillés et le nez coulant. Depuis la fugue à Limoges, c'est la première fois qu'il se retrouve sans sa Marcelle.

Vendredi 4 décembre

Avec les jours qui raccourcissent et les températures qui ont chuté, les feuilles ont commencé à tomber. La nature va bientôt ressembler à une nature morte. Déjà, il a suffi de quelques coups de vent pour que la maison se déshabille, découvrant le crépi fatigué entre les branches nues de l'ampélopsis. La façade qui s'était enflammée le mois dernier est maintenant complètement éteinte, les dernières braises ont été emportées, ne reste plus sur les murs que du charbon noir. Devant mes fenêtres, le gros arbre dont j'ai oublié le nom paraît encore plus majestueux dans son dépouillement et mon massif rond a repris depuis longtemps son allure de taupinière géante. La haie ressemble à un tas de petit bois pour le feu, et les hortensias à des grosses boules de cendre. Dans les bois, ça sent l'humus et l'écorce mouillée.

L'hiver approche.

Samedi 5 décembre

Après le déjeuner, je suis allée acheter du beurre, des œufs et quatre rouleaux de pâte feuilletée au Casino du Donjon. Sur la vitre du café face à l'église, il y avait une belle affiche jaune. J'ai lu :

LE DONJON
Samedi 12 décembre
GRAND CONCOURS DE BELOTE
organisé par L'Amicale Laïque

Inscriptions à partir de 13 h 30
Engagement : 15 € la doublette

1er prix : 2 jambons secs et bouteilles
2e prix : 2 caissettes de bœuf
3e prix : 2 rosettes
1 lot de viande à chaque participant

Casse-croûte à 19 h 00
Saucisson chaud, pommes de terre,
fromage, fruit
Prix : 6 €

J'ai pensé à Fernand. Qui allait l'emmener jouer à la belote, maintenant ?

Mercredi 9 décembre

J'ai passé ma fin d'après-midi dans ma cuisine. Comme chaque année à l'approche de Noël, je commence à remplir mon congélateur en prévision des fêtes. Ça va arriver vite, tout arrive si vite à présent. Alors je me prépare. Je sors mes rouleaux de pâte et mes plaques de saucisses, et je fais mes feuilletés. Je sors mon beurre, ma farine et mes œufs, et je fais mes petits choux. Ce matin je suis allée au supermarché acheter tout ce dont j'avais besoin pour mes gâteaux : des cerneaux de noix, deux filets d'oranges à jus dont un pour le planteur, des gousses de vanille, des tablettes de chocolat à cuire. J'ai pris aussi de quoi faire la farce pour le chapon déjà commandé chez le bon boucher du Donjon : du foie gras pas cher, des foies de volaille, des poires, des bocaux de marrons. J'aime bien faire ma farce à l'avance. Je la congèle jusqu'au jour de Noël, j'ai l'impression que les arômes se développent avec le froid. Je n'ai pas arrêté : j'ai battu des œufs, j'ai mélangé, j'ai cuit, j'ai étalé, j'ai épluché, j'ai pressé, j'ai découpé, j'ai haché, j'ai broyé, j'ai démoulé, j'ai décoré. Je n'en peux plus. Ce soir, ma cuisine a des allures de champ de bataille. Le batteur a envoyé partout des petites gouttes sucrées et salées, la farine a volé, des restes de pâte se sont collés au plan de travail, du jus rose a coulé des saucisses, de la pulpe d'orange bouche l'évier dans lequel flottent des coquilles d'œuf et des trognons de poire, ça a attaché dans mes casseroles, des couteaux et des petites cuillères sales traînent à côté de saladiers poisseux, de poêles toutes grasses et de papiers d'emballage.

Je ne vais pas dîner, de toute façon quand je fais la cuisine je passe mon temps à grignoter, ça me coupe la faim. Pour le reste, je laisse tout ça en plan, demain j'ai la petite Angèle. Je range le minimum nécessaire et je monte me coucher. Je suis épuisée.

J'en fais trop.

Vendredi 11 décembre

Ce matin, il y avait encore de la gelée blanche quand la petite factrice est arrivée aux environs de onze heures. Elle a sonné un coup et elle est entrée déposer le courrier sur la table au moment où je descendais l'escalier. Je lui ai demandé si elle n'avait pas trop froid à être sur les routes par ce temps. Elle m'a répondu gentiment qu'il faisait bien chaud dans sa voiture. Je deviens gâteuse. Bien sûr qu'elle n'a pas froid, elle a du chauffage, elle ne roule pas les vitres grandes ouvertes et sa voiture ne prend pas le vent. Pas comme le vélo de Fabi.

Fabi, c'était notre facteur les premières années de mon mariage. Un Corse, échoué dans le pays on ne sait comment. Tout le monde aimait beaucoup Fabi. Il faisait sa tournée à bicyclette, avec sa grosse sacoche en bandoulière, sa vareuse et son képi. Il entrait dans les maisons et souvent on lui offrait un petit remontant. Même quand ils n'étaient pas chez eux, les gens avaient coutume de laisser sur un plateau à son attention, à l'endroit où il déposait habituellement le courrier, un petit verre de vin ou de gnôle. C'était « le petit verre du facteur ». Quand arrivait la fin de la tournée, Fabi était bien gai et ne roulait plus très droit. Un jour, avec René, nous venions de partir avec la Citroën quand, sur la départementale, juste avant la patte d'oie qui monte sur Saint-Léon, nous avions dû nous arrêter. Au beau milieu de la route, nous avions reconnu le vélo de Fabi, sans Fabi. René était descendu de voiture et avait trouvé le facteur tout estourbi, allongé dans le fossé. Heureusement, à l'époque, il n'y avait pas beaucoup de voitures qui passaient…

Samedi 12 décembre

Aujourd'hui je suis allée à Vichy. Pas pour m'amuser, ni pour faire les boutiques. J'y suis allée pour la Marcelle.

Il y a quelques jours, j'avais soumis l'idée à Fernand. Je l'aimais bien, Marcelle. Je la connaissais depuis si longtemps... Alors, bien sûr, ces derniers mois elle n'était plus tout à fait la même, mais elle m'avait rendu tant de services par le passé, et jusqu'à il n'y a pas si longtemps. La dernière fois, je crois que c'est quand elle m'a accompagnée chez les gendarmes. Pendant des années, grâce à sa basse-cour et ses clapiers, j'avais eu des bons œufs frais, des lapins bien nourris aux carottes du potager, des poulets que j'avais vus grandir, et même des canards qui pataugeaient dans la mare aujourd'hui disparue. Grâce aux vaches de Fernand, j'avais eu du lait mousseux, des barattes de beurre jaune d'or, de la crème épaisse et forte en goût. Combien de fois Marcelle avait gardé mes enfants quand ils étaient petits, elle et Fernand s'en occupaient si bien qu'avec leurs cousins ils passaient leur temps à aller jouer chez eux, nourrir les lapins, courir après les poules, voir traire les vaches. Mon fils avait même connu Loulou, le vieux cheval de labour que, les larmes aux yeux, nous avions tous regardé monter dans le camion pour son dernier voyage. Plus tard, ce serait le tour de mes petits-enfants d'aller jouer à la ferme, pas un qui n'ait aujourd'hui sa photo juché sur le tracteur rouge de Fernand ou sur la mobylette bleue. De tout cela ne reste plus que la mobylette. Depuis quelques années le tracteur est remisé au garage, à côté de la charrue rouillée. Le jour où Fernand et Marcelle partiront, c'est tout un pan de ma vie qui s'arrêtera. La vie ne s'arrête pas d'un coup net avec la mort, elle commence à nous quitter bien avant, par morceaux.

J'avais proposé à Fernand de l'emmener à Vichy avec moi. D'habitude, depuis que Marcelle est à l'hôpital, c'est monsieur Batisse, le diacre de la paroisse, qui vient le chercher pour le conduire à l'hôpital. Monsieur Batisse, c'est une sorte d'assistant-curé. Il peut faire les bénédictions et les funérailles. Il reste que, pour moi, ce n'est tout de même pas tout à fait pareil qu'un vrai curé, mais bon, quand il n'y en a pas il faut bien trouver des solutions... Il a aussi un peu un rôle d'assistante sociale, il s'occupe des vieux, de ceux qui sont isolés ou trop mal en point. Alors, bien sûr, il est au service du bon Dieu, mais si ceux qu'il aide n'en veulent pas, du bon Dieu, il ne les embête pas avec ça. Quand il a un empêchement pour emmener Fernand, c'est le conseil régional, encore tenu par les communistes il y a quelques mois, qui lui permet, moyennant un euro, de se rendre à Vichy. C'est bien pratique. Fernand, la droite, la gauche ou le bon Dieu, il s'en fiche. Du moment qu'il peut retrouver sa Marcelle.

Nous sommes partis tôt après le déjeuner pour pouvoir rentrer avant la nuit. Fernand l'avait prévenue de notre venue et nous l'avons trouvée assise dans son lit, toute pimpante dans sa chemise de nuit à fleurs. Bien coiffée et apprêtée, elle semblait tout heureuse de nous voir. Elle n'était pas seule dans sa chambre, une vieille dame dormait dans le lit voisin, à laquelle elle n'avait pas l'air de prêter grande attention. La télévision suspendue était allumée comme un fond sonore, personne ne semblait la regarder vraiment.

Je ne voulais pas arriver les mains vides, mais que lui apporter qui lui fasse plaisir ? Je n'allais tout de même pas emporter mon sucrier... Je n'avais aucune idée, la seule chose qui me venait à l'esprit était une friandise quelconque, mais il y avait son diabète... Oh et puis tant pis. Au fond, elle n'en avait peut-être plus pour bien longtemps, alors pourquoi la priver ? Autant adoucir sa fin de vie, et pour cela rien ne valait quelques douceurs. Je m'étais arrêtée à Lapalisse et j'avais acheté un petit sachet de chocolats dans une confiserie. Je crois que ça lui a fait plaisir, j'espère qu'ils ne le lui confisqueront pas à l'hôpital...

Lundi 14 décembre

Ce matin, je suis allée faire des courses au supermarché. J'ai rencontré Toinette. Elle était avec sa fille qui poussait un Caddie plein comme un œuf. Moi je mets trois fois rien dans mon chariot, sinon, après, mon sac est trop lourd et j'ai du mal à le mettre dans mon coffre. Je préfère y aller plus souvent et moins me charger.

J'aime beaucoup le supermarché de Lapalisse. J'y rencontre souvent des connaissances, on papote cinq minutes, on se donne des nouvelles des unes et des autres. Pas trop longtemps quand même parce que, au bout d'un moment, j'ai du mal à rester piquée debout. C'est moins fatigant d'avancer avec le Caddie, ça fait office de déambulateur.

J'achète les bouteilles de lait une par une, je suis incapable de porter les paquets de six. Le lait, ce n'est pas pour moi, c'est pour les enfants. Quand ils viennent, s'ils ne trouvent pas de lait le matin pour le petit déjeuner, ils rouspètent. Alors régulièrement, quand je vais faire mes courses, j'essaie de penser à prendre une bouteille pour en avoir quelques-unes d'avance dans mon placard. Je prends tout par petites quantités : les plus petits paquets de lessive, les plus petits paquets de riz, les plus petites boîtes de pâtes, les plus petits pots de moutarde, les plus petites bouteilles d'huile et de vinaigre.

Toinette avait rendu une visite à Nine hier après-midi, elle l'avait trouvée très affaiblie. Je n'ai pas bien saisi tout ce qu'elle m'a raconté, elle parlait très bas, comme souvent lorsqu'on dit des choses tristes. Je n'ai pas osé lui faire répéter mais ce que je n'ai pas entendu, je l'ai vu dans ses yeux.

Mardi 15 décembre

J'étais dans la cuisine en train de prendre mon petit-déjeuner quand Fernand est venu sonner à ma porte. En robe de chambre et en pantoufles, je suis allée lui ouvrir. Il avait la figure toute chiffonnée et les cheveux encore collés par la nuit. Aux pieds, ses vieux chaussons à carreaux gris et vert. Il faisait un froid de canard dehors et il avait juste un petit pull sur lui. Je l'ai vite fait entrer et j'ai refermé la porte. Il m'a dit que l'hôpital avait téléphoné à l'aube. Ils lui ont expliqué que la Marcelle avait eu « un problème au cœur » dans la nuit et qu'ils avaient dû la « remettre en route ». Je lui ai demandé si elle était consciente, il n'a pas trop su me répondre, mais au téléphone on lui avait dit que ça allait, qu'elle était « aux soins attentifs » mais qu'il pourrait la voir demain matin. Batisse passerait le chercher à huit heures et demie.

Je lui ai proposé une tasse de café, qu'il a refusée. Il est reparti en clopinant dans le matin glacé. Appuyée au radiateur de la salle à manger, je l'ai regardé s'éloigner par la fenêtre. Je suis restée là, suivant sa lente marche, au rythme de sa canne qui battait le gravier.

Mercredi 16 décembre

Je n'ai pas fait grand-chose de ma journée. Tout est gris dehors, ça ne donne pas envie de sortir. Je suis quand même allée marcher un peu sur l'allée après mon café, en me couvrant bien. Au retour je me suis arrêtée chez Fernand. Je ne l'avais pas encore revu depuis qu'il était rentré de Vichy.

Je l'ai trouvé attablé avec un quignon de pain, du pâté et un verre de vin rouge. Cette fois il était bien coiffé, bien habillé et propre comme un sou neuf. Il continuait de faire des efforts pour sa Marcelle. Il avait vu le docteur qui lui avait expliqué ce qui s'était passé hier matin, mais il n'a pas tout compris. Le docteur parlait avec des mots trop compliqués.

Quant à la Marcelle, elle ne lui avait pas parlé, elle ne l'avait même pas regardé, elle avait gardé les yeux fermés tout le temps de la visite. Quand je lui ai demandé comment elle allait, il a haussé les épaules. Il a juste dit : « Elle dort. »

Samedi 19 décembre

Marcelle est partie doucement. On est allé l'enterrer ce matin, dans la petite église de Bert où, sauf à être juste au-dessous d'une des deux paraboles qui vous cuisent le crâne, il faisait un froid de canard. Il n'y avait pas beaucoup de monde. Le Fernand, bien sûr, la sœur de Limoges accompagnée de son fils, la mère Bonot, la petite Angèle, quelques vieux et vieilles du pays, et moi. C'est monsieur Batisse qui a officié. C'était une drôle de cérémonie. Un vieux religieux russe orthodoxe, que tout le monde ici appelle « l'évêque », installé depuis peu au village, était présent aux côtés de Batisse qui pensait qu'un « vrai » ecclésiastique ferait bien dans le tableau. Un étrange ballet a alors commencé, qui ne s'achèverait qu'avec la sortie du cercueil de l'église. « L'évêque » avait passé toute la durée de l'office à tourner autour de la Marcelle en psalmodiant des *Kyrie Eleison* et autres prières incompréhensibles, aspergeant le cercueil d'une quantité invraisemblable d'encens. Je n'avais jamais assisté à une chose pareille, et pourtant j'en ai fait des enterrements… Déjà peu habituée aux effusions religieuses, la modeste assistance, éberluée, regardait le vieil homme ennuager la Marcelle dans les vapeurs sucrées. Assis au premier rang, malmenant son béret entre ses doigts tremblants, l'air plus perdu que jamais, le Fernand avait les yeux rouges.

En sortant de l'église, me cognant au vent pour rejoindre ma voiture, j'ai pensé que cette fin d'automne avait un vilain goût d'hiver.

Hiver

Lundi 21 décembre

Dans quatre jours, c'est Noël. Les enfants vont venir, les petits-enfants et arrière-petits-enfants aussi. Autrefois, il y avait aussi les cousins, quelques beaux-frères et belles-sœurs, nous étions très nombreux. C'était gai, nous buvions beaucoup de champagne. Nous allions à la messe de minuit qui se disait encore à minuit, à la lueur des bougies et dans les senteurs d'encens, dans la petite église de Bert où beaucoup de gens restaient debout tant il y avait de monde. Puis nous rentrions, en roulant tout doucement car il y avait souvent de la neige, et, à peine arrivés, nous placions discrètement le petit Jésus dans sa mangeoire, pour que les plus petits y croient vraiment. Suivaient le réveillon, l'immense tablée dans la salle à manger, puis l'ouverture des cadeaux, l'excitation des enfants, les cris, les rires, les pétards dans les papillotes, et René qui passait avec son grand sac pour ramasser tous les papiers. Le lendemain, il ferait le tri, récupérerait les moins abîmés pour les réutiliser l'année suivante. On ne se couchait jamais avant deux ou trois heures du matin. Aujourd'hui, c'en est fini de ces grands Noëls avec la famille élargie. Cette année, nous serons quinze. C'est encore beaucoup.

Noël a tant perdu de sa magie. Bien sûr il y a toujours le sapin que les enfants vont couper dans les bois, installer dans le salon et charger de guirlandes lumineuses et de boules givrées. On fait encore la crèche sur la commode, avec le papier qu'on froisse et l'étoile du berger qu'on pique au-dessus. Mais ce n'est plus comme avant. Dans nos églises de campagne, éclairées par d'affreux néons blancs, la messe de Noël est célébrée à dix-huit heures et on n'a plus besoin d'arriver en avance pour pouvoir s'asseoir. Dehors, il fait très doux, et la météo n'annonce pas de neige. Les cristaux de glace, le givre et les flocons sont à l'intérieur, sur le sapin, les boules et la crèche, et ils sont en plastique, en coton ou en bombe. On se fait croire que c'est l'hiver.

Depuis samedi soir, les arrivées s'échelonnent. Je suis toujours un peu surprise quand j'entends une voiture, je ne sais plus qui arrive quand, combien de couverts de plus je dois prévoir pour chaque repas. Ils me l'ont pourtant répété plusieurs fois, mais toujours par le téléphone et, après, moi j'oublie. J'aurais dû tout noter au fur et à mesure, ça fait trop de choses à retenir à la fois. Ils m'ont dit aussi, comme chaque année, « surtout, tu ne fais rien, on s'occupe de tout ». Sauf qu'ils ne pensent jamais à tout. Et puis, quand ils arrivent à l'heure du déjeuner ou du dîner, il faut bien que je leur aie préparé un petit quelque chose. Cette fois, j'ai bien marqué ce qu'ils ont prévu pour le réveillon et le déjeuner de Noël. Mais tous les autres repas, y ont-ils pensé ?... C'est que ça fait beaucoup de déjeuners et de dîners... Et il y a les apéritifs aussi, dans ces périodes-là ils en prennent tous les jours. Alors depuis une semaine, dans le doute, je passe un temps fou dans ma cuisine. J'ai fait des tartes au fromage, un gratin dauphinois, un gâteau moka, un deuxième gâteau de noix et un gâteau à l'orange, et j'ai mis tout ça au congélateur. J'ai acheté un rôti de bœuf et deux pintades chez mon bon boucher, que j'ai aussi congelés. Puis, à raison d'une trentaine tous les deux ou trois jours, je totalise, avec ceux d'aujourd'hui, cent quatre-vingt-deux petits choux. Enfin, j'ai racheté au supermarché plusieurs rouleaux de pâte feuilletée et des saucisses de Strasbourg, et j'ai fait soixante-deux feuilletés. Je vais essayer d'en faire encore d'ici à jeudi. Ça part tellement vite, c'est fou tout ce qu'ils avalent, il n'y a jamais assez...

Je n'aime plus beaucoup Noël. Ils sont gentils, tous, ils veulent absolument que je sois avec eux pour les fêtes, que je ne sois pas seule, surtout. Alors bien sûr ça me fait plaisir de les voir, mais tout ce bruit, ce désordre qui s'étend un peu plus chaque jour dans ma maison, ces repas qui n'en finissent pas, tout ce monde dans ma cuisine, les piles d'assiettes et les empilages de verres, le lave-vaisselle qui tourne sans arrêt, la poubelle qui déborde, les enfants qui courent partout et salissent tout avec leurs souliers pleins de terre et leurs petites mains grasses, le chien de ma fille qui prend la terrine du foie gras pour sa gamelle de croquettes, les discussions stériles, les voix qui portent, le ton qui monte avec les verres de vin, les disputes… Tout cela me fatigue.

Alors j'essaie d'avoir des horaires décalés. Le matin, je me lève avant eux, je descends tôt pour être tranquille dans la cuisine. J'aime bien être seule pour mon petit déjeuner, prendre mon thé et mes tartines dans le calme et sur une nappe propre. Quand ils sont tous en bas, je monte dans ma chambre et regarde un peu la télévision. À midi, je redoute le déjeuner. Je suis bien obligée de le prendre avec tout le monde, de présider la grande tablée. Au début, j'essaie de participer un peu aux conversations, mais j'ai une voix qui peine à s'imposer. Quand ils commencent à tous parler en même temps, je me tais. De toute façon, ils ne m'entendent pas. Si vraiment j'ai quelque chose d'important à dire, du genre « quelqu'un a-t-il pensé à sortir le fromage du Frigidaire ? » ou « pour ce soir, vous préférez que je sorte le gâteau à l'orange ou le gâteau de noix ? », je lève le doigt. Alors quelqu'un dit « Chuuuuut ! Bonne-maman veut parler ». Ils s'arrêtent tous et me fixent, ça fait un drôle de silence ; ils m'écoutent, me répondent avec douceur, un peu comme s'ils s'adressaient à une malade, puis ça recommence. Le bourdonnement reprend et très vite ça devient un brouhaha inaudible. Je ne saisis plus que quelques phrases au vol, les mots des uns et des autres se chevauchent, s'emmêlent, se mélangent au cliquetis des verres et des fourchettes, ils perdent leur sens et tout s'embrouille dans ma tête. Je sors de table complètement ahurie. Après le café, s'il n'est pas trop tard, je vais faire un petit tour dehors pour aérer ma tête, puis je monte à nouveau me reposer. Le soir, bien souvent je préférerais ne pas me mettre à table. Ces grands dîners font mes journées trop longues et mes soirées trop courtes. Je voudrais juste, vers sept heures du soir, m'asseoir tranquillement dans ma cuisine devant un bouillon ou une soupe, un yaourt ou une mandarine, et aller me coucher. Mais je n'ose pas. J'ai peur qu'ils le prennent mal. C'est comme s'ils ne voyaient pas que je vieillis, comme s'ils ne voulaient pas le voir… Alors je dîne avec tout le monde, à pas d'heure. Puis, pendant qu'ils débarrassent la table, je dis bonsoir à la cantonade et je monte. Enfin seule.

Je crois qu'il y a un âge où l'on n'est plus fait pour la vie de famille.

Jeudi 24 décembre

À part pour le déjeuner, je suis restée presque toute la journée à lire dans ma chambre. Un moment, je me suis allongée sur mon lit et je me suis endormie. C'est ma fille qui m'a réveillée. Elle est entrée tout doucement sans frapper, elle m'a fait sursauter. Elle m'a dit qu'elle m'avait appelée, que c'était bientôt l'heure de partir pour la messe et que, comme je ne répondais pas, elle avait eu peur… Peur de quoi ?

Vendredi 25 décembre

Il y a eu la messe. Il y a eu la sortie de messe. Il y a eu les souliers autour du sapin. Il y a eu le champagne et les petits choux. Il y a eu les cadeaux. Il y a eu le réveillon. Il y a eu le bruit jusque tard dans la nuit.

Emballé dans du papier journal, Jésus a oublié de naître. La mangeoire est restée vide entre Marie et Joseph, l'âne et le bœuf l'ont réchauffée pour rien.

Et moi je suis morte.

Samedi 26 décembre

Hier soir, j'ai déclaré forfait. Vers sept heures, je me suis fait chauffer un bouillon que j'ai avalé brûlant, en soufflant avant chaque gorgée, et je suis montée me coucher en disant bonsoir de loin. De la salle à manger me parvenait l'écho de leurs voix que ne couvrait pas totalement celle du journal télévisé. Puis je me suis sentie basculer dans un bain de coton, et plus rien.

Dimanche 27 décembre

Doucement je commence à revivre. Ce matin, pendant qu'ils dormaient tous encore, j'ai pris mon thé, puis je suis allée faire un tour sur l'allée. La fraîcheur m'a fait du bien. Seul mon gendre était levé. Il m'a conduite au Donjon pour la messe de dix heures et demie. Les autres ont continué à dormir. Deux messes en quatre jours, c'était trop.

Mardi 29 décembre

Comme tous les ans, quatre jours après Noël, je prends une année. Ce n'est pas drôle d'être née si vite après le petit Jésus. Quand j'étais enfant, je n'avais droit qu'à un seul cadeau, on me disait « ça te fera Noël et ton anniversaire ». J'enviais mon petit frère, né au beau milieu du mois d'août. Aujourd'hui, ça m'arrange plutôt. Refaire du tintouin avec un déjeuner ou un dîner à tout casser si vite après le réveillon du 24 et le repas de Noël, ça m'achèverait. Souvent, le 29, ils sont tous repartis. Alors, comme quand j'étais petite, je trouve mon cadeau d'anniversaire le soir de Noël, au pied du sapin, un pull ou une écharpe au milieu des chocolats, des livres et des cadres de photos de famille. Le vrai jour il arrive que, déjà loin, ils oublient de m'appeler.

Quand je suis seule, je me sers un verre de muscat au coin du feu, histoire de m'offrir un petit quelque chose. Mais, le plus souvent, on se retrouve pour marquer le coup avec Gilberte, Nine et Toinette. On ouvre une bouteille de crémant, on finit nos restes de foie gras et de saumon fumé, et on lève nos coupes au temps qui s'enfuit. « Bon anniversaire, Jeanne ! » Sans oser se le dire, on sait que c'est peut-être le dernier, qu'il faut en profiter.

L'année dernière, pour mes quatre-vingt-dix ans, les enfants avaient voulu organiser tout un raout. Du coup, j'avais dû patienter cinq mois avant de souffler mes bougies. Il avait fallu attendre les beaux jours pour pouvoir mettre des tables dehors. C'est qu'il y avait du monde. Moins que pour mes quatre-vingts ans tout de même, beaucoup de mes amis étaient partis depuis, mais ils avaient été remplacés par une tripotée d'arrière-petits-enfants autrement plus bruyants et agités. Ça m'avait bien fatiguée. Sur l'énorme charlotte aux fraises, ils avaient tenu à mettre le nombre exact de bougies. On ne voyait même plus le gâteau. Quatre-vingt-dix bougies, vous rendez-vous compte, un coup à mettre le feu !

Il reste que, cette année, j'ai bien failli boire toute seule à ma santé. Jusqu'à la semaine prochaine Gilberte a encore sa fille d'Amérique, celle qui pose son mari sur la cheminée ; Toinette est partie quelques jours chez son fils en Bourgogne, et Nine passe les fêtes chez sa sœur.

Mais, cette année, mes enfants sont là. Je crois qu'ils sont restés exprès pour moi. J'ignore si je dois m'en réjouir ou m'en inquiéter... Sur le gâteau de marrons, à côté de deux petits paquets enrubannés, ils ont mis neuf grandes bougies pour les dizaines et une petite pour l'unité. Aujourd'hui, j'ai dix ans.

Mercredi 30 décembre

Mes enfants sont repartis ce soir après le dîner. Ils vont fêter le nouvel an à Paris, ils ont des réveillons.

Moi je ne réveillonne avec personne. Denise m'avait proposé de me joindre à elle avec quelques amis de Moulins, mais je ne les connais pas et je n'ai plus l'âge de faire des mondanités. De toute façon, je n'ai pas du tout envie de m'aventurer sur les routes un soir comme celui-ci, et personne pour me conduire. Et puis, manger encore du foie gras, du saumon et des gâteaux, j'en ai assez. Je n'ai plus envie. Les « bonne année ! » avec les embrassades sur les deux joues sous la boule de gui, je n'ai plus envie non plus. Les douze coups de minuit qui n'en finissent pas de se faire attendre, les bâillements qu'il faut retenir, les yeux qui piquent et luttent pour demeurer ouverts, non, vraiment, je suis lasse de tout cela depuis bien longtemps.

En fermant mes volets, j'ai senti quelques flocons. De la petite neige fine, à moitié fondue. S'il gèle, ça va verglacer. Je jette un œil inquiet à mon thermomètre, il affiche deux degrés, pourvu qu'il ne baisse pas plus… Je n'aime pas savoir les enfants sur les routes, ils sont partis trop tard…

Jeudi 31 décembre

Je me suis réveillée dans une maison silencieuse. Pourtant, ils sont encore un peu là, l'air n'est pas tout à fait redevenu comme avant.

Plus le temps avance et plus le passé semble vouloir s'attarder, peu pressé de devenir un souvenir. Le jour où il s'éternisera, alors je serai morte. Il n'y a que le bon Dieu qui puisse être à la fois passé, présent et futur.

Il est tôt. En robe de chambre et pantoufles, je descends l'escalier en me tenant à la rampe pour ne pas glisser. Je remarque une tache de couleur sur l'avant-dernière marche. De la peinture, de la pâte à modeler peut-être ? La petite Angèle nettoiera cela tout à l'heure. Je lui avais proposé de prendre sa journée, mais elle a absolument tenu à venir travailler.

J'avale un petit déjeuner rapide et je vide le lave-vaisselle qu'ils ont fait tourner hier avant de partir. Tiens, ils ont oublié un biberon… Dans le réfrigérateur, il y a tout un tas de choses qu'ils ont laissées et dont je ne ferai rien : du lait de soja, une assiette de coquillettes au jambon, un bol de semoule, une bouteille de Coca-Cola entamée… Je jette, je lave, j'essuie, je range. Dans mes placards, à côté de mon sucre et de mon riz, je trouve divers paquets et sachets avec, écrit en gros, « Bio ». De cela non plus je ne ferai rien, ça restera là jusqu'à ce qu'ils reviennent. Tout de même, ça encombre un peu… Peut-être que ça intéresserait la petite Angèle ? Il faut que je pense à lui proposer.

Je me retrouve à la tête de plein de pain rassis. Mon fils dit que je n'en prévois jamais assez mais, eux, ils en achètent toujours trop. Je le mets de côté pour Angèle, elle donne le vieux pain à ses poules.

Je monte, je prends ma douche et je m'habille. Je mets le pull qu'ils m'ont offert pour Noël. Tous les ans ils m'offrent un pull, je ne vais bientôt plus savoir où les mettre. Puis je redescends. Il est neuf heures moins le quart.

En attendant le coup de sonnette d'Angèle, j'ouvre la porte du salon. Il fait noir, les volets ont été fermés. J'allume la lumière et je m'assois près de la cheminée. Ça sent la cendre et le sapin. La pièce est encore pleine du parfum de Noël, mélange de feu de bois, de cire chaude et de gâteau. La crèche est toujours là, une petite bougie fondue posée devant. Personne n'a défait le sapin. Une année, il est resté jusqu'à Pâques ! Comme je ne chauffe pas le salon quand je suis seule, il y fait très froid. Les aiguilles n'étaient pas tombées, nous aurions presque pu le garder jusqu'au Noël suivant.

Sur la table basse, à côté d'un cendrier rempli de coques de pistaches, une coupe de champagne a été oubliée. Par terre, au pied d'un fauteuil, je retrouve un petit chou écrasé.

J'ai un petit coup de cafard. Je me lève, je vais brancher la guirlande lumineuse qui se met à clignoter dans le vide. Je me rassois et je regarde. Encore combien de Noëls ?

Après le déjeuner, mes enfants m'ont téléphoné. Ils sont ennuyés de me savoir seule ce soir, moi pas. Qu'est-ce que ça peut me faire que l'on change d'année ? Et puis ce n'est pas forcément une bonne nouvelle. À nos âges, bien souvent l'année qui vient ne contient plus guère de promesses, on a fini de se réjouir du temps qui coule et peu à peu nous engloutit. On sait qu'il n'y a plus beaucoup de grains dans le haut du sablier. Alors je vais regarder un peu la télévision dans le bureau avec une tasse de bouillon et une mandarine, sur la 25 ils redonnent *La Cage aux folles* que j'ai déjà vu cent fois, puis j'irai me coucher. Demain sera un jour comme les autres.

Vendredi 1er janvier

Aujourd'hui, mon téléphone a beaucoup sonné. Mon fils, ma fille, mes petits-enfants, mon frère, quelques neveux et nièces m'ont appelée pour me souhaiter bonne année Jeanne, bonne année maman, bonne année bonne-maman, bonne année tante Jeanne… Pour marquer le coup, vers midi, j'ai sorti deux jolies coupes du placard, j'ai mis une bouteille de crémant dans le congélateur et j'ai appelé Fernand. Une demi-heure plus tard, il était là. Il s'était fait tout beau et sentait bon le propre, comme quand il allait voir Marcelle à l'hôpital. Je suis allée chercher ma bouteille, elle était bien fraîche, et nous nous sommes installés dans le bureau où j'avais allumé un feu. Il faisait bon. J'avais préparé les deux coupes sur la petite table gigogne qui me vient de mes parents, avec des cacahuètes et quelques feuilletés à la saucisse. Un peu intimidé, assis tout au bord du fauteuil bleu, n'osant pas s'y poser complètement, il a levé sa coupe, sa main tremblait un peu, en disant « Allez, bonne année madame Jeanne, et la santé, hein, la santé… ». On a un peu parlé de la Marcelle, de René, et du temps d'avant. Puis on n'a plus trop su quoi se dire. Je nous ai resservi une coupe à chacun. Il a mangé toutes les cacahuètes, et moi tous les feuilletés. Je crois que ça lui a fait plaisir, ce petit moment partagé. À moi aussi. Nous n'avions pas besoin de nous parler, les mots ne servaient à rien, ce n'était pas grave de ne pas en trouver. Nous avions juste besoin de ne pas être seuls. Parce qu'on a beau se dire que c'est un jour comme les autres, la solitude de ce jour-là n'est pas tout à fait comme les autres.

Dimanche 3 janvier

Nine est rentrée jeudi, Toinette rentre demain. La fille de Gilberte est repartie avec ses cendres en Amérique. La vie normale reprend doucement, un peu au ralenti. Chacune se remet de ces fêtes qui pour nous n'en sont plus vraiment.

Mardi 5 janvier

Ce matin, la température est tombée au-dessous de zéro. Il y a de la gelée blanche, la pelouse est poudrée et scintille sous un soleil blafard. C'est l'hiver.

L'hiver, c'est la saison des morts. Pas celle où on les fête en leur apportant des fleurs, non. Celle où on nous les arrache, et où on les enterre.

Ça a d'abord été Bertrand, il n'a pas réussi à aller au bout de l'année. Il est parti le 30 décembre, à quatre-vingt-dix ans, avant le dernier champagne et les cotillons. Henri l'a suivi de peu, on l'a mis en terre sous une pluie battante. Il aurait eu quatre-vingt-quinze ans en mars. Sa tête ne suivait plus toujours, mais il avait une santé de fer. Il est mort d'un coup, on l'a retrouvé par terre, en pyjama, entre son lit et la table de nuit. Puis ça a été Camille, la plus joyeuse, la plus vivante de mes cousines. Je me souviens d'avoir pensé que si même Camille avait fini par mourir, alors, c'était sûr, nous allions tous y passer. Elle venait d'avoir quatre-vingt-neuf ans. Camille et son rire explosif, contagieux, formidable, qui explosa encore quelques dernières fois, inattendu, presque incongru, dans sa chambre d'hôpital, alors qu'elle était dans un semi-coma. Ce rire grâce auquel, nous assura le prêtre qui célébrait la messe, là-haut, dans l'immensité du ciel, son mari ne risquait pas de mettre longtemps à la retrouver. Camille qui m'accompagnait avec Henriette à l'hôpital du Val-de-Grâce pendant l'Occupation, Henriette qu'on était allés enterrer il y a quelques mois à peine. C'est toute ma jeunesse qu'on m'arrache mort après mort, mes souvenirs sur lesquels on jette des pelletées de terre mouillée.

Mercredi 6 janvier

Je plonge dans mon passé. Après le café, je suis allée rechercher de vieux albums de photos, du temps de mes parents, de ma jeunesse, puis des premières années de mon mariage, et je me suis installée dans le fauteuil bleu. Aujourd'hui on ne fait plus d'albums, on regarde les photos sur des écrans d'ordinateur ou de téléphones portables, ça défile à toute allure, ça brille, on n'y voit rien, ça me donne mal à la tête. En plus, quand ils me montrent des photos sur leurs téléphones qui font tout, il suffit que je mette mon doigt là où il ne faut pas pour que la photo s'en aille. Je n'ose plus rien toucher, je les laisse tenir l'appareil devant moi, je ne veux plus le prendre dans ma main, j'ai trop peur de tout faire disparaître.

Ils sont un peu malades mes vieux albums, surtout ceux que j'ai récupérés de mes parents. Quelques pages sont arrachées, des photos se sont détachées, se libérant des quatre petits coins qui les retenaient. Je m'efforce de les remettre à leur place en lisant les légendes soigneusement écrites au crayon blanc sur les pages noires. Une feuille de papier cristal, qui émet de petits craquements chaque fois qu'on la tourne, protège les photos, évitant qu'elles adhèrent les unes aux autres. Dans les plus anciens, de gros livres vert foncé aux pages cartonnées, les photos sont minuscules. J'y retrouve mon père et sa sœur. Sur un court de tennis, raquette en avant, ma tante Charlotte semble voler vers la balle malgré une grande jupe qui lui descend presque jusqu'aux chevilles. Un bandeau blanc lui ceint le front, retenant ses cheveux coupés à la mode de l'époque, en « bob ». Ma grand-mère est là aussi, et ma tante Ginette, l'autre sœur de mon père, la mère de Camille, Henriette et Louise. Là, justement, je suis avec mes cousines, quatre jeunes filles assises sur un banc, en train de faire des grimaces. Dans un autre album, nouveau bond en arrière, c'est moi cette fillette blonde aux cheveux raides à l'air raisonnable. Quelques pages plus loin, voici mon petit frère, ce gros bébé que j'avais trouvé si laid en le découvrant dans son berceau, et qui aujourd'hui porte douloureusement le poids de quatre-vingt-six ans de souffrances. C'est lui aussi, un peu plus tard, ce magnifique enfant aux cheveux longs et bouclés, puis ce très beau jeune homme, athlétique et distingué, qui pose sur la plage de Paramé, en uniforme de saint-cyrien. Diplômé de Sciences-Po, courtisé par les plus belles jeunes filles, brillant, talentueux et cultivé, il s'enfermera dans un mariage malheureux et un bureau étriqué de petit chef du personnel. Je crois qu'il n'a jamais été heureux. Et pendant que je trotte encore sur mes deux jambes ou me carapate au volant de ma voiture, que je retrouve mes amies autour d'une tasse de thé, d'un vin blanc ou d'un jeu de cartes, que je m'active dans ma grande maison, lui regarde passer les jours dans un modeste appartement de la banlieue parisienne, veillant sur sa femme malade alors qu'il peut à peine marcher et que plusieurs infarctus l'ont laissé handicapé. Ils ne voient personne, leur téléphone ne sonne pas, la boîte aux lettres ne reçoit plus d'enveloppes écrites à la main ni de cartes postales. Les visites quotidiennes sont celles de la dame qui chaque matin vient faire leur toilette. Tous deux respirent encore, pour autant est-ce encore vivre ? Que la vie est injuste…

Jeudi 7 janvier

Souvent, la nuit, quand je n'arrive pas à dormir, je me raconte des histoires. Je refais ma vie. J'ai à nouveau vingt ans, je me remarie. Je reprends le même homme, mais on ne part plus s'installer à la campagne. On fait ce qui était prévu au départ, ce qu'on aurait dû faire si mon beau-père n'avait pas brutalement cassé sa pipe, six mois après notre mariage : nous devions partir pour l'étranger, voyager. Dans mes histoires, j'arrange un peu. Je remplace la Côte d'Ivoire, où un poste administratif attendait René, par l'Extrême-Orient dont il n'avait jamais été question mais dont la simple évocation me faisait rêver. Nous embarquons à bord d'un paquebot, le *Bir-Hakeim* ou *La Marseillaise*, et nous voguons vers les Indes. Au lieu de reprendre le portefeuille de son père, de vendre des contrats d'assurance et de passer des soirées entières à remplir de la paperasse en tapant à deux doigts sur sa machine à écrire, René aurait obtenu une belle place aux Messageries maritimes. Comme son frère Maurice. Nous aurions vécu en Indochine, puis nous aurions repris la mer à bord du *Ferdinand-de-Lesseps* ou de l'*Oregon* pour nous installer dans les îles, Madagascar, La Réunion, Tahiti… Au lieu de passer ces années infernales sous le toit de ma belle-mère, nous aurions eu une belle maison au bord de la mer et mené une existence douce et facile. Le soir, j'aurais mis une belle robe pour aller au bal. Des officiers m'auraient fait valser (René n'a jamais su danser), le champagne m'aurait tourné la tête.

Je me vois tourner, virevolter, rire, rire… dans d'autres bras peut-être…

D'autres nuits, je suis une héroïne. C'est la guerre, l'Occupation… À Paris je fais la connaissance d'un garçon qui est dans la Résistance, je m'engage à ses côtés, il est beau, il est courageux, avec ses camarades il va faire sauter un pont avec de la dynamite… Ou bien, juchée sur ma bicyclette Gitane, je porte au péril de ma vie un message à un jeune homme du maquis, et je pédale, je pédale, vite, vite, de plus en plus vite, je ne sens pas la fatigue, des soldats allemands me suivent des yeux mais je n'ai pas peur, je les défie du regard, je sens qu'ils me trouvent belle mais j'ignore leurs compliments, peut-être même que je crache par terre en les dépassant, je suis fière, je fais mon devoir, j'aime mon pays, grâce à moi la patrie sera sauvée…

Vendredi 8 janvier

Pourquoi tant de gens partent en hiver ? Est-ce le froid, le manque de lumière ? René est mort un 6 février, dans la fraîcheur ensoleillée de l'aube. Le froid ne conserve pas toujours.

C'est dur, l'hiver. On marche moins vite, moins longtemps, les rouages se grippent, les articulations rouillent. Le gel et le vent nous font le souffle plus court. Il faut lutter pour avancer. Il faut encore un peu de forces pour tenir et traverser la saison jusqu'aux premiers bourgeons. Mais Dieu que c'est long. Pourtant, les jours sont courts, ils devraient passer plus vite…

On vit au ralenti. Nos existences commencent à nous peser, nos têtes s'alourdissent de pensées sombres. Alors on laisse entrer les courants d'air, pour oublier. Peu à peu, on lâche prise.

Il en faut de la volonté pour passer l'hiver, résister et se dire que, malgré la lassitude, ce n'est peut-être pas le dernier.

Lundi 11 janvier

Depuis quelques jours, peut-être à cause de tous mes morts, j'ai ressorti mon carnet de la table de nuit, celui dans lequel je note des pensées, celles qui parfois me traversent et que j'ai peur d'oublier, et ces citations, ces petites phrases que je saisis au vol. Je parle au bon Dieu aussi, on ne sait jamais... Je repense à ce que m'a dit Louise après l'enterrement de Camille : « Il faudrait peut-être que je fasse un effort, que j'essaie de me rapprocher de tout ça, le bon Dieu, l'église... Ça serait plus raisonnable à présent, tu ne crois pas ? » Louise ne pratique plus depuis belle lurette, elle a tout envoyé balader il y a bien longtemps. Pendant la messe de Camille, je l'avais observée à la dérobée. Ses lèvres étaient demeurées closes, même pour le *Notre Père*. Les cantiques non plus n'étaient pas parvenus à les desceller. Elle qui aimait tant chanter à tue-tête et possède une si belle voix... Au cimetière, elle avait tout de même fait un signe de croix devant la tombe. C'était juste après, qu'elle m'avait dit ça. Comme si, face au trou, elle avait soudain pris peur.

Ce soir, dans mon petit carnet, je note cette phrase d'un académicien que j'ai entendu à la radio. C'est un monsieur très prétentieux mais il a dit de bien belles choses, alors je lui pardonne. En parlant de Mozart il a dit : « Quand on écoute le *Requiem*, on a envie de mourir. » Il a aussi rappelé une volonté qu'aurait exprimée Chopin sur son lit de mort : « Vous jouerez du Mozart en souvenir de moi… »

Et je me dis qu'il doit être doux de s'éteindre en écoutant Mozart… Et d'ainsi continuer de vivre dans le cœur de ceux que l'on a aimés quand ils entendront sa *Petite Musique de nuit*, un de ses concertos, une sonate ou une symphonie.

Mardi 12 janvier

Ce matin quand j'ai ouvert les volets, le paysage avait changé, on aurait dit une carte postale en noir et blanc. Les branches des arbres noirs étaient recouvertes d'une épaisse couche blanche. La pelouse, le massif, et même les monticules de terre des taupes étaient blancs. Le ciel était gris blanc, la cour gravillonnée était blanche. Et il y avait ce silence, aussi, comme le grand blanc qui se fait dans une conversation, quand un ange passe. Comme l'écran neigeux de la télévision, quand parfois elle se tait d'un coup, plongeant le salon dans un silence feutré. Ils l'avaient annoncé hier aux nouvelles, du coup j'étais allée mettre ma voiture au garage. De toute façon, quand il y a de la neige, je ne roule pas. À la campagne, quand il neige, la vie s'arrête. Plus question de prendre la voiture, d'aller les unes chez les autres. Chacun reste chez soi. La seule visite que je reçois est celle de la factrice. Je ne l'entends pas arriver, la petite voiture jaune semble glisser sur la neige comme un traîneau.

Vers midi, le brouillard s'est levé et le soleil est apparu, d'abord timide et pâle, puis rayonnant dans un ciel subitement dégagé. L'hiver reprend des couleurs. Sous le jaune du soleil et le bleu du ciel, des petits diamants scintillent sur la neige, comme une invitation à sortir. Excitée comme une gamine, j'ai mis des chaussettes de laine, enfilé mes bottes fourrées, un gros chandail et mon vieil anorak, j'ai pris ma canne et je me suis retrouvée dehors. Je suis allée faire quelques pas sur l'allée, en faisant bien attention, tâtant le terrain devant moi avec ma canne pour éviter les nids-de-poule. La neige est un piège, elle cache les pierres et les trous. Ça crisse sous mes bottes qui laissent de vilaines traces dans le blanc. Puis j'ai poussé jusqu'au potager, je voulais voir la vue. Même le fil à linge est blanc. Au loin, la chaîne des Puys se détache sur un ciel pur, c'est beau. Peu de voitures passent sur la petite route qui longe les prés, je ne les entends pas, la neige rend délicieusement sourd. Tout est blanc, cotonneux, le paysage et les sons.

J'ai envie de jouer. La neige, c'est l'enfance qui tombe du ciel. Je ramasse un peu de poudreuse sur la haie, c'est froid, je n'ai pas de gants. Glissant ma canne sous mon bras, je façonne une boule, petite et dure, et je la lance, le plus loin possible. Puis une autre, mes doigts s'habituent, ils deviennent gourds, ne sentent plus la morsure du froid. J'essaie de viser, un tronc, une branche, la barrière, la souche du marronnier coupé l'année dernière. Le plus souvent, je manque ma cible. Ce n'est pas l'âge, j'ai toujours été maladroite. Brusquement, j'ai froid. Le soleil est bas, il chauffe à peine. La lumière est étrange. Ma respiration est courte, je ne sens plus mon nez. Dans mes yeux, j'ai plein de petites étoiles. Est-ce le scintillement de la neige, le vertige dû à tout ce blanc ?

J'enfonce ma main gauche dans ma poche d'anorak, et m'appuie de la droite sur ma canne pour me hâter vers la maison. J'avance vite, pour faire à nouveau circuler le sang. Je me sens tout engourdie, j'ai dû rester trop longtemps immobile, mes pieds sont gelés dans mes bottes en fourrure. Pour me donner du courage, je pense au bon feu que je vais allumer et à la tasse de thé brûlant que je vais prendre avec un toast beurré. Puis je finirai mon mot croisé, bien au chaud tout près de la cheminée. J'ai passé l'âge de jouer aux boules de neige.

Mercredi 13 janvier

La neige a tenu. J'espère qu'ils vont vite dégager la route, sinon la petite Angèle ne pourra pas venir demain. Il ne s'agirait pas qu'elle aille au fossé. Il fait beau, mais le thermomètre affiche toujours quelques degrés au-dessous de zéro.

C'est dommage que les petits-enfants ne soient pas là. Ils auraient pu faire de la luge dans le pré pentu le long de l'allée, celui des vaches et des champignons, et un gros bonhomme de neige sur la terrasse. Un hiver, mon petit-fils en avait fait un magnifique qui avait résisté plus d'une semaine. C'était tard dans la saison, aux environs de Pâques. Petit à petit tout avait fondu alentour, mais le bonhomme blanc tenait bon. Sur la terrasse devenue une patinoire, alors que la neige avait cédé la place à une mousse humide et glissante, il était toujours là. De la fenêtre de ma cuisine, je l'avais vu s'effacer un peu plus chaque jour sous le soleil. Il avait d'abord perdu ses deux yeux marron, puis son long nez carotte, avant de se diluer dans la douceur printanière. J'avais attendu quelques jours que la mousse sèche, et j'étais allée récupérer le vieux chapeau de paille de René.

Jeudi 14 janvier

Ce matin, quand j'ai ouvert mes volets, la nuit avait recouvert le paysage d'un gris sale et mouillé. La pluie tombait, ça faisait du bruit dans la gouttière. La neige avait presque entièrement fondu et les arbres, un temps illuminés par le givre, avaient retrouvé leurs habits noirs. Angèle n'a pas eu de problème sur la route et a sonné comme d'habitude, à neuf heures pétantes. La vie normale a repris son cours.

Après le déjeuner, j'ai fait un saut au Donjon pour acheter une plaquette de beurre salé et une baguette de pain. J'en ai profité pour remettre de l'essence dans ma voiture. Puis je suis rentrée chez moi et je n'ai rien fait. J'ai dû dormir un peu. À mon réveil, les dernières plaques blanches avaient disparu. Jamais mon enfance ne m'a paru si loin ni mon avenir si vide.

Vendredi 15 janvier

Ce matin ils sont venus « tomber » le gros noyer près de la maison. J'en avais assez des coques de noix sur les graviers, on marchait dessus, ça faisait du noir partout, et les noix n'étaient même pas bonnes à manger, elles étaient toutes sèches ou pleines d'asticots. Sans compter les feuilles à ratisser ou qu'on laissait pourrir dans la cour. Ils sont arrivés à trois, avec leur matériel. Ils ont jaugé le centenaire, ont discuté un moment en lui tournant autour, puis ils l'ont encordé, ont ajusté leurs casques, et ils ont coupé. Le problème, c'est qu'il n'est pas tombé du bon côté. Il est allé s'écraser tout en lenteur sur trois petits arbres que j'aimais beaucoup, les brisant net au bas des troncs, finissant sa chute sur la haie dont il a aplati une bonne partie. Il va falloir remettre des arbres et redresser la haie, ou en faire pousser une neuve. Combien de temps ça va prendre tout ça ?

Samedi 16 janvier

J'ai mal dormi. C'est que ça m'a contrariée cette histoire. En ouvrant mes volets, je regarde le bosquet avec à sa droite l'énorme souche du noyer dont les restes gisent sur le gravier. Les hommes viendront chercher tout ça aujourd'hui. Ou demain. Je ne sais pas. Allongés dans les broussailles, les arbustes à terre agonisent. Devant, la grosse trouée dans la haie me donne mal au cœur. Tout cela sent la fin de vie.

Les arbres, quand ils sont trop vieux, dégarnis et moussus, devenus laids et gênants pour leur entourage qu'ils empêchent de grandir et s'épanouir, on les abat. Puis, comme les vaches et les cochons, on les débite. Ça fait des bûches pour le feu, et si leur bois a encore quelque valeur, on le vend.

Moi aussi, je me sens desséchée, vermoulue. Quand la Faucheuse va-t-elle venir me tomber ? Oh, je ne ferai pas comme le gros noyer, de quelque côté que je m'écroule je ne ferai aucun mal. Je m'affaisserai avec douceur, aucune vie ne s'arrêtera avec la mienne. Après moi, mes massifs continueront de fleurir, ma haie de verdir et mes arbres de s'élever vers le ciel.

Sur la pelouse, pas très loin du massif rond, mes petits-enfants ont planté un arbre pour moi. Ils me l'ont offert pour mes quatre-vingts ans. Ils avaient choisi un arbre que je ne connaissais pas, un ginkgo biloba. On l'appelle aussi « l'arbre aux mille écus » à cause du jaune d'or de ses feuilles en automne qui lui font comme un tapis d'écus au pied. Il paraît qu'il résiste à tout, même à une explosion nucléaire ! C'est aussi la plus vieille espèce d'arbre connue.

Mon petit arbre n'a pas eu de chance. Dès le premier hiver, une tempête lui a fait perdre la tête. Ça lui a donné une drôle d'allure... En tout cas, ça ne lui a pas réussi, dix ans après il a toujours besoin de son tuteur. Il ne pousse ni en hauteur ni en largeur. Il est tout malingre, son tronc, qui a conservé l'aspect chétif d'une brindille, est déjà recouvert de lichen comme s'il avait vieilli prématurément. Au printemps, tout de même, quelques feuilles habillent ses branches de vert tendre, mais pas en nombre suffisant pour lui faire un tapis d'or lorsque arrive l'automne. Les deux plus longues branches, qui sont aussi les plus hautes, lui font deux bras en croix. Souvent, pour le désigner, mes petits-enfants l'appellent « bonne-maman ». Eh bien, le moins que l'on puisse dire en le regardant, c'est que je ne suis pas très en forme. Passez-moi une écharpe autour du cou et posez un chapeau de paille à la place de ma tête coupée, et je ferai peur aux corbeaux.

Lundi 18 janvier

Est-ce l'idée que je ne suis plus très loin du bon Dieu ? Ce matin, dans mon lit, je me suis mise à prier. Oh, pas en récitant des prières toutes faites, non. Simplement, j'ai parlé au bon Dieu et une étrange douceur m'a enveloppée. Je suis restée un moment comme ça, dans cette paix presque surnaturelle. Je crois que j'aurais pu mourir alors, je me serais laissée partir doucement, rien ne m'aurait retenue.

J'ai repensé à René. Il faisait sa prière tous les soirs et regrettait que je ne me joigne jamais à lui. Nous n'avions pas la même idée du bon Dieu, ni la même manière de nous adresser à Lui. René était beaucoup plus traditionnel, il avait besoin de rituels, n'avalait plus rien une heure avant de communier, allait se confesser une fois par mois. Je ne faisais rien de tout cela. Il me traitait de « parpaillote ».

Pour prier, René s'agenouillait sur la descente de lit, les coudes reposant sur le dessus-de-lit, la tête dans ses mains. À voix basse, il récitait un *Notre Père*, un *Je vous salue Marie*, un *Acte de contrition*, et il demeurait un moment ainsi, sans bouger, silencieux. Puis il faisait un signe de croix, se redressait doucement, retirait ses babouches jaunes achetées au Maroc, les posait bien alignées au pied du lit, se glissait dans les draps, chaussait ses lunettes et feuilletait le *Figaro Magazine* avant d'éteindre sa lampe de chevet et de me dire bonsoir en déposant un léger baiser sur mon front.

René était un homme droit, un homme de règles et de discipline. Il obéissait au bon Dieu, au curé, aux gendarmes et au président de la République. À sa mère aussi, plus exigeante que tous ceux-là réunis et qui a eu le mauvais goût de vivre jusqu'à quatre-vingt-dix ans bien sonnés. René ne dépassait jamais les limites de vitesse, était poli avec tout le monde, payait ses impôts et les factures rubis sur l'ongle. René n'avait pas de fantaisie, ou plutôt il était une fantaisie à lui tout seul, une espèce d'être rare qui, à force d'être sérieux, était devenu drôle.

Moi je ne me confesse jamais. J'arrange mes petites affaires directement avec le bon Dieu.

Je ne m'agenouille pas non plus pour faire ma prière. D'ailleurs, je ne fais pas ma prière du soir. Je prie quand j'en ai envie, quand j'en ai besoin. Et pas en récitant par cœur des prières toutes faites. Je dis ce qui me passe par la tête. Parfois, j'adresse vraiment une prière, je dis « mon Dieu, faites que… » mais j'essaie de ne pas en abuser, c'est à moi de satisfaire le bon Dieu, pas l'inverse. Lui, il a des âmes bien plus en détresse que la mienne à s'occuper, il y a tant de gens malheureux et moi j'ai tellement de chance. J'ai une belle vie. Souvent je me dis que ce n'est pas juste. J'ai un peu honte. Je devrais donner davantage aux autres, un peu de ce qu'il me reste de force aux plus faibles. Alors souvent, en guise de prière, je demande pardon. Oh, ce n'est pas que je fasse de bien gros péchés, mais il m'arrive d'avoir de mauvaises pensées, de détourner le regard de quelqu'un qui aurait besoin de moi, d'envoyer promener des gens qui ne le méritent pas. Avec l'âge, je deviens plus impatiente, plus égoïste aussi. Mon univers se rétrécit, et avec lui mes petites préoccupations. De plus en plus, elles tournent autour de moi et m'éloignent du monde. Mon temps aussi rapetisse, il devient précieux, et l'attente une angoisse. Je suis comme le nouveau-né qui veut tout, tout de suite, parce qu'il n'a pas la notion de l'avenir. Il pleure, il ne sait pas encore que la porte qui se referme sur sa mère, quelques minutes ou quelques heures plus tard, va se rouvrir sur son sourire. Moi non plus, je ne le sais pas, je ne le sais plus. Je n'ai plus de certitudes. Quand mes enfants s'en vont, je ne suis plus sûre de les revoir. Mon futur et mon présent se confondent et l'idée du premier n'adoucit plus la réalité du second.

Jeudi 21 janvier

Mon fils s'est mis en tête de faire des travaux. Je ne peux rien dire, depuis la mort de René la maison appartient officiellement à mes enfants. Je suis chez eux chez moi, en quelque sorte. Je sais bien que la maison s'abîme, que ses murs tremblent, qu'elle a perdu son lustre. Elle et moi vieillissons ensemble. Moi ça ne me gêne pas, je ne vois pas les choses se dégrader. Il paraît que l'électricité est vétuste et que cela devient dangereux. Il ne manquerait plus que la maison saute, et moi avec ! Alors j'ai dit d'accord pour l'électricien. Et puis les murs se fissurent un peu partout, les peintures s'écaillent, le papier peint se décolle, il y a des problèmes de robinets et de baignoire... Finalement j'ai dit d'accord pour tout. Du moment que je n'ai pas à m'en occuper. C'est comme ça que, depuis une semaine, des messieurs que je ne connais pas envahissent ma maison.

Ce matin les ouvriers ont sonné à huit heures. Ils m'ont réveillée, je ne les attendais pas si tôt. J'ai enfilé ma robe de chambre et suis descendue leur ouvrir tout ensommeillée. Ils sont nombreux, au moins quatre ou cinq, je ne sais jamais qui est qui, qui fait quoi, je ne les reconnais pas. Plombier, électricien, menuisier, maçon, je les confonds tous, dis plusieurs fois bonjour à l'un, jamais à l'autre. Tous les soirs je vais voir ce qu'ils ont fait, je ne vois rien. Tout me semble toujours rigoureusement dans le même état d'avancement que la veille. Je n'y comprends rien, pourtant ils y passent la journée. Ils doivent faire des choses qui ne se voient pas. En attendant, je trouve ça bien long. Ils laissent toutes les portes ouvertes, l'air froid s'engouffre à l'intérieur et se répand dans toutes les pièces. La poussière est partout, leurs godillots laissent de grosses empreintes blanches sur le parquet, marron sur le carrelage. La petite Angèle dit que ce sont des cochons. J'aimerais que ça se termine, retrouver une maison propre et me sentir à nouveau chez moi.

Dimanche 24 janvier

Mon fils a passé le week-end avec moi. Il s'était annoncé un peu au dernier moment vendredi pour le déjeuner, il voulait voir le chef des travaux. J'en avais profité pour lui dire qu'ils travaillaient bien salement ! Je n'avais pas grand-chose pour le nourrir, depuis Noël je n'ai pas refait beaucoup de cuisine et le congélateur est un peu vide. Je préfère qu'on me prévienne quelques jours à l'avance, ça me donne le temps de m'organiser.

Il a fait plein de courses. C'est l'avantage quand il vient, il achète toujours un tas de bonnes choses et remplit mon Frigidaire. Et, bien sûr, il a aussi fait resonner toutes les pendules. Lorsqu'elles s'arrêtent, il faut les remonter avec une clé en faisant sonner toutes les heures, et souvent j'oublie. Quand il arrive, à peine dit bonjour, il se rue sur la grande horloge de l'entrée pour en relancer le balancier. Je n'ose pas le lui dire mais au fond de moi, j'aime autant qu'elle reste silencieuse ; depuis que j'ai le sommeil léger, la sonnerie cuivrée aux allures de gong chinois me réveille et m'empêche de me rendormir.

On a bien bu et bien mangé, c'est même lui qui a tenu à faire la cuisine pour que je ne me fatigue pas. On a fait plusieurs parties de Scrabble et j'ai tout gagné. Il faut dire aussi que j'ai de l'entraînement, je connais par cœur tous les mots en K, W et X. Je l'ai vu blêmir quand j'ai étalé, sur un mot compte triple, les six lettres du mot « wakamé », avec le K sur une case « lettre compte double » !

Hier, il a passé un long moment dans le bureau, je me demandais bien ce qu'il fricotait assis comme ça à côté du téléphone. Quand je suis arrivée avec la table roulante pour prendre le thé, il avait enfin fini. Il a ouvert son ordinateur et, l'air satisfait, il m'a dit « ça marche ! » Qu'est-ce qui marche ? Et là j'ai vu qu'il avait installé une espèce de boîte plate et laide tout près du téléphone. Enfin, lui, il dit « une box ». Cette manie d'utiliser des mots anglais... Encore une mode. Il m'a expliqué que cette boîte permettait d'avoir Internet. Que puis-je dire, maintenant qu'il l'a installée je ne vais pas l'enlever. Je ne cherche pas à comprendre. Moi, je n'ai jamais su me servir du Minitel, alors... Le Minitel, c'était encore plus affreux parce que ça prenait bien plus de place. Ça ressemblait à un poste de télévision, en beige et en plus petit. C'est resté des années à côté du téléphone, puis il a fallu le rendre à La Poste. Bon débarras. Et voilà que maintenant, à la place, j'ai ce rectangle de plastique blanc avec des petites lumières rouges et vertes qui clignotent sans arrêt. Et bien sûr des fils, encore des fils, toujours plus de fils partout. Tout ce bazar à côté des moulures et de la vieille bibliothèque emplie de livres anciens... Pourquoi tout ce qui est nouveau est-il si laid ? Ces boîtes à Internet ne pourraient-elles pas être recouvertes de bois ? Ou au moins prendre un peu moins de place ? On fait bien tenir des centaines de musiques dans des téléphones pas plus gros que des boîtes d'allumettes et des bibliothèques entières dans des espèces de tablettes de la taille d'un livre de poche.

Mardi 26 janvier

Zut ! Pile au moment où j'arrivais dans la cuisine en rapportant la théière, le néon a claqué. Même si les jours commencent à rallonger, la nuit tombe encore tôt, dans une heure je n'y verrai plus rien. Comment je vais faire ? Mon fils est reparti, ma fille et mon gendre ne viennent que le week-end prochain. Il y a bien la petite Angèle qui sera là après-demain matin, mais je n'aime pas trop la voir juchée sur l'escabeau... Quant au Fernand, le pauvre, il y a belle lurette que je ne peux plus rien lui demander. Je pourrais aller trouver l'un des ouvriers, mais je n'ose pas. Ils ne sont pas là pour ça, et puis ils ne sont pas très causants... Finalement, je suis allée chercher la lampe de chevet d'une des chambres d'enfant et je l'ai installée à côté de la gazinière. Ça n'éclaire pas beaucoup, mais ça ira bien pour faire réchauffer ma soupe.

Comme un ennui n'arrive jamais seul, je soupèse la bouteille de gaz. Elle me semble un peu légère, je pense qu'elle aussi va bientôt me lâcher. Par prudence, jusqu'à l'arrivée de mon gendre qui pourra me monter la bouteille neuve stockée au sous-sol, je vais utiliser la plaque électrique. On ne sait jamais.

Samedi 30 janvier

La lumière est revenue dans ma cuisine, mon gendre a changé la bouteille de gaz et le tube du néon. Il en a profité pour le nettoyer, une quantité de petits insectes noirauds étaient parvenus à s'introduire à l'intérieur où ils avaient fini grillés. Il éclaire beaucoup mieux à présent. Je ne suis pas certaine qu'on lui ait donné le moindre coup d'éponge depuis la mort de René... C'est comme le plus petit néon, celui qui est au-dessus de l'évier et dont je ne me sers jamais. Celui-là, c'est l'obsession de ma fille. Chaque fois qu'elle vient, elle décrète qu'il est dégoûtant, s'étonne que cela ne me gêne pas, attrape la Spontex et le Cif et frotte tant et plus. Impuissante, je la regarde faire, terrifiée à l'idée qu'elle s'électrocute.

Ma fille est une maniaque de la propreté. Elle voit des taches partout. Sur ma poubelle, ma cuisinière, les napperons… Elle traque les traces de soupe sur les couvercles de Tupperware, relave systématiquement tous les saladiers et les couverts à salade qu'elle décrète gras après y avoir passé un doigt dégoûté, astique les carreaux de faïence au-dessus de l'évier, fait bouillir mes éponges et tourner une machine dans laquelle, à peine arrivée, elle a fourré nappe, serviettes et torchons, lesquels sentiraient la vieille serpillière. Je crois qu'elle a beaucoup d'imagination.

Mardi 2 février

Aujourd'hui, c'est la Chandeleur. Dans mon enfance, on disait « À la Chandeleur, l'hiver se meurt ou prend vigueur. » Je me souviens d'un hiver, c'était dans les premières années de mon mariage, nous vivions encore sous le toit de ma belle-mère. L'automne avait été doux, une sorte d'été indien. Décembre et janvier avaient à peine fraîchi la campagne. Le 2 février de cette année-là, le thermomètre avait chuté brutalement, s'effondrant au-dessous de zéro au lever du jour, puis la neige s'était mise à tomber. Alors le froid s'était installé. Un mois durant, sous un ciel bleu glacé, la neige avait tenu. Une épaisse couche qui recouvrait tout. La terre était gelée, nous n'avions plus ni carottes, ni poireaux, ni choux. Je me rappelle que René avait ressorti ses skis du grenier, de vieux skis d'avant-guerre en bois, pour descendre à travers champs jusqu'à l'épicerie de Montcombroux. Skis aux pieds et sac tyrolien au dos, il était revenu avec quelques légumes, du pain, du lait, du beurre, enfin ce qu'il avait pu trouver, je ne me souviens plus très bien. Pour la viande, on avait des réserves, à la ferme ils avaient tué le cochon un mois plus tôt. Les jambons, jarrets et autres morceaux étaient conservés au sous-sol dans des jarres en grès. L'eau étant gelée, plus une goutte ne coulait des robinets. Même le puits avait gelé. Alors pour boire, cuisiner, faire la vaisselle, la lessive et nous laver, nous récoltions à la pelle d'énormes quantités de neige que nous stockions dans la baignoire sabot de ma belle-mère. Pour obtenir un malheureux verre d'eau, nous devions remplir le gros seau qui servait d'ordinaire pour passer la serpillière. Dehors, selon le moment de la journée, il faisait entre moins cinq et moins vingt. Pendant tout le mois, le thermomètre était resté bloqué au-dessous du zéro. À l'intérieur, il ne faisait pas bien chaud non plus... La pièce la plus agréable était notre chambre où nous avions un bon poêle à bois. C'est là que nous faisions notre toilette, tout près du poêle, dans un baquet en fer-blanc rempli d'eau que nous avions fait chauffer à la cuisine dans une marmite.

Quand j'ouvre mes volets ce matin, un air glacé me pince le nez. Je jette un œil sur le thermomètre extérieur, on a encore perdu quelques degrés. Nous sommes le 2 février, l'hiver ne va pas perdre de sa vigueur. C'est la Chandeleur et je n'ai pas le cœur à faire des crêpes.

Vendredi 5 février

Hier il a plu toute la journée. Aujourd'hui, il fait à nouveau beau et je suis restée longtemps à m'occuper dehors. Mon fils doit arriver en fin de journée pour le week-end. Pour le dîner, j'ai acheté chez mon bon boucher un pâté de pommes de terre. Dans l'après-midi, je suis allée faire un tour derrière la maison, la partie qui est toujours à l'ombre. C'est là que se trouve la vieille terrasse aux pierres disjointes. Dans les vieilles maisons, la terrasse était toujours construite au nord car les dames de la bonne société ne devaient pas exposer leur peau au soleil. J'ai vu qu'il y avait beaucoup de mousse bien verte qui avait repoussé entre les pierres. Quand elle est toute fraîche, c'est très amusant à retirer : on décroche un petit morceau et le reste suit. Il faut juste faire attention car après la pluie, tant que la pierre reste humide, elle est glissante. Du bout de ma canne je titille la mousse jusqu'à ce qu'elle se décolle, puis je me penche, saisis le petit bout de mousse humide et l'arrache doucement jusqu'à retirer tout un lambeau. Puis je recommence un peu plus loin. À un endroit, j'ai senti une résistance, alors j'ai tiré, tiré un peu plus fort, et patatras, je me suis retrouvée par terre, heureusement pas tête la première mais le poignet en avant. J'ai, je ne sais par quel miracle, réussi à me remettre debout. Heureusement, parce que, une fois de plus, je n'avais ni mon collier qui sonne ni mon téléphone. Soulagée de m'être relevée et de pouvoir marcher, je me suis vite rendu compte que, outre que j'avais filé mon bas et éraflé mon genou, j'avais très mal à mon poignet gauche qui faisait à présent le double de mon poignet droit. C'est bien ma veine. Je suis rentrée dans la maison et me suis dit que le plus sage était de ne rien faire, puisque mon fils n'allait pas tarder. J'ai quand même mis une compresse de Synthol et j'ai attendu.

La première réaction qu'il a eue en voyant mon poignet a été de me gronder. Quelle mouche m'avait donc piquée, à mon âge, pour me mettre en tête de désherber la terrasse ? Et ce alors qu'avec « le Kärcher » il pourrait nettoyer tout ça en un rien de temps ? Je n'ai pas su quoi répondre, j'étais fatiguée, sans doute un peu secouée quand même, j'avais mal, alors, ne trouvant pas de mots, j'ai fondu en larmes. Il s'est un peu radouci et a décidé qu'il fallait aller faire une radio à l'hôpital.

On est partis à Vichy. Le pauvre, à peine arrivé de Paris… Et tout ça à cause de moi. Je ne parlais pas beaucoup dans la voiture, à part pour répéter que j'étais désolée, tellement désolée… Au bout d'un moment, il m'a demandé de me taire, que je n'avais pas à être désolée.

Les radios n'ont rien montré du tout. Je n'avais rien de cassé. Merci mon Dieu, je n'allais pas devoir porter un plâtre, comme les jeunes qui se cassent un bras ou une jambe sur les pistes de ski. J'aurais eu l'air maligne ! Ce n'était qu'une petite entorse de rien du tout. Ils m'ont quand même mis une espèce de bande élastique, laide et trop serrée, que je devrais porter pendant huit jours avec le bras en écharpe. Ils m'ont aussi fait une ordonnance pour des anti-inflammatoires et une autre pour des séances de kinésithérapie. Je ne ferai rien de tout cela. Les anti-inflammatoires j'en avais pris une fois, ça ne m'avait pas réussi, j'avais eu très mal au ventre et au bout de quinze jours je voyais des petites mouches partout tellement ma tension avait grimpé à cause de ces saletés. Quant à ma rééducation, je la ferai très bien toute seule. Ce sont bien des complications pour pas grand-chose.

Quand j'y pense, ce n'était pas la peine de faire tous ces kilomètres, mon docteur de Lapalisse m'aurait aussi bien soignée. Je le savais depuis le début, moi, que je ne m'étais pas cassée. Ils sont terribles mes enfants, pourquoi faut-il toujours qu'ils s'affolent ? Je ne suis pas en sucre tout de même.

Mardi 9 février

Finalement, mon fils n'est reparti qu'aujourd'hui. Il a prolongé son week-end pour m'aider, le temps que je m'habitue à vivre de la main gauche. Même si j'arrive à peu près à me débrouiller, je suis moins habile, surtout j'ai moins de force. Alors je fais tout en petit. Je fais bouillir l'eau du thé dans une toute petite casserole, je remplis à peine la théière pour qu'elle soit moins lourde, je réchauffe ma soupe dans un tout petit bol et je cuis mes filets de poisson dans un tout petit plat. Le matin, je fais une toute petite toilette. Je réduis aussi mes promenades sur l'allée, je fais de tout petits pas, ayant plus de mal à prendre appui sur ma canne de la main gauche. Je me nourris de nouilles, de riz et de yaourts, ne pouvant plus éplucher un légume ni un fruit. Avant de partir, mon fils m'a fait une bonne soupe qu'il a répartie dans plusieurs petits Tupperware. Je devrais pouvoir m'en sortir.

Mercredi 10 février

Gilberte ne conduit plus. Elle ne peut plus, c'est trop dangereux. Ses jambes la font beaucoup souffrir, ses mains aussi qui se déforment de plus en plus. À quatre-vingt-quinze ans, quand le corps ne veut plus, il faut savoir l'écouter. Même si la tête n'est pas d'accord et que le cœur se gonfle.

À la campagne, ne plus conduire, c'est un peu mourir. Au début, les gens se déplacent, ils viennent vous voir, et puis, peu à peu, comme ils ne vous voient plus nulle part, ils vous oublient. Alors le vide s'installe, que l'on partage avec une solitude à laquelle il va falloir s'habituer. Et la vie commence à finir.

Jeudi 11 février

J'ai mal dormi. Ça devient une habitude, à présent. Les pensées tournaient dans ma tête et, comme de plus en plus souvent la nuit, elles étaient sombres. Je repensais à Gilberte. Moi non plus, avec cette histoire de poignet, je ne peux plus conduire. Bien sûr, ce n'est que provisoire, l'affaire d'une petite semaine a dit le docteur, mais certainement qu'un jour, moi aussi, je serai obligée d'arrêter pour de bon. Comme Gilberte. Qu'est-ce que je deviendrai si je ne peux plus prendre ma voiture ? Je me dis qu'il vaudrait mieux que je m'en aille avant.

Au début de mon mariage, je ne conduisais pas. J'avais obtenu mon permis après la guerre, mais je n'avais jamais eu de voiture et ça ne me manquait pas. Je passais mes journées entre la cuisine, le potager, le jardin et le bureau, que nous appelions le fumoir. Si nous étions invités chez des amis, René conduisait. Après notre vieille Citroën d'occasion, nous avions eu une Panhard bleu pâle, que René devait démarrer à la manivelle.

Après la naissance de ma fille, à plus de quarante ans, j'avais repris des cours de conduite à Vichy. René travaillait beaucoup et nous commencions à avoir, comme il disait, « une petite aisance ». Pour la première fois, nous pouvions envisager l'achat d'une seconde voiture. Quand le moniteur de l'auto-école m'avait déclarée à nouveau apte à tenir un volant, René m'avait acheté une jolie 4L vert foncé. Je me souviens encore de la plaque d'immatriculation : 571 JS 03. Enfin, grâce à ma petite voiture, je pouvais m'échapper ! Je m'étais inscrite au club de tennis de Vichy où, plutôt bonne joueuse, je m'étais rapidement fait des amis. Cela me changeait des gens de la campagne, de nouveaux horizons s'ouvraient enfin. Je me rendais aux conférences de Connaissance du monde, au cinéma, à l'opéra.

Parfois, René m'accompagnait. Je me souviens d'une conférence du navigateur Alain Colas, c'était peu avant sa disparition en mer. À la fin, René était allé lui parler. Intimidée, j'étais restée en retrait. René était comme ça, il était à l'aise avec tout le monde et partout. Un jour, il y avait eu le tournage d'un film de cinéma dans un château des environs ; curieux, il y était allé et avait longuement parlé avec « un monsieur charmant ». Le monsieur s'appelait Jean-Claude Brialy, René ne savait même pas qui c'était. Une autre fois, de passage à Paris, il avait réussi en baratinant à s'introduire dans une réception au Sénat, où il avait bavardé avec plusieurs hommes politiques connus tout en s'empiffrant de petits-fours.

Il arrivait qu'avec ma 4L je fasse des bêtises. Je pouvais confondre marche avant et marche arrière, c'est comme ça qu'un matin j'avais embouti le mur du garage. Souvent, je passais directement de seconde en quatrième, ça faisait un bruit épouvantable. J'oubliais aussi régulièrement d'enlever le starter. Je me faisais gronder par René, « Tu as encore laissé le starter, mon vieux, tu vas bousiller le moteur ! ». Le pire fut quand même le jour où j'avais fait tout le chemin du retour depuis Vichy, trente-huit kilomètres, avec le frein à main que j'avais oublié de desserrer. À mon arrivée, ça sentait le brûlé. René avait bien failli faire une syncope. Quand je dis que j'ai toujours été étourdie !

Vendredi 12 février

Dieu que ce février est triste. Il ne se passe rien. J'en suis à regretter les coups de sonnette de la Marcelle, à regarder avec nostalgie mon sucrier, à souhaiter qu'une vache s'échappe et vienne piétiner la pelouse, qu'un cavalier s'avance sur l'allée, que quelqu'un approche et me dise « Bonjour Jeanne ! ». Qu'il se passe quelque chose. Que j'aie une bonne raison d'appeler les unes et les autres, des aventures à raconter, des histoires à rire. Mais il n'y a personne.

Il n'y a pas si longtemps, nous étions encore une douzaine à nous réunir pour déjeuner, jouer au bridge, bavarder. D'abord en couple, puis les hommes sont partis, et on a continué entre femmes. Je dis il n'y a pas si longtemps, mais je me rends compte que cela fait plus de dix ans… Comme le temps file…

Je fais le compte, je n'y arrive pas, je m'embrouille. Il y en a, je ne sais même plus si elles sont mortes ou pas… Si je ne suis pas allée les enterrer, je ne sais plus. Sont-elles toujours là ? Il y en a qui sont mal en point depuis si longtemps, je ne les ai pas vues depuis des lustres, alors je ne sais plus. La vieille Madeleine des Bécauds, par exemple, est-ce qu'elle est morte, finalement ? Et la veuve des Jacquets ?

Avant, avec Nine, Toinette et Gilberte, on se demandait des nouvelles des unes et des autres : et elle, comment va-t-elle ? et elle, elle rentre bientôt de vacances ? et elle, elle a ses enfants en ce moment ? Aujourd'hui, c'est plutôt : et elle, elle vit toujours ? et elle, elle est morte, non ? Parfois, on se regarde toutes les trois, perplexes. On a beau se creuser la tête, on ne sait plus.

Samedi 13 février

Vers midi, je suis allée chercher ma fille à la gare. Hier j'ai retiré la bande qui me serrait le poignet, ce n'est plus du tout enflé. J'ai encore un petit peu mal mais ça ne me gêne pas pour conduire. Cela dit, plus ça va et plus je trouve que ça commence à faire une trotte de courir avec ma voiture jusqu'à Moulins. Avant je mettais une demi-heure, maintenant je compte une bonne heure. Je roule de plus en plus doucement, je fais attention à ne pas aller trop à droite, pas trop à gauche non plus. Mon regard va du compteur à la route et de la route au compteur. Quand je n'ai pas l'œil rivé sur l'aiguille des kilomètres heure, je surveille la jauge d'essence, j'ai toujours peur qu'elle baisse d'un coup, ou qu'elle se trompe, qu'elle soit bloquée tout en haut alors qu'il ne reste presque plus rien dans mon réservoir. Je n'ose pas m'imaginer en panne au milieu de la route, je ferais quoi ? Heureusement, j'ai mon téléphone autour du cou mais quelquefois, dans les coins trop perdus, il ne marche pas. Et j'en traverse beaucoup, des coins perdus, pour aller jusqu'à la gare. Jusqu'à Yzeure, c'est de la toute petite route. Quelques fermes isolées, et surtout des vaches, qui ne pourraient pas grand-chose pour moi.

Avant, quand j'allais chercher quelqu'un au train, j'étais toujours très angoissée, j'avais peur de ne pas trouver de place. Alors j'arrivais exprès avec cinq bonnes minutes de retard pour ne pas avoir à me garer. La personne était prévenue et elle m'attendait sur le trottoir. J'avais juste à m'arrêter à sa hauteur, le temps qu'elle jette son bagage sur le siège arrière et monte dans la voiture, et je repartais. Je ne coupais même pas le moteur. Maintenant ils ont construit un grand parking très facile d'accès et cela ne me pose plus de problème d'attendre.

Ma fille est arrivée avec un petit sac à dos et un autre bagage que je n'avais pas prévu, bien encombrant celui-là : son chien. Tout de même, elle aurait pu me prévenir ! Mais bon, maintenant qu'il était là, j'étais bien obligée de le mettre dans ma voiture, on n'allait pas le laisser sur le quai. Ce n'est pas que je ne l'aime pas, c'est juste qu'il sent très mauvais et qu'il laisse des poils partout. Et si à l'extérieur la carrosserie de mon auto est un peu amochée, à l'intérieur tout est très propre. Quand je lui ai suggéré de mettre le chien dans le coffre, elle a poussé des cris. Je n'ai pas insisté. J'ai baissé les vitres pour faire courant d'air, j'ai respiré un grand coup par la bouche et on est parties.

Lundi 15 février

J'ai remis ma fille au train de neuf heures ce matin, avec son chien qui m'a bien sali la maison avec ses pattes pleines de boue. Comme d'habitude il a vidé ma poubelle. J'y avais jeté un pot de confiture que j'avais lâché sur le carrelage. Il a dû avaler quelques morceaux de verre mais ça n'a pas eu l'air d'affoler ma fille, il paraît que ce n'est pas la première fois et que ce n'est pas dangereux…

Malgré le temps de cochon, le week-end a passé vite. Samedi soir, pour nous ravigoter, j'avais sorti des bonnes choses du congélateur : des petits choux, du planteur, du foie gras et un tout petit reste de gâteau à l'orange, juste de quoi faire un dessert pour deux. J'avais ramassé un peu de mâche au potager que ma fille a assaisonnée avec son vinaigre sucré. On a passé une bonne soirée, je crois que nous étions toutes les deux un peu paf. Le dimanche, il a plu tout l'après-midi. Après le déjeuner, nous nous sommes installées dans le bureau et nous avons joué au Scrabble en écoutant la *Messe en si* de Bach. C'est incroyable : la musique venait de son petit téléphone qu'elle avait posé sur la table de bridge, et sortait par une espèce de transistor juché sur le secrétaire. Son chien était là aussi, couché à ses pieds, allongé sur mon tapis. Comme elle ne voulait pas qu'il prenne l'eau, elle l'avait fait rentrer dans la maison. Ça sentait le chien mouillé, pire encore que le chien sec. Je n'ai rien osé dire.

Jeudi 18 février

C'est le dernier hiver de Gilberte dans sa maison. La petite Angèle était chez elle mardi, ce sont les fils qui le lui ont dit.

Avec ses jambes qui ne la portent presque plus, Gilberte ne peut plus vivre seule. Tout devient un problème, sa toilette, ses repas, la moindre sortie… Angèle y va beaucoup, elle fait ce qu'elle peut, mais elle ne peut pas être là tout le temps.

Les fils, tous à la retraite, viennent souvent, mais ils ont leurs vies, on peut le comprendre. Et ils ont beau se relayer, ils n'y arrivent plus. Alors ils ont décidé. Ils vont chercher une maison de retraite. Gilberte a dit d'accord. Que pouvait-elle dire d'autre ?

Quand elle a entendu ça, Angèle s'est fâchée. Elle leur a dit qu'ils allaient la tuer. « Si vous la mettez là, elle tiendra pas huit jours. »

Mon Dieu, et si elle avait raison ?

Moi ça me flanque un sacré coup. L'idée de Gilberte au milieu de tous ces vieux...

Vendredi 19 février

Chaque matin, j'ai de plus en plus de mal à me mettre en route. Sortir de mon lit m'est pénible. Je commence par m'asseoir un petit moment, le temps de me réhabituer à tenir ma tête droite. Puis j'envoie promener le drap, la couverture et le dessus-de-lit, et je pivote pour amorcer la descente. Le lit est un peu haut, comme on les faisait autrefois, et mes pieds ne touchent pas le sol. Je dois me laisser glisser en douceur en me tenant au bord du matelas. Jusqu'au déjeuner, je marche au ralenti, dans ma tête tout est un peu gris et brumeux. Puis ça va de mieux en mieux, petit à petit mes forces reviennent, mes pensées s'éclaircissent et reprennent quelques couleurs. Je me secoue, je dois rester en forme, qu'il ne prenne pas à mes enfants l'idée de me mettre en maison de retraite, moi aussi ! Alors, même si je suis fatiguée, que je n'ai pas très envie de sortir, je me force à faire ma promenade. Je n'ai pas le choix. Je me dis qu'à mon âge tout ce qu'on arrête un jour, on l'arrête pour toujours.

Samedi 20 février

Ce matin, au courrier, on me propose de « parcourir les cinq continents à travers un éventail de voyages culturels conçus pour apprendre, comprendre et partager ». Il s'agit de « faire de la culture mon voyage ». Ça a l'air bien intéressant, mais ils gaspillent leur argent à m'envoyer ça. Qu'est-ce qu'une vieille bonne-femme comme moi irait s'embarquer dans une croisière « sur les mers et fleuves du monde » ou s'offrir une « escapade » à la découverte de « l'Europe de la culture, le temps d'un court séjour » ? Quand je vois les difficultés que j'ai maintenant à me traîner jusqu'au bout de l'allée, je m'imagine mal au milieu d'un troupeau du troisième ou quatrième âge, suivant au pas de l'oie une petite guide brandissant un drapeau. Moi pour qui aller à Vichy est devenu une expédition et la moindre sortie une aventure.

Finalement, je crois que je n'irai jamais voir la basilique Saint-Denis... J'ai laissé passer trop de temps et ce temps-là ne reviendra plus.

Lundi 22 février

Nine a de nouveau été hospitalisée. Cette fois, on ne parle pas de lui retirer un nouveau morceau d'intestin. On ne parle pas de chimiothérapie non plus. On ne parle plus de rien. Il ne s'agit plus de guérir, mais de soulager. D'adoucir une fin que toutes nous devinons proche.

Mardi 23 février

Ce matin il y avait un épais brouillard, par ma fenêtre je distinguais à peine le gros arbre dont j'ai oublié le nom. Puis, après le déjeuner, ça s'est levé, le soleil est sorti, alors moi aussi. J'ai marché jusqu'à la petite route tout au bout de l'allée, puis je suis revenue vers la maison, comme d'habitude. Au retour, à cause de l'air mouillé, j'ai eu besoin de me moucher. J'ai sorti un mouchoir de ma poche et, quand j'ai approché ma main de mon nez pour souffler, ma canne est tombée par terre. Je suis restée un moment à me demander comment j'allais faire pour la récupérer sans m'étaler dans une flaque. Puis je me suis armée de courage, je me suis baissée très doucement, et j'ai réussi. Elle était toute boueuse, j'avais de la terre plein la main, mais j'étais bien contente, je tenais ma canne. En arrivant devant la maison, j'ai gratté le dessous de mes bottes au racloir près du perron, puis, dans l'entrée, j'ai bien frotté mes semelles sur le paillasson. J'étais un peu essoufflée. Je me suis assise sur le coffre à bois pour me reposer, reprendre un peu de forces. Quand je me suis sentie mieux, j'ai retiré mon anorak, je l'ai mis au portemanteau, j'ai raccroché ma canne et je suis allée à la cuisine pour me faire une tasse de thé que j'ai bu très chaud.

Après, je suis montée un moment dans ma chambre, j'ai retiré mes bottes et me suis installée dans le fauteuil jaune avec un roman qui m'ennuie un peu. J'ai hâte de recevoir le dernier livre de monsieur Petitfils sur Jésus. J'ai lu plusieurs livres de monsieur Petitfils, beaucoup sur les rois de France, sur l'affaire des poisons, sur l'assassinat d'Henri IV... Je les ai tous bien aimés. Celui qui doit arriver, c'est ma fille qui me l'a commandé avec son Internet. C'est fou tout ce qu'ils peuvent faire, les jeunes, avec leurs ordinateurs ! J'ai dit il y a trois jours à ma fille que je voulais lire ce livre, que je ne l'avais pas trouvé à la Maison de la presse de Lapalisse ni au supermarché, et elle m'a répondu attends, je te le commande, voilà, c'est fait, tu le recevras lundi. J'ai demandé chez moi ? Elle m'a dit oui, chez toi. C'est incroyable... Comme tout va vite...

J'ai lu trois pages du roman qui m'ennuie un peu. Je crois que je les avais déjà lues, je ne sais plus très bien... Un moment, je me suis sentie fatiguée, j'ai posé le livre sur mes genoux et j'ai fermé les yeux. Quand je les ai rouverts, c'était l'heure de mon dîner.

Mercredi 24 février

Et voilà, ça devait arriver avec cette humidité, j'ai le nez qui coule et les oreilles bouchées. Déjà que je n'entends plus toujours très bien, ça ne va pas arranger mes affaires. Cette nuit, j'ai bien mal dormi. J'avais beau relever mes oreillers je peinais à respirer, et dormir à moitié assise ne me va pas du tout. Alors j'ai allumé la télévision mais je n'ai pas suivi grand-chose, j'ai passé mon temps à me moucher et à éternuer. Heureusement, j'ai toujours gardé les grands mouchoirs en tissu de René, il y en a toute une pile, bien pliés et repassés, dans le troisième tiroir de la commode en merisier, celui où il rangeait ses pyjamas rayés, ses caleçons et ses chaussettes. Il paraît que pour les microbes il vaut mieux utiliser des mouchoirs en papier, mais même si j'ai des petits paquets de Kleenex dans mon sac et mes poches d'anorak, je n'ai jamais réussi à m'y faire.

Après le déjeuner, j'ai fait bouillir une casserole d'eau sur le gaz dans laquelle j'ai mis quelques brins de thym du jardin et quelques gouttes d'essence d'eucalyptus. Puis j'ai posé la casserole sur la table de la cuisine, mis un torchon sur ma tête et ma tête au-dessus de la casserole. Pendant dix bonnes minutes, j'ai inspiré bien fort les vapeurs brûlantes. Ça m'a un peu dégagée, mais il n'aurait pas fallu qu'on sonne à la porte. J'avais peut-être le nez moins bloqué mais je dégoulinais de partout, mes cheveux étaient plus plats que jamais et j'empestais le suppositoire.

Le soir, avant de me coucher, je me suis fait un grog, histoire de tuer les microbes et de passer une bonne nuit. J'y suis peut-être allée un peu fort sur le rhum, je ne connais pas les doses, j'ai versé à vue de nez… J'ai dû me cramponner à la rampe pour monter l'escalier, je ne marchais plus bien droit et ça valsait dans mon crâne. Je devais ressembler à une vieille pocharde.

Jeudi 25 février

J'ai passé une très bonne nuit. J'ai fait des rêves de toutes les couleurs et je ne me suis pas réveillée une seule fois. C'est la petite Angèle qui m'a sortie du lit. Quand elle a sonné, à neuf heures pétantes, je dormais. Elle a dû appuyer plusieurs fois sur la sonnette, je crois qu'elle s'est même un peu inquiétée en n'entendant pas bouger et voyant les volets fermés. J'ai ouvert ma fenêtre, j'ai crié « J'arrive ! », j'ai enfilé ma vieille robe de chambre et mes pantoufles et je suis descendue. J'ai tiré les trois verrous et fait entrer Angèle qui m'a regardée d'un drôle d'air. Je lui ai expliqué que j'étais un peu mal fichue, que j'avais un rhume de cerveau. J'espère que je ne sentais plus trop le rhum... Comme j'avais la voix qui commençait à partir, elle m'a proposé de me faire un lait chaud avec du miel. Je n'ai pas osé refuser, c'était si gentil. Je n'aime pas le miel et j'ai horreur du lait... Je suis remontée dans ma chambre pendant qu'elle passait sa blouse et se dirigeait vers la cuisine. Dans le grand miroir de la salle de bains, je n'étais pas jojo. Un pan de ma robe de chambre pendait lamentablement pendant que l'autre découvrait ma chemise de nuit. Dans ma précipitation, j'avais attaché Pierre avec Paul. Je me suis trouvé une mine de patachon et l'air hagard. On aurait dit que j'avais fait la bringue toute la nuit. Qu'allait raconter Angèle dans le pays ?

Quand elle est repartie, j'avais meilleure figure. Dans la cuisine, ça sentait le propre, et dans la salle à manger le parquet ciré. J'ai jeté le lait au miel refroidi dans l'évier et je me suis fait un thé brûlant avec une rondelle de citron, sans rhum. Puis j'ai mis mon anorak, mon foulard et mes bottes, j'ai pris ma canne et je suis sortie.

Vendredi 26 février

« Morne saison, pas même un épi d'amour tremble, plus un soupçon de pousse tendre qui dorme au creux de mes sillons... Morne saison... En quelle saison, ne faudrait pas trop que ça tarde, à force temps plus grand ne garde plus en épines mes chardons... En attendant pleure la campagne, il n'y a pas eu de moisson, il n'y aura plus de moisson. » C'est une chanson que mon fils, quand il était jeune, écoutait souvent et que je trouvais très belle. Le chanteur s'appelait Georges Chelon, c'était un assez beau jeune homme. J'ignore ce qu'il est devenu, en tout cas plus un jeune homme, et on ne l'entend plus. On n'entend plus beaucoup de jolies chansons aujourd'hui dans les postes de radio. Je me souviens qu'il racontait aussi, sur un fond de guitare, l'histoire d'un chien qui mourait à la fin. C'était triste. Pourquoi je pense à ça, ce matin ? Est-ce cet hiver qui n'en finit pas qui me met du vague à l'âme ? La nature qui tarde à se réveiller ? La campagne qui se vide ?

Dimanche 28 février

J'écoute le tic-tac régulier de la pendule. Ça met un peu de vie dans le petit bureau. C'est le seul cœur qui bat à côté du mien.

Lundi 29 février

Toinette m'a téléphoné tôt ce matin. Nine est partie. Pour aller voir le bon Dieu elle a choisi un jour pas comme les autres, un jour qui n'existe qu'une fois tous les quatre ans.

C'est idiot, la première chose qui m'est venue à l'esprit a été « que va devenir sa maison ? ».

La seconde, ça a été « que vais-je devenir ? ».

Mardi 1er mars

Petit à petit, elles s'en vont toutes. Elles ne seront plus remplacées. Par qui pourraient-elles l'être ? Je n'ai plus envie de rencontrer des gens nouveaux. Qu'aurais-je à leur dire ?

Pour la première fois, je commence à sentir un peu le vide. Mon moral vacille. Nine me manque déjà. Gilberte va partir dans sa maison de vieux. Toinette est tout le temps par monts et par vaux, elle n'a pas peur de conduire, va au cinéma, au restaurant, fait des rencontres, parle facilement avec tout le monde. Sur la longue route où nous cheminons ensemble, avec mes six années de plus j'ai pris un peu d'avance. Je me sens plus proche du but. Pendant que

Toinette s'épanouit encore, sans crainte d'aller de l'avant, je me referme, je ralentis. L'avant m'attire moins, je suis moins pressée. Je sens que mes souvenirs commencent à prendre le pas sur mon avenir. Je préfère regarder en arrière. C'est là, dans le sépia et le noir et blanc, que je trouve les plus belles images. Dans ma tête, le passé est colorisé alors que le futur prend des teintes grises et sombres, comme si je n'en distinguais plus que les ombres.

J'ai moins envie de bouger. Toinette veut toujours que l'on aille à droite, à gauche. De plus en plus souvent, je décline. Depuis quelque temps, elle propose à d'autres plus partantes que moi, c'est normal. C'est vrai que je prends de moins en moins ma voiture, j'hésite à aller trop loin, je me sens moins sûre. La dernière fois, au retour du supermarché, j'avais le soleil dans l'œil, je ne voyais plus rien, ça a suffi à m'affoler ; j'ai dû m'arrêter sur le bord de la route, le temps de reprendre mes esprits, comme cette nuit où je m'étais perdue au retour de chez mes neveux. Alors, faire trente-cinq kilomètres pour aller écouter une conférence sur les Incas ou les Esquimaux…

Je me sens très vieille, subitement, comme si mes quatre-vingt-onze années venaient de me tomber dessus d'un coup. Je ne fais plus autant la blague. On ne me donne plus dix ans de moins. Il faut dire aussi que j'entends moins bien. J'essaie de ne pas faire répéter plus d'une fois, tant pis si je n'ai pas compris, mais je me rends bien compte que ça commence à ennuyer les gens. J'ai beau faire semblant d'avoir entendu, hocher la tête en signe d'assentiment, je tombe parfois à côté et on me regarde en souriant avec indulgence. Alors bien sûr, on m'invite un peu moins... Ceux qui ont quelques années de moins que moi et me voyaient avec plaisir commencent à s'éloigner. Ils se rapprochent d'autres qui ont quelques années de moins qu'eux, et désormais trop d'années de moins que moi... Ils doivent se dire : « Jeanne, elle a baissé... » Ça me fait un peu de peine, mais, que voulez-vous, je ne peux pas leur en vouloir...

Depuis quelque temps, pour ralentir ma chute, je songe à faire appareiller mes oreilles. Ils font des choses très bien maintenant, très discrètes, pas comme les gros boîtiers beiges d'Henri, aux allures de flageolets en plastique, qui lui faisaient des oreilles en feuilles de chou. De dos on aurait dit un chimpanzé. Il faudrait que je me renseigne, ils devraient pouvoir m'aider à la Maison de santé de Lapalisse. Le problème, c'est que j'ai bien peur qu'ils m'envoient à Vichy... Et puis, je ne sais pas, mais j'ai l'impression que ça ne marche quand même pas toujours très bien ces trucs-là. Et que c'est très fragile. Denise s'est fait outiller cet automne, et depuis il y a toujours quelque chose qui ne va pas. La dernière fois, elle n'a pas osé sortir de la journée parce qu'il pleuvait, elle avait peur que ses appareils prennent l'eau...

Jeudi 3 mars

Ce matin, la petite factrice m'a déposé une carte postale de ma fille. Une montagne toute blanche avec un ciel très bleu. En bas, sous sa signature, son mari et ses enfants ont ajouté quelques lignes, ils passent de bonnes vacances et m'embrassent bien fort.

Chaque année, pendant les vacances scolaires, ils passent une semaine aux sports d'hiver. Ils vont dans des endroits très laids avec des grands immeubles, et tellement hauts que plus aucun arbre n'y pousse. Il y a des téléskis, des téléphériques, tout un tas d'appareils avec des câbles qui vous transportent partout, si bien qu'on ne voit même plus la montagne. Moi, ça ne m'irait pas du tout.

Je me souviens de l'époque où, pour que ma fille respire le bon air, je l'emmenais passer une semaine au Mont-Dore, une petite station de ski à un peu moins de deux heures de Vichy. René nous conduisait, puis il rentrait travailler. À la fin de la semaine, il revenait nous chercher.

Il faisait rarement beau dans ce coin perdu du Puy-de-Dôme. Je revois René, en pleine tempête de neige et n'y voyant goutte, contraint de descendre de voiture pour repérer la route, histoire de savoir de quel côté tourner le volant.

De ces vacances ne me restent aujourd'hui que le froid, le vent, la pluie, l'ennui, et les colères de ma fille qui rouspétait depuis le moment où je lui laçais ses souliers de ski jusqu'à celui où je la laissais entre les mains de la monitrice, au milieu d'autres enfants pleurnichards. Je n'avais pas le temps de rentrer à l'hôtel avant la fin de sa leçon. Alors j'errais dans le froid et le vent, les pieds gelés dans mes après-ski à poils noirs. Quand je n'y tenais plus, j'entrais me réchauffer dans le seul café de l'époque, un troquet assez minable rempli de bonshommes qui étaient au vin rouge dès le matin, et je commandais un thé brûlant. Puis j'allais récupérer ma fille transie de froid dans son anorak trempé, la morve au nez, et qui reprenait sa colère là où elle l'avait laissée, hurlant qu'elle détestait la monitrice, qu'elle détestait les autres enfants, qu'elle détestait le ski et ne voulait plus y retourner. Et dire que je faisais tout cela pour elle… J'aurais mérité une auréole.

Je ne sais plus très bien quand elle avait commencé à faire ces colères terribles, hurlant et tapant du pied. À Vichy, j'avais appris à redouter le coup de sonnette furieux de notre voisin du dessous, monsieur Amez. Pour la calmer, les fessées n'ayant pas grand effet, je n'avais trouvé d'autre moyen, avant de m'effondrer en pleurs, à bout de nerfs, que de lui envoyer un verre d'eau à la figure.

À l'école non plus elle n'était pas facile, elle se disputait avec la terre entière, et sa maîtresse, mademoiselle Clavé, la disait chipie et insolente. Elle changeait de meilleure amie comme de chemise et finalement, la seule à laquelle elle restait fidèle, c'était moi. L'été, pour qu'elle s'habitue à la compagnie d'autres enfants, nous l'envoyions un mois en colonie de vacances ; au moment du départ, sur le quai, elle était entourée d'une nuée de petites filles joyeuses. Au retour, quand nous allions la chercher, elle nous attendait, à l'écart des autres, seule avec sa valise ; elle s'était brouillée avec tout le monde.

Vendredi 4 mars

Je m'inquiète : comment on va faire cette année, sans le jardinier, pour mon massif ? On est déjà au début de mars et rien n'a été prévu. J'en ai parlé hier avec la petite Angèle, elle connaît bien les fleurs. Elle m'a conseillé de mettre des bégonias à la place des pensées. Les chevreuils ne mangent pas les bégonias, et c'est très joli aussi, très coloré. Seulement, pour les mettre dans la terre, il faut attendre encore un peu. Parce que, s'ils ne craignent pas les chevreuils, ils craignent le gel. C'est pour ça qu'il faut laisser passer saint Mamert, saint Pancrace et saint Servais. Dans le pays, depuis toujours, les gens respectent la règle : ne jamais rien planter avant les saints de glace. Sur les calendriers modernes, ils n'apparaissent plus. À leurs places, les 11, 12 et 13 mai, on trouve sainte Estelle, saint Achille et sainte Rolande. Quelle drôle d'idée… Pourquoi tout changer, tout le temps, pour qu'on se perde ? Saint Mamert, au moins, ça avait du sens : c'était lui qui avait institué, juste avant l'Ascension, ces trois jours de prière pour éviter les calamités. Et, à cette époque de l'année, la calamité la plus redoutée, c'est le gel. Alors que sainte Estelle, je ne sais pas ce qu'elle a fait, mais je pense qu'elle se fiche pas mal des récoltes. Par curiosité, j'ai quand même mené quelques recherches : la malheureuse a été mise à mort par son père qui lui a ensuite tranché la tête d'un coup de hache !

Quoi qu'il en soit, et sans plus trop savoir à quel saint se vouer, il faudra donc attendre la mi-mai pour mettre un peu de couleur dans mon massif. Contrairement aux pensées, les bégonias n'auront pas encore de fleurs lorsqu'on les mettra en terre, mais la petite Angèle m'assure qu'après ils fleuriront très vite. Elle le sait, elle en a chez elle. Ces fleurs-là durent tout l'été, puis, à l'automne, avant les premières gelées, on récupère les bulbes pour l'année suivante. Je n'aurai donc pas besoin d'en recommander pour l'année prochaine. C'est une bonne chose.

Lundi 7 mars

Mes enfants sont repartis tout à l'heure, ils avaient fait l'aller et le retour dans la journée pour une affaire de papiers à signer chez le notaire. Il faut bien préparer l'après, je ne suis pas éternelle, et ils ont décidé de garder la maison ensemble. Moi qui avais si peur qu'ils se chamaillent et la vendent, je suis soulagée. Même si c'était un peu rapide, ça m'a fait plaisir de passer un moment avec eux. Ils reviendront pour Pâques avec les enfants et petits-enfants. Un petit mois, ça va vite venir. Demain, je ferai des choux pour l'apéritif, que je mettrai comme d'habitude dans des sachets transparents au congélateur. Il va falloir aussi que je pense aux chocolats, même si on ne pourra pas faire sonner la cloche pour les plus petits, elle s'est décrochée à Noël, manquant d'assommer mon petit-fils. Une cloche en fonte, très lourde… On n'a pas encore trouvé celui qui viendra la raccrocher. Il faut quelqu'un qui connaisse bien son affaire. Surtout, que ce soit bien solide, qu'elle ne risque plus de nous tomber sur la tête. Ce serait quand même bête que je finisse ma vie écrasée sous une cloche.

Mardi 8 mars

Zut, j'ai complètement oublié d'acheter les semis. Décidément, depuis que mon jardinier a disparu, rien ne va plus. Nous en parlions toujours d'abord ensemble, puis j'allais acheter les petits sachets au supermarché. En général, je m'en occupais dès février parce qu'après il n'y a plus grand choix, tous les gens se sont servis. Je prends des haricots verts, toujours des contenders, ce sont mes préférés, des courgettes, des carottes et des poireaux. Autrefois, nous mettions des petits pois, des artichauts, des radis, des betteraves rouges et d'autres choses encore auxquelles j'ai fini par renoncer. Cela faisait trop, je n'arrivais jamais à tout ramasser, ni même à manger tout ce que je ramassais. Et puis souvent les artichauts ne venaient pas bien, les radis grossissaient trop vite, ils piquaient, et on se cassait les dents sur les betteraves qui étaient toujours pleines de pierres. Quant aux petits pois, il fallait tout récolter en quinze jours, après ils devenaient durs comme des billes de plomb ; je n'y arrivais pas et on en perdait beaucoup.

Nous sommes à moins de deux semaines du printemps et je n'ai rien acheté. De toute façon, je ne sais même pas qui va préparer le potager et semer tout ça. Il y a bien longtemps que je ne peux plus compter sur Fernand, je n'ai plus personne. J'espère que le mari de la petite Angèle pourra venir, il faut que je pense à lui en reparler jeudi...

Mercredi 9 mars

Gilberte vient tout juste de me téléphoner : la petite Angèle est en dépression, elle ne peut plus venir faire le ménage ! Elle a découvert que son mari a une liaison avec une jeunesse et c'est la catastrophe. Il va falloir qu'on trouve quelqu'un d'autre en attendant qu'elle se remette. Parce que, là, je ne crois pas qu'un rebouteux puisse quelque chose... Pas sûr que celui qui a redressé Angèle puisse redresser le mari.

Je vais écrire à madame Maridet, cette fois elle m'indiquera peut-être quelqu'un. Mais, pour demain, ça va faire un peu juste.

Jeudi 10 mars

Ce matin, en me lavant les dents, j'ai eu l'impression qu'une de mes canines bougeait un peu. Allons bon. Moi qui suis si fière d'avoir toujours toutes mes dents à quatre-vingt-onze ans, je ne vais tout de même pas finir comme ces vieilles édentées qu'on nous montre parfois à la télévision ! En plus, cette canine, en haut à droite, j'y tiens, c'est ma dent rose. Non seulement elle est rose, mais elle chevauche légèrement sa voisine de gauche. Ça, c'est un reste d'adolescence.

Quand j'avais une douzaine d'années, j'avais les dents dans tous les sens. On m'avait menée chez le dentiste et je m'étais retrouvée avec un affreux appareil. De jour comme de nuit, je devais porter cette affaire qui me faisait un mal de chien et, croyais-je, me défigurait. Après de nombreux mois de torture ne restait plus que ma petite canine rose à faire rentrer dans le rang. L'année scolaire venait de s'achever et nous venions d'arriver chez mes grands-parents à Paramé. Pas question que cette horreur me gâche mes vacances. J'avais donc décidé que mes dents étaient suffisamment en ordre et que cette histoire d'appareil avait assez duré. Dès le deuxième jour, j'avais profité d'un moment d'inattention de mes parents pour le jeter dans les rochers. Puis j'avais raconté que je l'avais perdu. C'était peu crédible, on ne me crut pas. Je m'étais bien fait gronder par mon père qui m'annonça que, tant pis pour moi, on n'allait pas m'en refaire un autre et je garderais mes dents de travers jusqu'à la fin de mes jours. Ça m'était bien égal.

Je n'avais pas gardé mes dents de travers. Celles qui avaient été rangées l'étaient restées, seule ma canine rose avait fait de la résistance. Elle ne m'a jamais gênée, au contraire. Quand, régulièrement, mon père lâchait : « Tu vois, si tu n'avais pas perdu ton appareil… », je lui répondais avec insolence que j'adorais ma dent rose et qu'au moins, ainsi, on la remarquait. À force de le clamer avec conviction, j'avais fini par m'en persuader. Certains avaient une coquetterie dans l'œil, moi je l'avais dans la bouche. Sauf que là, ma coquetterie risque de tomber. Et à mon âge, non seulement il ne faut plus compter sur la petite souris, mais les dents perdues le sont pour de bon.

Samedi 12 mars

Au téléphone, mon frère me dit son cœur qui l'inquiète, son bras qui ne répond plus, ses jambes qui n'avancent plus… Au bout d'un moment j'éloigne un peu le combiné sinon j'ai l'oreille qui chauffe.

Aujourd'hui, je suis fatiguée. Alors, pour ne pas ajouter de l'ennui à la fatigue, je m'échappe. Je fuis vers cet ailleurs où les couleurs n'ont pas été voilées par les années, un ailleurs de bêtises, d'insouciance, de rires et de voix enfantines. Tandis que se déverse dans mon oreille droite le long monologue de mon frère, dans ma tête je ne suis plus là.

Je ne veux plus entendre ces mots cabossés, ce langage désarticulé, ces phrases hésitantes qui me peinent et n'en finissent pas. Je ne veux plus savoir les blessures, les souffrances, la dépendance. Alors, sur notre long chemin commun, je fais demi-tour. Je retourne d'où nous venons, lui et moi. Dans le temps d'avant, celui qui ne faisait pas mal quand il passait. Quand dans l'appartement de la rue Jouffroy nos chambres étaient collées l'une à l'autre et que nous communiquions en cognant sur la cloison. Quand à Paramé, chez nos grands-parents, je l'installais dans la brouette que je poussais à toute vitesse dans le jardin, manquant de la renverser, ce qui le faisait rire aux éclats. Quand, à Paramé toujours, victime d'un grand cousin apprenti pêcheur, il s'était retrouvé hameçonné et avait dû rentrer à la villa, le grand marchant devant avec sa canne à pêche, lui suivant quelques pas derrière avec sa lèvre en sang, pauvre petit poisson sanglotant au bout de la ligne. Je l'entends hurlant, ce jour où je l'avais poussé et qu'il avait atterri le nez sur un coquetier.

J'aurais pu remonter plus loin encore, jusqu'à ce nouveau-né vagissant qu'on m'avait présenté un soir à la maison, dans la chambre où ma mère venait d'accoucher, et dont tout ce que j'avais trouvé à dire avait été « C'est ça, un petit frère ? Beurk ! », si ça ne s'était pas mis à hurler dans mon oreille.

Ce ne sont plus les cris d'enfant de mon frère mais bien sa voix furieuse qui me ramène brutalement à ce présent que je veux oublier. Conscient que je ne l'écoute plus depuis un moment, il me reproche mon indifférence, me jetant à la figure, en vrac, ma vie facile, ma santé, mes deux bras et mes deux jambes, la chance que j'ai de vieillir bien et qui me tient éloignée de lui.

Il ne peut pas comprendre que, tout ce temps où il me parlait et je ne l'écoutais pas, j'étais avec lui.

Dimanche 13 mars

Au calendrier, dans une semaine, ce sera le printemps. Cette année, le 20 mars tombe le dernier dimanche avant Pâques. Ce sera les Rameaux. Ainsi le printemps s'ouvrira avec la Semaine sainte. J'irai à la messe avec mon buis, prélevé comme chaque année d'un coup de sécateur dans la bordure du massif de roses. Au retour, j'accrocherai mon petit rameau au crucifix au-dessus de mon lit.

Plus que dix-huit jours pour mourir. Ce n'est pas moi qui le dis, je l'ai lu dans les pages santé du *Figaro*, nous mourons davantage de décembre à mars. Et plus encore au mois de janvier. D'ailleurs celui-là, s'il ne m'a pas emportée, il m'a valu trois enterrements en deux semaines. Après, d'avril à novembre, en principe, ça se tasse. Mais il faut encore tenir jusque-là... D'autant que, cette année, l'hiver n'a pas l'air pressé de passer la main. Les gelées de la fin février ont fait du mal et le printemps peine à donner des signes. La haie, toujours noire et nue, continue de faire la morte. Et même si les jours ont bien rallongé, l'air reste frais. Ce matin, à ma fenêtre, le thermomètre extérieur n'indiquait que six petits degrés. Le chauffage tourne toujours, ça va me coûter cher en mazout. J'espère qu'il n'y aura pas de vent le premier jour du printemps car, c'est bien connu, « le vent qui souffle sur les Rameaux ne changera pas de sitôt »...

Dans l'allée, le long des lilas, je guette le réveil des premiers bourgeons. Normalement, ils devraient commencer à se fissurer, laissant deviner de petites pousses fraîches. Là, ils sont encore tout collants et bien fermés. Dans le potager, triste et boueux, les arbres fruitiers font grise mine. Même les abricotiers, souvent en avance, ne semblent pas près de fleurir. À l'entrée, près des pêchers, le figuier a gardé son allure de squelette.

Dieu que cet hiver me semble long. Finira-t-il un jour ?

Lundi 14 mars

Ça y est. Gilberte a quitté sa maison. Son fils l'a aidée à s'installer à Jaligny-sur-Besbre, à une quinzaine de kilomètres d'ici, là où chaque année, peu avant Noël, a lieu la foire aux dindes. Il lui a obtenu une place dans une résidence temporaire, en attendant le vrai départ, définitif, celui pour la maison qui, aux dires d'Angèle, doit la tuer.

Je suis allée lui rendre visite à l'heure du thé. Elle a une belle chambre, avec une salle de bains et tout ce qu'il faut. Sur la petite commode elle a mis des photos. Son mari, ses enfants, ses petits-enfants, un beau homard rouge dans une assiette à côté d'une coupe de champagne, et sa maison. La fenêtre, grande ouverte, donne sur un jardin. Dehors, des tables et des chaises sont disposées avec goût sur une terrasse en bois où les pensionnaires peuvent prendre une collation à l'ombre de parasols beiges.

La résidence est toute neuve. Elle accueille des personnes âgées pour une durée limitée, le séjour ne peut se prolonger au-delà de trois mois. Une espèce de transition douce entre la maison familiale que l'on quitte avec des larmes plein le ventre, et la maison de retraite d'où l'on ne sort plus.

Gilberte reviendra pour Pâques, puis repartira jusqu'à la fin de mai dans cette belle demeure qui n'est pas la sienne, histoire de s'habituer à n'être plus chez elle. Ensuite, ses enfants se relaieront auprès d'elle jusqu'aux premiers jours de l'été, le temps de commencer à trier quelques affaires avant de vider la maison. Le 27 juin, jour de la Saint-Fernand, elle emménagera chez les vieux du Donjon. Je chasse de ma tête les paroles d'Angèle qui tournicotent dans mon crâne comme des mouches vertes autour d'une bouse.

Elle m'explique tout ça entre deux gorgées de thé de Chine. Elle ne se plaint pas, ne semble pas malheureuse, ou ne le montre pas. Dans le mini-réfrigérateur, près de la porte, elle a mis du champagne et trois demi-bouteilles de vin blanc qui occupent toute la place.

Mardi 15 mars

Fernand va me quitter, lui aussi. Il a trouvé à Montcombroux une maison d'accueil. Depuis que Marcelle n'est plus là, il semble n'avoir plus de goût à rien. Le vélomoteur ne sort plus du garage où il s'empoussière à côté de la 2CV. Les mauvaises herbes ont commencé à prendre possession de son petit carré de potager où ne pousseront plus ni tomates, ni haricots verts, ni pommes de terre. C'est encore une page qui se tourne.

Mercredi 16 mars

Si ça continue comme ça, bientôt je serai la dernière à conduire ! Déjà, il y a quelques mois, Francette est allée au fossé en sortant de chez elle. Je ne sais pas comment elle s'est débrouillée… Le résultat est qu'elle ne conduit plus, ses enfants lui ont dit c'est fini. De toute façon, elle n'a plus de voiture, la sienne est partie à la casse. Et voilà que la semaine dernière, c'était le tour de Toinette ! Elle qui me fait si peur parce qu'elle roule toujours trop à gauche, elle a basculé dans le fossé sur sa droite ; c'est un comble. Elle n'a rien eu, Dieu merci, mais sa voiture est fichue et elle a eu très peur. Pour se remettre de ses émotions, elle est partie quelques jours chez son fils à Paris. Elle compte bien se racheter une voiture, mais elle s'inquiète pour l'assurance. Après son accident, à quatre-vingt-cinq ans, elle a peur qu'on ne veuille plus d'elle.

Ma fille me dit que je conduis trop vite et trop à droite. Le problème, c'est que ce n'est pas vraiment ma faute, c'est ma voiture, elle part très vite. Mais quand même, maintenant je fais attention. J'essaie de me mettre un peu plus au milieu de la route, et surtout d'aller plus doucement. Je regarde mon compteur et je lève le pied quand l'aiguille s'emballe.

Jeudi 17 mars

Il est tard, presque minuit, et je viens seulement d'éteindre la télévision. J'ai regardé, en m'endormant à moitié, une émission sur deux grands écrivains américains qui avaient séjourné sur la Côte d'Azur au début de mon siècle. C'était sur la chaîne 5. Entre deux moments de sommeil, j'ai vu défiler des images d'époque de Juan-les-Pins. Ce devait être dans les années vingt, ça n'avait pas beaucoup changé quand, quelques années plus tard, j'y étais allée en vacances avec mes parents et mon petit frère. Ma tante Suzanne y gérait « La Girelle », un hôtel au milieu des pins, face à la plage. Ça n'avait pas duré, elle n'avait pas le sens des affaires et l'hôtel avait fait faillite. C'était là, dans une chambre de cet hôtel, qu'avec une amie nous avions trouvé très drôle de transformer une table de nuit en un jouet merveilleux : en la basculant à l'horizontale, elle faisait une parfaite petite voiture. Mon frère était, comme toujours, dans nos pattes et, pour une fois, il allait nous servir à quelque chose. Trouvant qu'il manquait un chauffeur à notre voiture, nous l'avions, tant bien que mal et en forçant un peu, installé à la place du pot de chambre. Puis nous avions fait « rouler » ce drôle d'attelage sur le parquet en riant comme deux bossues. Sauf que, à la fin, impossible de sortir mon frère de son habitacle. Nous avions beau tirer, tirer de toutes nos forces, rien à faire, il était bel et bien coincé. C'est mon père qui, alerté par ses hurlements, avait fini par le libérer. J'en avais été quitte pour une bonne fessée. Je devais avoir six ou sept ans... Il ne doit pas s'en souvenir, il était encore en barboteuse.

Vendredi 18 mars

Il faudrait que je mette un peu d'ordre dans mes papiers. Il y en a partout. Si je meurs, ils ne trouveront rien. Déjà, à la mort de René, il avait fallu fouiller toute la maison pour remettre la main sur les dossiers importants, tout un tas de choses auxquelles on ne pense jamais et qui sont nécessaires dans ces moments où on a la tête ailleurs. Ces dossiers-là, je ne m'en occupe pas, je ne sais même pas où ils sont. C'est mon fils qui tient à jour, classe et range toutes ces affaires ennuyeuses destinées aux banques, aux assurances, au notaire, aux impôts, à Dieu sait qui. Moi, mes affaires, ce sont tout un tas de petites enveloppes blanches que j'ai mises de côté précieusement dans les tiroirs du secrétaire, de ma commode, dans mon bureau, dans le placard près de la fenêtre, dans des boîtes qu'il faut ouvrir avec des clés qui, elles aussi, sont cachées… Dans mes enveloppes, j'ai glissé des lettres où j'ai écrit quelques dernières volontés, au fur et à mesure qu'elles me venaient à l'esprit. Oh, ce ne sont que de bien petites choses… Mon collier de perles à l'une de mes petites-filles, ma bague de fiançailles et mon bracelet en or à ma fille, ma chevalière à mon autre petite-fille, la bague de ma mère à une arrière-petite-fille, mon collier en or à ma belle-fille… Parfois, je change d'avis, alors je corrige, puis je recopie sur un nouveau papier pour que ce soit bien lisible. C'est important, quand on s'en va, de tout laisser bien propre et en ordre.

J'ai aussi écrit une lettre à mes deux enfants, les implorant de ne pas se disputer après ma mort. Je ne suis pas sûre que cela puisse changer le cours des choses, mais je trouve cela tellement triste de se brouiller à cause d'une maison, parce que l'on a des désirs et des goûts différents, que les décisions de l'un abîment les souvenirs de l'autre. Un arbre abattu devient un drame, la coupe d'un bosquet une enfance arrachée, le choix de rideaux une affaire d'État et la réfection d'une pièce un motif de dispute. Leurs quinze années d'écart ne facilitent pas les choses, ils n'en sont pas au même stade de leur vie et leurs priorités ne sont pas les mêmes. Je les sens si tendus quand ils sont là ensemble. Plusieurs fois leurs mots durs, à force de se cogner et de heurter ma tête, même si je bouchais mes oreilles avec mes mains, ont réussi à me faire pleurer. Il semble que, dans ces moments-là, seules mes larmes parviennent à les calmer. Si je le pouvais, je laisserais une enveloppe mouillée, mais à l'heure de ma mort ne resterait que le sel.

Et puis, dernièrement, parce que ça me travaille quand même, j'ai préparé une nouvelle enveloppe sur laquelle j'ai dessiné une croix, qu'ils comprennent tout de suite de quoi il retourne. En belles anglaises, j'ai écrit « Pour mon enterrement ». J'aimerais une cérémonie toute simple, à Bert, dans la petite église romane où a été enterré René et où s'est mariée ma fille. Pour la musique, un extrait du *Requiem* de Mozart, ou alors le *Pavane* de Fauré. Comme cantique, j'aimerais qu'il y en ait au moins un que je connaisse, on ne sait jamais, si je peux chanter de là-haut… *Le Seigneur est mon berger* m'irait très bien. Enfin, aussi, j'aimerais qu'un de mes enfants ou petits-enfants lise un texte que j'ai entendu un jour et qui m'a bouleversée. J'en avais retenu quelques mots et ma fille a pu le retrouver grâce à son Internet. Un soir, installée à mon bureau, je l'ai recopié soigneusement à la main, à l'encre bleu marine, avec mon stylo-plume, tout seul sur une page de mon bloc de papier vélin. Ce seront mes dernières paroles. Il faudra les lire à la toute fin, quand on m'aura arrosée avec le goupillon.

Maintenant que je suis partie, laissez-moi aller
Même s'il me restait encore des choses à voir et à faire.
Ma route ne s'arrête pas ici.
Ne vous attachez pas à moi à travers vos larmes.
Soyez heureux de toutes les années passées ensemble.
Je vous ai donné mon amour,
Et vous pouvez seulement deviner
Combien de bonheur vous m'avez apporté.
Je vous remercie pour l'amour que vous m'avez témoigné
Mais il est temps maintenant que je poursuive ma route.
Pleurez-moi quelque temps, si pleurer il vous faut.
Et ensuite, laissez votre peine se transformer en joie,

Car c'est pour un moment seulement que nous nous séparons […]
Je ne serai pas très loin, car la vie se poursuit.
Si vous avez besoin de moi, appelez-moi, je viendrai
Même si vous ne pouvez me voir ou me toucher
Je serai près de vous.
Et si vous écoutez avec votre cœur,
Vous percevrez tout mon amour autour de vous
Dans sa douceur et sa clarté.
Et puis, quand vous viendrez à votre tour par ici,
Je vous accueillerai avec le sourire
Et je vous dirai : « Bienvenue chez nous. »

Samedi 19 mars

Demain, c'est le printemps. La traversée s'achève, enfin. Je distingue l'autre rive, celle de la vie qui reprend. C'est demain et pourtant l'horizon reste flou, comme lointain. Les couleurs m'apparaissent pâles, la lumière un peu blême, comme au travers d'un voile. Vais-je arriver à traverser jusqu'au bout ? J'avance si lentement et je me sens si lasse.

Je n'ai pas fait ma promenade aujourd'hui. J'étais un peu barbouillée, sans doute le changement de temps à venir, on annonce un radoucissement.

Je me suis mise au lit très tôt, je n'ai pas dîné, je n'avais pas faim. Je dois me lever tôt pour aller à l'église. J'ai préparé mon petit brin de buis, je l'ai mis dans un verre d'eau pour qu'il soit présentable à la messe demain matin, au moment où le curé passera au milieu de nous pour nous asperger avec son eau bénite.

Demain inaugure la Semaine sainte. Le prêtre va célébrer le mystère pascal. À plusieurs voix, ils vont lire l'Évangile de la Passion. J'espère qu'ils auront bien choisi les lecteurs. C'est très long, si je suis trop fatiguée je ne resterai pas debout jusqu'à la fin. À mon âge, j'ai le droit d'entendre la bonne parole assise. Mais j'écouterai jusqu'au bout. S'il est à la messe des lectures qui m'ennuient, celle-ci me bouleverse, surtout quand ceux qui lisent mettent bien le ton. Je l'écouterai comme, enfant, j'écoutais ma mère dans mon lit, le soir, me lire un conte à la fois effrayant et merveilleux.

Demain, le Christ va entrer dans Jérusalem, les gens vont l'acclamer, étendre des palmes et des manteaux sur son chemin, puis il va être condamné, gravir le Golgotha, tomber trois fois, être crucifié, mourir sur la croix, puis ressusciter, tout cela en une messe. On dit que la résurrection, comme le vert des rameaux, préfigure notre propre éternité. Notre mort ne serait pas la fin de notre vie. Quant à savoir comment elle se poursuit, c'est une autre affaire…

De toute façon, je crois qu'aujourd'hui tout cela ne veut plus dire grand-chose pour les gens. Ils ne croient plus à rien, ils n'essaient même pas, ça ne les intéresse pas. Que savent-ils de la Passion avec un P majuscule, de la Semaine sainte, du Chemin de croix et de ses quatorze stations ?

Connaissent-ils l'histoire de cet homme simple, entré dans Jérusalem sur un petit âne ?

Moi, même si je ne suis sûre de rien, je préfère me faire croire que j'y crois. À l'heure où l'on est tout gris, ça fait du bien de se dire que l'on va reverdir. Et s'il ne se passe rien, eh bien ce n'est pas grave, on ne s'en rendra pas compte. Au mieux, il y a un bon Dieu qui nous attend ; au pire, la mort n'est qu'un long et paisible sommeil.

Je pose mes lunettes sur la table de nuit et ferme mon téléphone portable. Je crois que j'ai oublié de mettre l'alarme, tant pis, je n'ai pas le courage de redescendre. D'ailleurs, je ne suis pas certaine non plus d'avoir bien fermé la porte à clé, ni la bouteille de gaz… Décidément, ma tête me joue des tours. J'éteins la lumière et me glisse dans les draps. C'est ma dernière nuit d'hiver. Je sens que je vais bien dormir. Demain, on annonce une belle journée ensoleillée.

Une petite brise passe sur mon visage, j'ai dû laisser la fenêtre ouverte à l'espagnolette. Je ferme les yeux, les brumes du sommeil commencent à m'envelopper. Je me laisse faire. Bientôt je suis dans un bateau, ce n'est pas le paquebot qui dans mes rêves nous emmenait vers les Indes, c'est un plus petit bateau, un voilier… Allongée sur le pont, je fixe le mât qui s'élève vers un ciel sans nuage. Le vent est léger, le bateau avance lentement dans le silence. Le roulis me berce, la houle est si douce, je vais m'endormir avec l'hiver, mon dernier hiver. Au bout de la saison, inondé de soleil, un rameau de buis à la main, René me sourit.

Remerciements

À Anna Pavlowitch, pour son accompagnement et sa confiance.

À Richard Marchand, sans qui ce livre n'aurait peut-être jamais été écrit.

À Louise Danou, François Durkheim, Béatrice Pellizzari, pour tout.

À Marie-Claire Buzy, pour son enthousiasme.

À celles, les fidèles de toujours, mes Gilberte, Nine et Toinette à moi, qui m'ont encouragée dans l'écriture : Cécile, Isa et Julie.

Et avec elles, à toutes celles qui font mon petit monde, avec lesquelles je compte bien partager un petit vin blanc quand j'aurai atteint l'âge de Jeanne : Alessandra, Anne Laure, Cathy, Corinne, Hélène, Katia, Laurence, Véro…

Table

12053

Composition
NORD COMPO

Achevé d'imprimer en Espagne
par CPI BOOKS
le 17 juillet 2018.

1er dépôt légal dans la collection : janvier 2018.
EAN 9782290150382
OTP L21EPLN002260B005

ÉDITIONS J'AI LU
87, quai Panhard-et-Levassor, 75013 Paris

Diffusion France et étranger : Flammarion